Gabriel García Márquez, nacido en Colombia, es una de las figuras más importantes e influyentes de la literatura universal. Ganador del Premio Nobel de Literatura en 1982, es además cuentista, ensayista, crítico cinematográfico, autor de guiones y, sobre todo, intelectual comprometido con los grandes problemas de nuestro tiempo, en primer término con los que afectan a su amada Colombia y a Hispanoamérica en general. Máxima figura del llamado «realismo mágico», en el que historia e imaginación tejen el tapiz de una literatura viva, que respira por todos sus poros, es en definitiva el hacedor de uno de los mundos narrativos más densos de significados que ha dado la lengua española en el siglo xx. Entre sus novelas más importantes figuran *Cien años de soledad, El coronel no tiene quien le escriba, Crónica de una muerte anunciada, La mala hora, El general en su laberinto,* el libro de relatos *Doce cuentos peregrinos, El amor en tiempos de cólera* y *Diatriba de amor contra un hombre sentado.* En el año 2002 publicó la primera parte de su autobiografía, *Vivir para contarla.*

TALLER DE GUIÓN DE

GABRIEL GARCÍA MÁRQUEZ

CÓMO SE CUENTA UN CUENTO

DeBOLSILLO

Ilustración de la portada: *El encuentro de Iftar con Príapo el joven* (1981; madera policromada, 37,5 cm). © Eugenio Granell

Segunda edición: marzo, 2004

© 1995, Gabriel García Márquez
© de esta edición, 1996; Escuela Internacional de Cine y Televisión, San Antonio de los Baños (Cuba)
   Ollero y Ramos, Editores, S. L.
© 2003, Random House Mondadori, S. A.
   Travessera de Gràcia, 47-49. 08021 Barcelona

Printed in Spain – Impreso en España

ISBN: 84-9759-465-7
Depósito legal: B. 10.338 - 2004

Fotocomposición: Lozano Faisano, S. L. (L'Hospitalet)

Impreso en Litografia Rosés, S. A.
Progrés, 54-60. Gavà (Barcelona)

P 894657

ÍNDICE

SEGUNDA PARTE

TERCERA PARTE

EPÍLOGO

INTRODUCCIÓN

EL ENIGMA DEL PARAGUAS

GABO.— Voy a contarles cómo empezó todo. Un día me llamaron de la Televisión para pedirme trece historias de amor que se desarrollaran en América Latina. Como tenía un Taller de Guiones en México, me fui allá y les dije a los talleristas: "Necesitamos trece historias de amor de media hora cada una". Y al día siguiente me llevaron catorce ideas. Era algo sorprendente, porque habíamos estado tratando de escribir historias de una hora de duración y no habían salido. Así que llegué a la conclusión de que la media hora era el formato ideal. Llega como un flechazo. O resulta o no resulta. Entonces decidimos hacer una serie con trece historias de amor, para empezar, y en el futuro seguir con otras series similares: una cómica, otra de misterio, otra de horror... Y siempre trabajando en taller, es decir, que la idea, aunque sea de uno solo –o de una sola, se entiende: de hecho casi todos nuestros talleristas son mujeres–, se desarrolle con la participación de todos. Al final, uno solo la escribe: el mismo que la pensó u otro miembro del taller. Porque está claro que las líneas generales de una historia pueden elaborarse colectivamente, pero a la hora de escribir el guión, uno solo tiene que encargarse de la tarea.

Ofrecimos las trece historias a diversas televisoras y pronto descubrimos una cosa: que pagan muy mal. Nos dimos cuenta de que en la televisión pagan muy mal el papel. Entonces decidimos crear una empresa productora para poder vender el producto terminado. Salimos a ofrecerlo y nos dijeron que sí, siempre que mi nombre figurara en todos los créditos. Eso, que puede parecer muy halagador, es lo más humillante que hay: significa que uno se está convirtiendo en mercancía. Pero en fin, qué le íbamos a hacer; resolvimos de común acuerdo realizar las trece historias dándole crédito a cada autor pero encabezándolas todas con un letrero que dijera: El Taller de García Márquez... etcétera. Y pusimos manos a la obra. El trabajo resultó tan divertido que ahora estamos pensando hacer mil medias-horas, una detrás de otra, de trece en trece.

Así que, en resumen, eso es lo que les propongo: que hagamos medias-horas y además que destinemos a la Escuela Internacional de Cine y Televisión de San Antonio de los Baños todo el dinero que produzca su venta. Las historias las iremos desarrollando aquí, en el Taller que imparto cada año en la Escuela, y las continuaremos en el Taller de México. Por cierto, necesitamos más gente para ese taller. Sobre todo gente que haya pasado por este taller, el Taller de la Escuela: gente que no se asuste de nada, que ya esté curada de espanto. Porque aquí hay que opinar con absoluta franqueza; cuando algo no nos parece bien, hay que decirlo; tenemos que aprender a decirnos las verdades cara a cara y a funcionar como si estuviéramos haciendo terapia de grupo.

Lo que más me importa en este mundo es el proceso de la creación. ¿Qué clase de misterio es ése que hace que el simple deseo de contar historias se convierta en una pasión, que un ser humano sea capaz de morir por ella, morir de hambre, frío o lo que sea con tal de hacer una cosa que no se puede ver ni tocar, que al fin y al cabo, si bien se mira, no sirve para nada? Alguna vez creí —mejor dicho, tuve la ilusión de creer— que iba a descubrir de pronto el misterio de la creación, el momento preciso en que surge una idea. Pero cada vez me parece más difícil que ocurra eso. Desde que comencé a impartir estos talleres he oído innumerables grabaciones, he leído innumerables conclusiones tratando de ver si descubro el momento exacto en que surge la idea. Nada. No logro saber cuándo es. Pero entretanto, me hice un adicto del trabajo en taller. Se me convirtió en un vicio, esto de inventar historias colectivamente...

El otro día, hojeando una revista *Life*, encontré una foto enorme. Es una foto del entierro de Hirohíto. En ella aparece la nueva emperatriz, la esposa de Akihito. Está lloviendo. Al fondo, fuera de foco, se ven los guardias con impermeables blancos, y más al fondo la multitud con paraguas, periódicos y trapos en la cabeza; y en el centro de la foto, en un segundo plano, la emperatriz sola, muy delgada, totalmente vestida de negro, con un velo negro y un paraguas negro. Vi aquella foto maravillosa y lo primero que me vino al corazón fue que allí había una historia. Una historia que, por supuesto, no es la de la muerte del emperador, la que está contando la foto, sino otra: una historia de media hora. Se me quedó esa idea en la cabeza y ha seguido ahí, dando vueltas. Ya eliminé el fondo, descarté por completo los guardias vestidos de blanco, la gente... Por un momento me quedé únicamente con la imagen de la emperatriz bajo la lluvia, pero muy pronto la descarté también. Y entonces lo único que me quedó fue el paraguas. Estoy absolutamente convencido de que en ese paraguas hay una historia. Si nuestro taller tuviera una finalidad distinta de la que tiene, les propondría que partiéramos de ese paraguas para tratar de hacer un largometraje. Pero nuestro objetivo es hacer medias-horas. Tengo la impresión de que no obstante nos vamos a encontrar en el camino con el paraguas. ¡Y conste que no estoy haciendo trampas!

Un momento. No me había dado cuenta de que ya tengo aquí una media-hora. Es un guión de Consuelo Garrido. Se me ocurre que si leyéramos esta historia, nos resultaría más fácil saber lo que queremos hacer. Por lo pronto, es más fácil leerlo que tratar de contarlo con nuestras propias palabras, lo que nunca sería lo mismo. Cuando Consuelo presentó esta historia al taller se llamaba *Ladrón de noche;* ahora se llama *Ladrón de sábado*, su título definitivo. A ver, ¿quién se brinda para leerlo?

Hugo, un ladrón que sólo roba los fines de semana, entra en una casa un sábado por la noche. Ana, la dueña, una treintañera guapa e insomne empedernida, lo descubre *in fraganti*. Amenazada con la pistola, la mujer le entrega todas las joyas y cosas de valor, y le pide que no se acerque a Pauli, su niña de tres años. Sin embargo, la niña lo ve, y él la conquista con algunos trucos de magia. Hugo piensa: "¿Por qué irse tan pronto, si se está tan bien aquí?" Podría quedarse todo el fin de semana y gozar plenamente la situación, pues el marido —lo sabe porque los ha espiado— no regresa hasta el domingo en la noche de su viaje de negocios. El ladrón no lo piensa mucho, se pone los pantalones del señor de la casa y le pide a Ana que cocine para él, que saque el vino de la cava y que ponga algo de música para cenar, porque sin música no puede vivir.

Ana, preocupada por Pauli, mientras prepara la cena se le ocurre algo para sacar al tipo de su casa. Pero no puede hacer gran cosa porque Hugo cortó los cables del teléfono, la casa está muy alejada, es de noche y nadie va a llegar. Ana decide poner una pastilla para dormir en la copa de vino de Hugo. Durante la cena, el ladrón, que entre semana es velador de un banco, descubre que Ana es la conductora de su programa favorito de radio, el programa de música popular que oye todas las noches, sin falta. Hugo es su gran admirador y, mientras escuchan al gran Benny cantando *Cómo fue* en un casete, hablan sobre música y músicos. Ana se arrepiente de dormirlo pues Hugo se comporta tranquilamente y no tiene intenciones de lastimarla ni violentarla, pero ya es tarde porque el somnífero ya está en la copa y el ladrón la bebe toda muy contento. Sin embargo, ha habido una equivocación, y quien ha tomado la copa con la pastilla es ella. Ana se queda dormida en un dos por tres.

A la mañana siguiente Ana despierta completamente vestida y muy bien tapada con una cobija, en su recámara. En el jardín, Hugo y Pauli juegan, ya que han terminado de hacer el desayuno. Ana se sorprende de lo bien que se llevan. Además, le encanta cómo cocina ese ladrón que, a fin de cuentas, es bastante atractivo. Ana empieza a sentir una extraña felicidad.

En esos momentos una amiga pasa para invitarla a correr. Hugo se pone nervioso pero Ana inventa que la niña está enferma y la despide de inmediato. Así los tres se quedan juntitos en casa a disfrutar del domingo. Hugo repara las ventanas y el teléfono que descompuso la noche anterior, mientras silba. Ana se entera de que él baila muy bien el danzón, baile que a ella le encanta pero que nunca puede practicar con nadie. Él le propone que bailen una pieza y se acoplan de tal manera que bailan hasta ya entrada la tarde. Pauli los observa, aplaude y, finalmente, se queda dormida. Rendidos, terminan tirados en un sillón de la sala.

Para entonces ya se les fue el santo al cielo, pues es hora de que el marido regrese. Aunque Ana se resiste, Hugo le devuelve casi todo lo que había robado, le da algunos consejos para que no se metan en su casa los ladrones, y se despide de las dos mujeres con no poca tristeza. Ana lo mira alejarse. Hugo está por desaparecer y ella lo llama a voces. Cuando regresa le dice, mirándole muy fijo a los ojos, que el próximo fin de semana su esposo va a volver a salir de viaje. El ladrón de sábado se va feliz, bailando por las calles del barrio, mientras anochece.

PRIMERA PARTE

PRIMERA JORNADA

EL DÚO, EL TRÍO Y EL ANTIFAZ

GABO.— Bueno, procedamos a destrozar *Ladrón de sábado*...

REYNALDO.— Hay un problema. Todos conocemos la historia, pero no todos leyeron el guión.

GABO.— Tendrán que imaginárselo.

MARCOS.— Está escrito por una mujer. Deja una sensación indudablemente femenina.

GABO.— ¿Te habrías dado cuenta de eso si no lo hubiéramos sabido previamente?

MARCOS.— Sí.

GABO.— ¿Por la impresión en general o por algún detalle concreto?

MARCOS.— Desde el principio sentí como una angustia. Eso está en las sensaciones de la mujer.

GABO.— A Consuelo le agradará saberlo. Porque es cierto, la historia está contada desde el punto de vista de una mujer. La protagonista es ella. Tal vez no sea la mejor de las historias que se han presentado aquí, pero me parece que es la más ejemplar. Eso es más o menos lo que queremos hacer. Primero, es "comercial". Ya sabemos que gustará a la mayoría de los televidentes. De hecho, el empresario de la televisión ha decidido comprarla. Va a gustar y tiene calidad, una factura muy buena.

La otra noche pasamos un susto. Una tallerista me llamó por teléfono a casa. "Prende el canal 5 para que veas –me dijo–. Están pasando completa la historia de Consuelo." Prendo el 5 y veo a un tipo bañándose en una bañera, lleno de espuma... Y era una película de Hitchcock, nada menos. Sábado a las 7:30. Se me vino el mundo abajo. "¿Cómo es posible? —me decía—. ¿Qué pudo haberle pasado a Consuelo? ¿Cómo pudieron hacer esta historia, igual a la de ella?" Pero era una falsa alarma. A medida que avanzaba la película me di cuenta de que no tenía nada que ver. Siempre que uno pone la televisión para ver una película, tiene la esperanza de que sea buena. Pero entoces yo quería que ésta fuera mala, que fuera la peor película del mundo. Hasta que caí en la cuenta de que era otra cosa. No era un ladrón el que se metía en la casa a robar sino un fugitivo, un tipo fugado de la cárcel que mantenía a la protagonista bajo el terror y al final ella, tratando de evitar que la matara, fingía obedecerlo... Cuando por último él sale de la casa, la policía lo está esperando afuera. Él se enfrenta a la policía y... ¡uf! ¡Qué descanso! Nada que ver. Sin embargo tomamos ciertas medidas. Por lo pronto, quitamos la escena del baño. Me dolió. Es lindo que un tipo se bañe. Pudimos haber conservado esa escena. Resulta muy difícil encontrar una historia que de algún modo no se parezca a muchas otras. Pero, en fin, quitamos la escena.

La realidad me jugó una mala pasada, como ésa, cuando estaba escribiendo *El otoño del patriarca*. Había imaginado un atentado que no se parecía a los habituales: aquí le ponían al dictador una carga de dinamita en el baúl del carro. Pero resulta que la esposa del dictador toma el carro para ir de compras y en el camino el carro estalla y va a parar al techo del mercado. Me quedé tranquilo con esa imagen del carro volando por los aires porque francamente, me pareció muy original. Y a los tres o cuatro meses, en Madrid le hacen a Carrero Blanco un atentado exactamente igual. Me dio rabia. Todo el mundo sabía que yo estaba escribiendo la novela en Barcelona por esa misma época; nadie iba a creer que aquello se me había ocurrido a mí mucho antes. Así que tuve que inventar un atentado totalmente distinto: llevan al mercado unos perros carniceros, especialmente entrenados, y cuando llega la mujer del dictador los perros se abalanzan sobre ella y la despedazan. Después me alegró que se me jodiera el atentado del carro. Todavía me sigue alegrando. El de los perros es más original y está más dentro del espíritu de la novela. Aunque uno no debiera preocuparse demasiado por eso; si una escena no funciona o se cae, ¿qué le vamos a hacer?, hay que buscar otra. Lo curioso es que casi siempre se encuentra una mejor. Si uno se hubiera dado por satisfecho con la primera, habría salido perdiendo. El problema más serio se presenta cuando uno encuentra de entrada la mejor. Entonces sí que no hay nada que hacer. Pero ¿cómo saberlo? Es como saber cuándo está lista la sopa. Nadie puede saberlo si no la prueba. Pero volviendo a las semejanzas, no debemos dejar que nos asusten, siempre que no se relacionen con aspectos esenciales de la historia. Porque lo cierto es que hay historias muy distintas que sin embargo tienen muchas cosas en común.

Hay que aprender a desechar. Un buen escritor no se conoce tanto por lo que publica como por lo que echa al cesto de la basura. Los demás no lo saben, pero uno sí sabe lo que echa a la basura, lo que va desechando y lo que va aprovechando. Si desecha es que va por buen camino. Para escribir uno tiene que estar convencido de que es mejor que Cervantes; si no, uno acaba siendo peor de lo que en realidad es. Hay que apuntar alto y tratar de llegar lejos. Y hay que tener criterio, y por supuesto valor para tachar lo que haya que tachar y para oír opiniones y reflexionar seriamente sobre ellas. Un paso más y ya estamos en condiciones de poner en duda y someter a prueba incluso aquellas cosas que nos parecen buenas. Es más, aunque a todo el mundo le parezcan buenas, uno debe ser capaz de ponerlo en duda. No es fácil. La primera reacción que uno tiene, cuando empieza a sospechar que debe romper algo, es defensiva: "¿Cómo voy a romper esto, si es lo que más me gusta?". Pero uno analiza y se da cuenta de que, efectivamente, no funciona dentro de la historia, está desajustando la estructura, contradice el carácter del personaje, va por otro camino... Hay que romperlo. Y nos duele en el alma... el primer día. Al día siguiente duele menos; a los dos días, un poco menos; a los tres, menos aún; y a los cuatro ya uno ni se acuerda. Pero mucho cuidado con andar guardando en lugar de romper, porque existe el peligro, si el material desechado está a mano,

21

de que uno vuelva a sacarlo para ver si "cabe" en otro momento. Lo difícil es enfrentarse solo a esa disyuntiva. Para nosotros, en el Taller, eso es lo que hace diferente el trabajo del guionista. La historia la elaboramos entre todos, pero el guionista está solo y él solito tiene que escoger.

El trabajo del guionista no sólo exige ese nivel de perspicacia. Exige también una gran humildad. Uno sabe, como guionista, que está en una posición subalterna con respecto al director. Uno es el amanuense del director, o por lo menos alguien que lo está ayudando a pensar. La historia es de uno, sí, pero uno sabe que al fin y al cabo, cuando pase a la pantalla, será del director. Yo nunca he visto en pantalla un solo fotograma que pueda llamar mío. No sé cuántos guiones llevo hechos, unos buenos, otros malos, y al final lo que veo en pantalla nunca es lo que yo tenía en la cabeza. Siempre imaginaba los encuadres totalmente distintos. A veces me esmeraba indicándole al director, por medio de un dibujo, la forma en que yo veía el encuadre o la puesta en escena. "Mira –le decía– la cámara está aquí; este personaje está en primer plano y este otro de espaldas; si la cámara se mueve hacia aquí, este otro personaje aparece al fondo..." Iba a ver la película y, en efecto, los encuadres eran totalmente distintos; el director había hecho la escena a su manera. Si uno quiere ser guionista y seguir siendo guionista, tiene que aceptar eso. Casi todos los guionistas sueñan con ser directores y a mí me parece bien, porque todo director debiera ser capaz de escribir un guión. Lo ideal sería que la versión final de un guión la escribieran juntos el director y el guionista.

Y ya que estamos hablando del dúo, hablemos también del trío. Me refiero al productor. He insistido en que la Escuela trate de incluir en sus planes un curso de Producción Creativa. Suele creerse que el productor es el tipo que está ahí para evitar que el director se gaste la plata antes de tiempo. Craso error. Muchas veces uno se da cuenta de que determinada película es mala porque falló el trabajo de producción. Hace poco supe de un productor que estaba feliz porque había obligado al director a someterse a un presupuesto rígido..., y cuando vi la película me di cuenta de lo que había logrado con eso. Empezando por los actores. En lugar de dos actores de primera, A y B, que hubieran sido los idóneos, el director había tenido que utilizar a C y D, dos actores más baratos... en todos los sentidos. El resultado estaba a la vista. La falta de plata se notaba por dondequiera y, de hecho, acabó con la película. Lo barato salió caro, como siempre sucede. El productor debe saber que él no es simplemente un empresario, un financista; su trabajo requiere imaginación e iniciativa, una dosis de creatividad sin la cual la película se resiente.

Si uno se empeña en escribir un guión, no debe desanimarse por los obstáculos. Al destino del guionista hay que oponer el honor del guionista. Hay que tratar de escribir guiones óptimos, aunque después los directores hagan barbaridades con ellos. Y repito: para hacer un buen guión no queda más remedio que tachar y tirar muchos papeles al cesto de la basura. Eso es lo que se llama tener sentido autocrítico, el *shit-detector* de que habla Hemingway. El director con quien mejor trabajo es Ruy Guerra, porque no se siente cohibido conmigo; me dice francamente lo que tiene que decirme, y listo. Y viceversa. Yo le tengo un gran respeto como director y creador, pero eso no me impide hablarle francamente. Lo que no sirve, no sirve, y hay que tirarlo, venga de donde venga. El asunto es evitar que llegue a la pantalla.

Ladrón de sábado me gusta porque, aunque no parece un guión muy original, lo es: no recuerdo haber leído antes esa historia, ni haberla visto nunca. Uno se imagina lo que va a pasar pero no importa, porque está bien contada. Está contada en el tono que requiere la historia, otra cosa en la que uno se equivoca mucho: tenemos la historia y creemos que ya todo está resuelto, pero de pronto empezamos a escribir y equivocamos el tono, o el estilo. Puede darse el caso de que lleguemos a un callejón sin salida. Por suerte, todos llevamos dentro una especie de pequeño argentino que nos va diciendo lo que tenemos que hacer. Y digo por suerte porque hay muchos métodos para escribir guiones pero la verdad es que ninguno sirve: cada historia trae consigo su propia técnica. Para el guionista lo importante es poder descubrirla.

A mí me parece que esta versión de *Ladrón de sábado* es la última, antes de que pase al director. El ladrón está caracterizado de tal modo que yo soy partidario, inclusive, de que lleve el pequeño antifaz que usaban los ladrones de las tiras cómicas.

HACIA OTRAS OPCIONES

REYNALDO.— Hay mucho de cómico en esa historia.

GABO.— La historia admitiría un recurso como ése.

REYNALDO.— El personaje se presenta como bueno desde el primer momento. Me resulta más atractivo que lo creyéramos un ogro, capaz inclusive de matar, y que todo cambiara cuando entra la niña y empieza su relación con ella... Es deliciosa la idea del Santa Claus, pero cuando el ladrón le da a Pauli la palomita de porcelana, ¿cómo ella no va a darse cuenta de que es un objeto de la casa?

GABO.— La idea original es la de un prestidigitador. Él saca un objeto que traía oculto, no tiene nada que ver con la casa. Ahora, si se hizo evidente desde el principio que él era "bueno" fue porque no se quería ocultar que se trataba de una comedia. Pero ahora que tú lo dices, nada impide que ese tono se marque después; en la primera secuencia veríamos al personaje como una bestia y después podría ir ablandándose. Consuelo quiso establecer desde el principio el tono de comedia y eso es importante. Uno no puede equivocarse nunca al insinuar el género. El espectador tiene que saber de entrada si lo que está viendo es un drama o una comedia. El popurrí puede venir después. Ahora bien, la dosis la pone el guionista. Yo creo que una de las virtudes de este guión es la sutileza con que establece el género. El tono de comedia va imponiéndose gradualmente. Yo me di cuenta en la escena del espejo. La mujer ve por el espejo que el tipo está muy bien formado. Después el tipo se va. Quizás la próxima vez no se vaya, pero ahora sí: hace lo que todos suponíamos que iba a hacer.

REYNALDO.— No me gusta lo del beso.

GABO.— Tampoco a mí. Antes me gustaba, pero ahora no. Es natural. A medida que la historia se va ajustando, los defectos se van haciendo más evidentes.

REYNALDO.— Vuelvo al tratamiento de los personajes. Que todos los personajes digan siempre la verdad es algo que a mí me parece mentira. Ana, por ejemplo. Desde el primer momento dice que su marido llega el domingo por la noche; después confiesa: "No salimos nunca". ¿Por qué no desinforma? Debería dar la información al revés, para que después uno se diera cuenta de que ha estado mintiendo. Sería más interesante que el espectador fuera descubriendo por sí mismo las mentiras de la mujer.

GABO.— Cierto, pero me preocupa una cosa. El tiempo. Estamos hablando de media hora en pantalla. De veintisiete minutos, para ser exactos. Si nos detenemos en la caracterización de los personajes, corremos el riesgo de empezar como si estuviéramos haciendo un largometraje, sólo para vernos obligados, después, a precipitar los acontecimientos. Una historia de treinta minutos tiene sus propias leyes y hay que saber obedecerlas. A los novelistas les sucede a veces que se ponen a contar una historia de cuatrocientas páginas, según cálculos previos, y al segundo o tercer capítulo empieza a agotárseles el material y no saben qué hacer... Eso es gravísimo. Se desequilibra totalmente la estructura (ya tendremos tiempo de hablar de la estructura) y así no hay historia que valga. Lo mismo puede decirse de los demás elementos. Mientras no haya tono, de nada sirve la estructura; mientras no haya un estilo homogéneo, de nada sirve el tono; y mientras no haya inspiración...

REYNALDO.— ¿Y si él ya lo supiera todo? Ella diría, refiriéndose al marido: "Llega mañana". Y él replicaría: "El domingo". Ella diría: "Salimos muy a menudo". Y él: "¿Juntos? No salen nunca". Es decir, ya él tiene toda la información. Es un profesional.

GABO.— Eso contribuiría a suscitar la admiración en ella.

SOCORRO.— Yo no lo siento como un ladrón profesional. Eso es lo que él quisiera ser, o parecer, pero bien mirado no es más que un hijo de mamá.

25

GABO.— A mí lo que me falta es la descripción de Ana.

GLORIA.— Yo creo que la personalidad de Ana está dividida en dos partes: una antes de que se quede dormida y otra, cuando se levanta. Por la noche, antes de beberse la copa de vino, no para de maquinar su defensa: llamar por teléfono, coger un cuchillo; pero al otro día...

GABO.— Ya está derrotada. Y él, por su parte, ya cocinó, ya se relajó... A mí lo que no acaba de gustarme es el cambio de copas. Es un recurso muy manido. Pero en fin, a las comedias se les perdonan ciertos lugares comunes, porque no se toman en serio.

VICTORIA.— A mí Ana me parece la esposa de alguien con mucha plata. La idea de que sea una locutora de radio y que tenga un programa muy popular, no me convence.

GABO.— Cuando uno tiene una historia entre manos, no puede dejarse arrastrar por ideas que la contradigan. O defendemos nuestras historias, o cedemos a la tentación de convertirlas en historias distintas.

VICTORIA.— Me gustó mucho la escena de la amiga, cuando la invita a correr. Es típico de una clase social, gente de plata. Por eso me la imaginé así, preocupada por ese tipo de cosas.

GABO.— Pero me temo que esa idea nos lleve directo al largometraje. Y no hay nada peor que una historia corta que se alarga. Conste que no estoy defendiendo esta historia, pero me parece que debemos tratar de mejorarla, no de cambiarla. Eso no quiere decir que debe quedar tal cual. La edad de la niña, por ejemplo...

SOCORRO.— La niña tiene tres años.

GABO.— Me parece que debería tener más. Una niña de tres años es muy difícil de manejar en escena, y sobre todo en una situación como ésta.

SOCORRO.— El problema es que una niña mayor tendría más conciencia de los nexos familiares y sería muy difícil inventarle un tío.

GABO.— Confieso que yo no sé muy bien qué significa tener tres años. Tengo un nieto que va para dos y la impresión de que el próximo año no va a saber hablar todavía.

SOCORRO.— No, un niño de tres años se comunica muy bien con uno. Es bastante manejable.

GABO.— Aquí el guión aclara que él ve a Ana "en el quicio de la puerta". Un guionista tiene que ser más cuidadoso con el lenguaje. El quicio es el marco donde está ajustada la puerta. Ella no lo besa en el quicio: lo besa en el vano de la puerta. El dintel es arriba, el umbral abajo, el vano es el hueco y el quicio es la estructura donde está empotrada la puerta. Bien, todo lo que sabemos de ella es eso: que está en el vano de la puerta. Pero no sabemos qué edad tiene, si es blanca o negra, rubia o morena, simpática o pesada. Tampoco cómo va vestida, si está en pijama o en bata de casa. Es una falla técnica del guión. El pobre encargado del *casting* se va a volver loco; y el que tenga que hacer el *break-down,* el desglose de producción, no va a saber qué vestuario se necesita.

REYNALDO.— El guión también debería aclarar que a ella la idea del somnífero se le ocurre cuando abre el botiquín. Mejor dicho, cuando lo cierra. La cadena de acciones podría ser la siguiente: ella va al baño, abre el botiquín y cuando va a cerrarlo, vacila, lo abre por completo... y coge el somnífero.

GABO.— Insisto en que a mí el cambio de copas me sigue molestando, pero al parecer no hay remedio.

MARCOS.— ¿Y si fuera él quien cambia las copas? Ella se daría cuenta y, al verse forzada a tomarla, fingiría un ataque de histeria y rompería su copa contra el suelo.

GLORIA.— Si hace eso, lo más probable es que él le dé la copa suya. Entonces ella tendría que servirle otra. Pero se vería obligada a volver al cuarto de baño, por lo del somnífero.

VICTORIA.— Si él es un verdadero profesional, ante una situación como esa le diría: "Prefiero tomar en tu copa".

GABO.— ¿Y si ella no echara el somnífero en una copa sino en la botella, en todo el vino? Lo haría confiando en su propia resistencia, calculando que él se dormiría pero ella no. O por lo menos, que él se dormiría primero. Y en realidad sucede lo contrario: el que no se duerme es él. Será más arbitrario, pero también más creativo.

SOCORRO.— O ella busca un pretexto para no tener que beber...

GABO.— Lo que está claro es que hay alternativas. Pero debemos insistir, porque uno siente, a medida que va incorporando elementos, que los mismos todavía están "frescos", que no acaban de fraguar... Hay que dar otra mano, como cuando se da una mano de pintura y uno ve que hace falta otra para obtener el espesor adecuado. Si ella está acostumbrada a tomar somníferos, y le hacen efecto, jamás se tomaría el vino...

SOCORRO.— ¿Y si ella supiera que a él le gusta beber? Él podría despachar su vino en un dos por tres mientras ella se limitaría a mojarse los labios...

REYNALDO.— Me parece mejor que él cambie las copas deliberadamente.

GABO.— ¡Lo tengo! Él ya se tomó su copa. No me pregunten cómo. Se levanta, y como la botella no está ahí, coge la copa de ella. Vamos a olvidarnos del somnífero. No sabemos cuál de las copas tiene el somnífero y cuál no. Ella ha traído las copas, ya servidas, y las ha puesto sobre la mesa. El somnífero está en una de ellas, no sabemos en cuál...

SOCORRO.— Ella podría entrar con la bandeja y él, cortésmente, salirle al encuentro: "Permítame". Y coge la bandeja. Ella no puede decirle "no, deje, yo la llevo"; tiene que cedérsela. Y, al dar la vuelta, las copas quedan al revés. O al menos, ella ya no está segura de cuál es la buena. Tampoco nosotros sabremos quién se ha tomado la copa del somnífero hasta que haga ¡pum! y se desplome en el suelo.

GABO.— Eso me parece importante: que el espectador no sepa cuál de las dos es la buena. Él toma un trago. Ella hace lo mismo, con mucha cautela. No siente nada raro. Vuelve a probar. Llega un momento en que ambos han vaciado sus copas. El somnífero aún no ha hecho efecto. El espectador sabe que uno de los dos está a punto de quedarse dormido. Pero ambos siguen conversando animadamente. ¿Habrá un error de guión? ¿Por qué ninguno de los dos bosteza siquiera? Sí, esta propuesta parece ser la mejor. Es la más creativa. Por cierto, estas palabras –creativo, creativa– las vamos a oír mucho aquí, en el taller. Las reservaremos para aquellas soluciones que no sean simplemente técnicas. A la técnica pertenecen algunos recursos –por ejemplo, dónde se sitúa la cámara, qué actor entra primero, cuál sale después...– que nos ayudan a decir, de la mejor manera posible, lo que queremos decir. Pero las ideas fundamentales, las que hacen avanzar la historia, pertenecen al campo de la creación.

SEGUNDA JORNADA

En busca de los límites

Gabo.— Vamos a ver si la experiencia de *Ladrón de sábado* nos ayuda a hacer la primera mediahora nuestra. ¿Quién tiene una buena mediahora que contar? O si prefieren, digámoslo así: ¿quién tiene menos miedo? No se preocupen, porque el que más miedo tiene soy yo. Y ya que nadie quiere romper el hielo, yo mismo me ofrezco. Un muchacho entra a un ascensor, con un grupo de personas. El ascensor sube, se detiene en un piso, el grupo sale. Sólo quedan en el ascensor, que ha vuelto a ponerse en movimiento, el muchacho y una muchacha. De pronto, el ascensor da un tirón y se queda parado entre dos pisos. La muchacha se pone muy nerviosa. El muchacho trata de tranquilizarla: "No se preocupe, que esto se resuelve. Yo mismo, míreme, padezco de claustrofobia y sin embargo he aprendido a dominarme..." Toca el timbre de alarma. Como sabemos, es un timbre que nunca se oye, pero ahora sí, ahora se oye un largo timbrazo y el muchacho comenta: "No hay problema, ya saben que estamos aquí". En el edificio ha comenzado una movilización. "Deben estar subiendo por el otro ascensor —comenta el muchacho—. Allá arriba está el cuarto de máquinas. Con unas poleas pueden echar a andar esto." De pronto oyen una voz que viene de arriba: "¿Están ahí?". "Sí, somos dos". "No se preocupen, que ahora los sacamos". Él se vuelve sonriente hacia la muchacha. "¿Ve?" Se oyen martillazos, ruidos que descienden por la caja del ascensor. Y de pronto una voz: "No se preocupen. Vamos a llamar a los mecánicos. Y

31

si no, a los bomberos. Volvemos enseguida". Pero el tiempo pasa. Y de pronto vuelve a oírse la voz de lo alto: "Disculpen, pero no hemos podido dar con los mecánicos. Habrá que esperar hasta mañana. Descartamos la idea de los bomberos, porque lo destrozarían todo. Manténganse serenos, ¿eh?". El muchacho grita: "Aquí empieza a hacer frío". Y de arriba le responden: "¿Ve esa rejilla de ventilación que está en el techo? Desatorníllela con una llave..." El muchacho lo hace, saca una plaqueta de metal... En el techo queda un hueco. "Espérense, que les vamos a mandar algunas cosas." Y con una cuerda les mandan cobijas, una canastilla con agua y sandwiches, lo necesario para pasar la noche en el ascensor. Por supuesto, entre el muchacho y la muchacha empieza a haber una relación distinta, de más familiaridad. A la mañana siguiente los despierta una voz: "Acaba de llegar un técnico. Prepárense para salir". Pero el tiempo pasa y nada. Hay entonces una larga disolvencia. Ahora la muchacha está encinta. Ambos parecen estar instalados muy cómodamente en el pequeño espacio de que disponen, pero se han vuelto exigentes. Gritan: "¿Qué pasa con la grabadora? ¡Seguimos sin música!". "Sí, hombre —contestan de arriba—, ahora mismo la mandamos." Y en efecto, no tarda en llegar por el hueco. Nueva disolvencia. Ya tienen un niño pero ella está encinta otra vez. A un lado del ascensor tienen un colchoncito; al otro, una cocinita. En las paredes hay cuadritos y macetas con flores. Aquello es un pequeño paraíso. Él está terminando de leer un libro. Lo pone en la cesta y tira de la cuerda. "¡Mándame el tomo dos", grita. La cesta se pierde en lo alto y no tarda en volver con el pedido. En fin, un día vuelven a oírse ruidos y voces allá arriba y se hace evidente que se trata de los bomberos. Al final, logran que el ascensor dé un tirón y se detenga en el piso siguiente. Abren la puerta y... descubren el pequeño paraíso. El muchacho y la muchacha se niegan a salir. "¿Para allá afuera?", dicen. "¿Con toda esa polución, esos ruidos, esos atracos en plena calle...?" Cierran la puerta entre los dos. "¡No se les ocurra volver por aquí!", gritan. Y colorín colorado. No está desarrollada todavía. Falta describir todo el proceso. A veces pienso que podría dar para un largometraje.

MARCOS.— Hay un problema de verosimilitud. Lo aceptamos todo, pero ¿y el baño?

GABO.— Eso está resuelto. En bolsitas de plástico. ¿Tú no sabes que en Japón compran la mierda como abono? Reparten por las casas unas bolsitas de plástico y las van a recoger al día siguiente. Son contratos.

MARCOS.— No se le escapó ningún detalle.

GABO.— Todavía hay varios cabos sueltos, pero se ajustarán cuando empecemos a pensar la historia milimétricamente. ¿Ustedes no han oído hablar de esa otra historia de la caca que también discutimos en el Taller? Es muy bella, y tiene media hora exacta de duración. Se desarrolla en un pueblo de Bolivia. Resulta que mucha gente quiere emigrar a los Estados Unidos, pero para eso tienen que pasar exámenes médicos. Y al examinar la caca de los tipos, encuentran que todos ellos tienen amebas. Nada que hacer. Todos menos uno: hay uno que no tiene amebas. Y a éste se le ocurre la idea de vender mierda, su propia mierda. Así, todo el mundo pasa con éxito la prueba de heces fecales y logra irse para los Estados Unidos. Muy contentos, aunque llenos de amebas. Una mediahora preciosa. Como aquella otra de la muchacha que compra un espejo del siglo XIX, el sueño de su vida. Lo cuelga en su cuarto y de pronto descubre que hay un tipo dentro del espejo. Él vive en el espejo, en pleno siglo XIX, y ella fuera, en pleno siglo XX. Media hora de amor imposible entre dos personas que no se pueden encontrar, porque viven en épocas distintas. Otra mediahora: la de una mujer mayor, aunque bien conservada, con hijos y nietos. Un día llega el cartero a su casa para entregarle una curiosidad: una carta que se encontró pegada al buzón cuando renovaron los buzones del pueblo. La carta llevaba allí treinta y cinco años. Ella mira el sobre. Efectivamente, es para ella. Lo abre y lee: es un mensaje crucial. Su amado la cita en el café tal, el miércoles a las cinco de la tarde. Se irían juntos del pueblo. Ella y el hombre de sus sueños, el único que amó; de hecho, nunca dejó de amarlo, pero un día él desapareció y la vida de ella cambió por completo. Ya era otra vida. Ocurren una serie de cosas y al final, ella decide acudir a aquella cita imposible... treinta y cinco años después. Y allí está él, esperándola, como todos los miércoles a las cinco de la tarde. ¿Quién dijo que no había amores eternos?

Me interesa mucho ese tipo de historias porque me permite darme cuenta de hasta dónde se puede forzar la realidad, cuáles son los límites de lo verosímil. Son más amplios de lo que uno se imagina. Pero hay que ser consciente de ellos. Es como jugar ajedrez. Uno establece con el espectador –o con el lector– las reglas del juego: el alfil se mueve así, la torre así, los peones así... Desde el momento que se aceptan esas reglas, pasan a ser inviolables; si uno trata de cambiarlas en el camino, el otro no lo acepta. La clave está en la gran jugada, la historia misma. Si te la creen, estás salvado; puedes seguir jugando sin problema.

TERCERA JORNADA

EN ESTADO DE LOCURA

GABO.— Un día me llama Alejandro Doria, desde Buenos Aires. Está con una actriz que ya no es tan joven y me dice: "Oye, necesitamos una historia, de largometraje, para una mujer de cuarenta años". Yo me puse furioso: "¿Cómo se te ocurre pedirme eso, como si estuvieras encargando diez metros de tela?". La cosa quedó así, no volví a pensar en el asunto. Una semana después me puse a sacar fotocopias del libro que escribía en ese momento; estaba atrasado y le pedí a Mercedes que me ayudara. Ella iba fotocopiando y yo poniendo las hojas aparte. De pronto, se me desaparece el capítulo cuarto. Digo: "Mercedes, aquí no está el capítulo cuarto". "¿Cómo? —dice ella—. No puede ser. Yo lo saqué. Sí, acá lo puse, mira; éste es el quinto." Seguimos buscando. Nada. "Bueno, habrá que fotocopiarlo. Aunque yo esté seguro de que lo vi, y tú de que lo sacaste." Y de pronto, me percato de que he estado rompiendo papeles, borradores, y que sin darme cuenta he roto también la fotocopia del capítulo cuatro. "Ah, no te preocupes —le digo a Mercedes—, aquí está ese capítulo, lo rompí sin darme cuenta." Se me quedó viendo, así... "Por favor, no me hagas esas cosas, que me vas a volver loca", dice. Y en ese momento se me ocurrió la idea. Completita. "¡Esto es lo que necesita Alejandro!", me digo. La idea completa, de principio a fin. Aunque después la parte final no me gustó, primero porque venía de Hitchcock, de *Vértigo*, y después porque no valía la pena... En esos

35

días iba a trabajar no sé qué cosa con Ruy Guerra y le dije: "Trabajo contigo si me ayudas a terminar esta historia". Y aceptó.

Es sobre una mujer casada con un científico. Los hijos viven con ellos, pero ya son adultos. En lo personal, el marido es un tipo insignificante, pero en su profesión es un genio. Puede ser de la electrónica, no sé, eso todavía no está muy definido. Un día, en su casa, ella empieza a notar que las cosas cambian de lugar. Deja un vaso aquí, sale, y cuando vuelve el vaso está acá. Prende un fogón, pone una olla, y cuando vuelve la olla está en un fogón apagado. Se pone en guardia. Es una persona madura, que se distingue por su aplomo. Ha hecho una carrera profesional muy seria. Pero nota que está perdiendo el sentido de la realidad. Se le escapan las cosas. Va a consultar con una amiga psiquiatra y ésta le dice que eso es algo muy normal, sobre todo en mujeres de su edad que han tenido una vida muy ocupada. Ella se tranquiliza. Un día todo el mundo ha salido: el marido a su trabajo, los hijos a sus clases... Ella se ha quedado sola en la casa. La sensación de soledad le produce una especie de *shock* del que, sin embargo, logra sobreponerse. Pero un buen día descubre que su marido tiene otra mujer. Por lo que ella está pasando, ¿no responderá a un plan del marido para enloquecerla? Se pone a averiguar y encuentra que la amante es exactamente igual a ella. Más aún: es ella misma; en la película, en efecto, ambas estarán interpretadas por la misma actriz. La mujer empieza a seguir a la amante en sus desplazamientos cotidianos: el mercado, la calle... La otra se comporta exactamente como ella, parece una copia suya. Y entonces nos damos cuenta de que aquí ha ocurrido lo de siempre, que cuando los maridos empiezan a pensar que sus mujeres están locas es porque ellos mismos se han vuelto locos. Y ahora sabemos, como espectadores, lo que la mujer no sabe todavía, y es que el marido ha reproducido su propia casa en la casa de la otra. Así que son mujeres idénticas y casas idénticas. Casi podríamos decir también vidas idénticas, pero con la salvedad de que para el marido la última precede a la primera; la vida con la amante es anterior a la vida con la mujer. Lo único que él ha hecho es tratar de revivir con la amante los años en que fue feliz con la mujer; y ponerse de acuerdo con la amante para tratar de volver loca a la mujer. Les toma su tiempo pero lo consiguen. De modo que él obtiene fácilmente el divorcio, con el argumento de la locura de ella. Nadie tiene la culpa, que era lo que él quería: un divorcio sin complicaciones. Ahora la pareja está feliz. Sobre todo ella, que ya no tiene que competir con nadie; ahora es la esposa, no la amante. Se siente feliz... hasta el día que descubre, en su casa, que las cosas están cambiando de lugar.

La historia termina ahí, pero todavía no la he escrito. A nosotros, aquí en el Taller, no nos sirve de nada, porque está pensada para un largometraje de noventa minutos, por lo menos. Por cierto, algún tiempo después vi que en Francia se había hecho un estudio que podría titularse "Las esposas felices se suicidan a las seis". La investigación fue realizada por una persona que observó varios casos de mujeres, al parecer con matrimonios bien llevados, que se suicidaban sin motivos aparentes. Esta persona empezó a averiguar y llegó a la conclusión de que los suicidios tenían tres cosas en común. Primero, todas las suicidas parecían ser felices; segundo, todas tenían más de cuarenta y cinco años; y tercero, se suicidaban siempre a las seis de la tarde. La investigación posterior permitió descubrir el porqué de todo eso, pero ahora no nos podemos detener en este asunto. Tenemos que pasar a otra historia. ¿La de Elid, tal vez?

CUANDO NO PASA NADA

ELID.— En un cuartucho donde apenas cabe un camastro, hay un tipo dormido. Llamémoslo X. Lleva puesto un overol azul y tiene el rostro cubierto por un pasamontañas. En una de las paredes hay colgado un muñeco, junto a una pantalla de televisión. Es obvio que la TV está encendida, pero no se ve ninguna imagen. De pronto, aparece en la pantalla un rostro extrañísimo –no parece humano– que empieza a darle órdenes a X: levántate, prende la luz, toma el muñeco, etcétera. X se cuelga el muñeco a la espalda y va al baño. Allí se quita el pasamontañas, pero como no hay espejo, no logra verse la cara. En la bañera, casi ocultos por la cortina, hay unos escombros. De allí sale un individuo que viste el mismo overol azul pero que no tiene cubierto el rostro. X se sorprende al verlo. De hecho, es la primera vez que ve el rostro de otra persona. Su asombro aumenta cuando el recién llegado le coloca delante un espejo para que contemple su propio rostro. De pronto, vuelve a oírse la voz de la pantalla, esta vez ordenándoles salir. El tipo le dice a X que se quite definitivamente el pasamontañas, que deje de cubrirse el rostro, que se rebele... Es más, insulta al ente de la pantalla. Suena una alarma. La voz grita, llamando a los guardias. X sale y echa a correr. Atraviesa callejuelas desiertas, edificios en ruinas; sube unas escaleras, tropieza, cae... y ahora lo vemos echado en su cama, en su casa. Su mujer lo está llamando. "Despierta –dice–, se te hace tarde." X se incorpora e intenta contarle el sueño a la mujer, pero ésta apenas le hace caso. "Vas a llegar tarde al trabajo", insiste. X entra y sale del baño, se asoma a la cuna de su hijo –cuya cara, por cierto, recuerda la del muñeco que ya hemos visto– y va cayendo en una especie de sopor... Ahora, en medio de su huida, encuentra a otras personas –todas con el rostro descubierto– y se oculta detrás de un muro. Se oye el llanto de un niño. Abre los ojos. Es su hijito que llora en la cuna. X empieza a vestirse y cuando va a anudarse la corbata ante el espejo se da cuenta que la imagen va vestida con overol azul, lo que lo devuelve a la huida: se mete en un laberinto de escaleras, sale a una azotea, ve acercarse a los guardias, se oculta en un cuartucho y de pronto, ¡pum!, los guardias abren de una patada la puerta. Pero la puerta que se abre es la de su verdadero cuarto y por ella, refunfuñando, entra su mujer. ¿Qué le pasa? El desayuno está servido, se enfría, etcétera. La mujer da media vuelta y en lugar de alejarse, desaparece; es un truco cinematográfico, claro: está en un lugar, de espaldas, y ¡puf!, se esfuma, desaparece. X se queda boquiabierto...

Para abreviar, termina la persecución con los guardias descubriendo a X tras una pila de escombros. Disparan sobre él. X deja escapar un gritito y lo vemos tratando de incorporarse en su cama... la cama de un hospital. Está atado a ella con unas correas. Abre la boca, jadeando. Cerca vemos un hombre, con barbita y bata de médico. Un tipo misterioso. Está preparando una jeringa para inyectar a X. "Tranquilo –dice–, no pasa nada." X pregunta dónde están y el médico le contesta que en el instituto. El Instituto de Investigaciones Psicológicas. "¿No recuerda? Se ofreció como voluntario para el experimento." "Ah –murmura X–. Entonces aquello era una pesadilla. Esto es la realidad." El hombre, que se dispone a inyectarlo, sonríe extrañamente. "¿Usted cree?", dice. Y mientras lo inyecta, comienza a desaparecer. Todo va desapareciendo. Ya no hay techo ni paredes. X, con una mirada inexpresiva, contempla desde su cama el cielo estrellado. La imagen se congela.

GABO.— Bueno, acabamos de ver la película pero sin saber muy bien lo que pasa. ¿Qué es lo que pasa, Elid? Por lo pronto, el hombre se está sometiendo a un experimento siquiátrico, ¿no es así?

ELID.— Se supone.

GABO.— No, no..., tú eres la guionista, la que cuenta la película; tú tienes que saber qué es lo que está pasando.

ELID.— Pero eso es precisamente lo que me interesa, que X nunca llegue a saber cuál es el sueño y cuál la realidad...

GABO.— ¿Y el espectador tampoco?

ELID.— No me parece necesario que lo sepa. Cada quien puede ver la realidad como guste. Puede preguntarse incluso qué grado de realidad tiene su propia vida, cuál es la realidad que él mismo está viviendo.

GABO.— ¿Tú leíste a Orwell? ¿Esa pantalla no te recuerda al Big Brother?

ELID.— Sí, pero es el único elemento de la historia que puede hacer pensar en *1984*.

GABO.— No es sólo la pantalla; la necesidad de rebelarse contra la pantalla es muy similar...

SOCORRO.— Yo siento que la acción es muy rica, hay muchas

peripecias, pero falta un planteamiento que le dé coherencia a todo eso, un eje en torno al cual se construya la historia, con principio y fin.

ELID.— Me faltó aclarar que cuando X está huyendo y se encuentra con los otros fulanos, ya empieza a plantear su confusión sobre la realidad y los sueños. Él es consciente de eso. Los sueños le parecen tan reales que ya no logra distinguirlos de la realidad. Es una ambigüedad que quiero mantener. No me interesa decirle al espectador: mira, la realidad es ésta.

SOCORRO.— Lo que pasa es que ahí, bien mirado, no pasa nada. Mejor dicho, pasan muchas cosas, pero no pasa nada. ¿Cómo se transforma X en un rebelde? ¿De qué manera se nos transmiten sus conflictos internos? ¿Y cuál es el conflicto central? ¿O es que en esta historia todo es conflicto?

GABO.— Sí, yo creo que ese es el problema. No es una historia orgánica, con principio, desarrollo y fin.

REYNALDO.— El problema es que nos vemos obligados a seguirla sin contar con ningún antecedente. Sólo al final descubrimos que X se ha prestado para un experimento. ¿Y mientras tanto? ¿O es que confiamos tanto en la paciencia del espectador como para suponer que, sin ningún antecedente, va a llegar hasta el final? Cada nueva peripecia no hace más que aumentar su desconcierto.

GABO.— Elid, ¿no podrías tratar de recordar un episodio de tu propia vida que se pueda contar con más sencillez? Siempre es bueno empezar por ahí. Se puede llegar a este tipo de historia después de haber escrito muchas que se basen en experiencias reales. Así, cuando uno sienta que ya ha agotado su propia experiencia vital, como fuente de creación, puede empezar a explorar otros caminos. Pero me temo que empezar así es como recorrer el camino al revés.

ROBERTO.— Quizás sea una historia de quince minutos que se alargó demasiado.

GABO.— Hay historias de quince minutos que se pueden contar más rápidamente. ¿Recuerdan *La Muerte en Samarra*? El criado llega aterrorizado a casa de su amo. "Señor –dice–, he visto a la Muerte en el mercado y me ha hecho una señal de amenaza." El amo le da un caballo y dinero, le dice: "Huye a Samarra". El criado huye. Esa tarde, temprano, el señor se encuentra a la Muerte en el mercado. "Esta mañana le hiciste a mi criado una señal de amenaza", dice. "No era de amenaza –responde la Muerte– sino de sorpresa. Porque lo veía ahí, tan lejos de Samarra, y esta misma tarde tengo que recogerlo allá."

¿Puede hacerse un largometraje con eso? Se puede, pero a costa de alargarlo demasiado, y ya les dije que para mí no hay nada peor que estirar una historia arbitrariamente. Ahora bien, me atengo a una convicción que ya les expresé: si no puedes contar la historia en una cuartilla, resumirla en una cuartilla, entonces da por seguro que a esa historia le sobra o le falta algo. Mi libro *El General en su laberinto* está sacado de una frase: "Al cabo de un largo y penoso viaje por el río Magdalena, murió en Santa Marta abandonado por sus amigos". Escribí doscientas ochenta páginas alrededor de esa frase. Lo que quería era completar un episodio que los historiadores colombianos nunca han desarrollado, y no lo han hecho por la sencilla razón de que ahí está todo el secreto del desastre que está viviendo el país.

CUARTA JORNADA

La Muerte en Samarra II

MANOLO.— Un autobús va por la carretera. El paisaje es del trópico. Hace calor. Todos los pasajeros son costeños, van en mangas de camisa. Entre ellos vemos a un hombre cincuentón, vestido de paño negro, con corbata, sombrero y paraguas. Nada que ver con los demás pasajeros.

GABO.— Viene de Bogotá. Es un cachaco. ¿Para dónde va, para Valledupar o para Venezuela?

MANOLO.— Para Valledupar. El tipo observa el paisaje por la ventanilla pero en realidad está recordando. Se ve a sí mismo saliendo de su casa a recoger el resultado de unos exámenes médicos, en el Seguro Social. La doctora le dice que su enfermedad es incurable. Le da seis meses de vida.

GABO.— ¿Por qué no la cuentas primero al derecho? Después la armamos en moviola como nos dé la gana.

MANOLO.— Bien. Un señor cincuentón, con traje de paño raído, entra al Seguro Social en Bogotá. Lo atiende un médico que le informa que su enfermedad no tiene cura. Le queda poco tiempo de vida. El hombre sale, sube al primer bus que pasa, un bus que dice "Cartagena" o "Curumaní".

GABO.— ¿Por qué lo hace?

MANOLO.— Porque ha decidido huir, dejar atrás su antigua vida. Lleva veinte años trabajando de empleado. Veinte años de burócrata, sin cambiar de oficina.

GABO.— Casi podría decirse que la enfermedad lo salvó.

MANOLO.— Volvemos a verlo en el bus. Dormita. Sueña con una muchacha muy bella. El bus llega a un pueblo y se detiene. El hombre se despierta, mira por la ventanilla y ve –o cree ver– a una muchacha. Se baja precipitadamente. La muchacha ha desaparecido. ¿O es que nunca estuvo allí? El hombre ve que el bus se va y lo deja ir. Pregunta a los lugareños dónde podría alojarse. Le indican la posada de Doña Lina. Llega, golpea a la puerta... y sale a abrirle la muchacha con la que había soñado. Es la sobrina de Doña Lina. Ésta, por su parte, es una señora ciega, de unos sesenta años pero pintada y empolvada como una geisha, que desde su cama somete al recién llegado a un verdadero interrogatorio: si es cachaco, qué ha ido a buscar allí, en fin, una serie de cosas... El hombre contesta lo que se le ocurre. Al final Doña Lina accede a alojarlo. Va a comenzar así un romance entre el hombre y la muchacha que se basará en una gran mentira: el hombre le va contando a ella su vida como si fuera la de un aventurero, una vida llena de sorpresas, emociones y peligros. Él cuenta lo que imagina, pero entretanto lo que nosotros vemos es la realidad: la vida monótona y rutinaria de un oficinista... El hecho cierto es que la muchacha se enamora perdidamente del hombre, es decir, del hombre imaginario, y un día ella le propone fugarse, huir juntos del pueblo. Sería la primera vez que ella saldría de allí; toda la vida ha sido los ojos, el lazarillo de su tía... Necesitarán dinero, es cierto, pero su tía tiene suficiente y ella sabe dónde lo guarda. Esa misma noche se lo robará.

GABO.— ¿Cuándo va a saber ella que él está desahuciado por los médicos?

MANOLO.— Él no se lo ha dicho. No se ha atrevido a decírselo.

GABO.— Pero tú debes saberlo. Es importante que nos lo digas. Es un elemento que forma parte de la situación, de la conducta de él...

MANOLO.— Lo que he pensado es que ella cite al hombre en tal lugar, a tal hora de la noche, y después de robarse la plata de la tía vaya a buscarlo y no lo encuentre. Él no acude a la cita.

GABO.— A ver, empecemos a contar de nuevo la película. Un señor de unos cincuenta años, de vida monótona y aburrida, recibe la noticia de que se va a morir en poco tiempo. Toma entonces la decisión de viajar para cambiar de ambiente, para hacer algo distinto, para ver si le sucede algo raro. Sube a un autobús, sin fijarse siquiera a dónde va...

CECILIA.— En cuanto a su aspecto... El hombre va vestido extrañamente.

GABO.— El hombre es un cachaco. Ellos visten así. Ni siquiera saben que en Colombia hay otro país donde la gente viste de otro modo. Bien, el hombre se baja en un pueblo cualquiera, sin razón aparente, y toca a la puerta de una casa. No ha soñado nada. Toca a la puerta, simplemente, y le abre una muchacha. Entonces ocurren las cosas que Manolo ha contado. Lo que no entiendo es por qué el hombre no acude a la cita. Pero ya la historia está. Lo único que le falta es el final.

ROBERTO.— Yo pensé que ella era la Muerte.

GABO.— ¡Ah, *La Muerte en Samarra*! Él va a buscarla, sin proponérselo. Ese podría ser un final. Por alguna razón, ese plan de fuga le causa a él la muerte. No muere de la enfermedad, como está previsto, sino de la muerte que él mismo va a buscar.

REYNALDO.— El hombre, ¿es viudo?

MANOLO.— Casado, pero sin hijos. Trabaja en un juzgado.

GABO.— Todo hacía suponer que fuera viudo. Es que todos los cachacos parecen viudos. Digo, los de antes, porque los de ahora son alegres y hasta mejores bailadores que los costeños. Así que el hombre trabajaba en un juzgado o en una notaría. Era escribano. Un escribano con muy buena letra, muy meticuloso, muy cumplidor. Los jefes le asignaban trabajos urgentes. Era un burócrata de burócratas. Si fuera viudo, tendría una hija que no viviría con él, sino en el departamento de al lado. Este dato no lo vamos a necesitar en la película, probablemente, pero puede servirnos para explicar su conducta, la decisión que toma, inclusive... ¿Por qué no quieres que sea viudo, Manolo?

MARCOS.— No siéndolo, el tipo puede largarse sin despedirse de la mujer.

MANOLO.— Esa es la idea.

GABO.— ¿Se va sin darle la noticia a nadie? La noticia hay que darla. Es la que pone en marcha la historia. ¿Cómo es la cosa en *Vivir*, la película de Kurosawa?

SOCORRO.— El personaje, en la sala de espera, se da cuenta de que tiene cáncer, por los síntomas de otros pacientes. Entonces se va. No llega a entrar al consultorio del médico.

GABO.— Yo prefiero que el médico se lo diga. Pero vamos a ver: ¿es mejor que el hombre tenga familia, o que no la tenga?

SOCORRO.— Si tiene familia, no puede dejar a su mujer sin despedirse de ella. No puede abandonar así a su compañera de toda la vida, la que le lavó las calcetas y todo eso. Si es viudo, entonces hay una señora –la casera, o la mujer que limpia su habitación– con la que él mantiene una relación morbosa, quizás porque entre ambos se ha creado cierta expectativa, o cierto equívoco.

GABO.— En media hora tendríamos el *chance* de verla alguna vez. Por ejemplo, en el momento en que él llega a hacer las maletas.

CECILIA.— Pero él debe montar al autobús sin equipaje...

MARCOS.— Manolo y yo habíamos pensado que su enfermedad fuera cirrosis. El médico –o la médica– le pregunta: "¿Ha sido usted alcohólico?". Él responde que dejó de beber hace tiempo, pero la médica mueve la cabeza: ya no hay nada que hacer. Él sale del Seguro Social angustiado, llama a su mujer por teléfono para darle la noticia y ella no lo deja hablar: empieza a contarle un chisme de no sé quién... Ella no sabe que él ha ido a ver al médico.

GABO.— Así que el hombre deja de beber, haciendo un esfuerzo enorme, y resulta que no le sirvió de nada. Se va a morir de cirrosis de todas maneras. Y al saber la noticia, lo primero que hace es entrar a un bar y darse un buen trago. "¡Puta vida! El trabajo que me costó dejarlo, ¿y para qué?"

MARCOS.— El tipo entra al bar, al primer bar que encuentra, y no conoce al bodeguero pero le dice: "Mire lo que me pasó..." Y le cuenta de golpe toda su tragedia.

GABO.— Sí, los bodegueros son confesores de borrachos. El borracho siempre se confiesa con su bodeguero.

REYNALDO.— No es un bar cualquiera. Es el sitio a donde él va todos los días a tomarse un café. Allí lo conocen desde hace años. Él llega y se sienta donde siempre. Y enseguida, sin que medien palabras, le traen su café. Pero él lo rechaza con un gesto. "Tráeme algo fuerte." El cantinero lo mira sin entender.

MANOLO.— Primero llama a su mujer por teléfono, después entra al bar y después va a la terminal de transportes y pregunta: "¿Cuál es el próximo bus?". "El de Curumaní", le dicen. Y ahí mismo compra el billete.

GABO.— La terminal de transporte está frente al bar. Por eso se le ocurre la idea. Ve a la gente entrando y saliendo y piensa: ¿por qué no?

MARCOS.— Ahora es cuando empiezan a pasar cosas. Él le cuenta eso al bodeguero, lo que pasó, y a partir de ahí comienza la acción, realmente.

GABO.— Sí, el espectador no tiene por qué tomarse el trabajo de adivinar esas cosas. Llega el momento en que hay que decírselo. Y ése, aquí, es cuando el hombre agarra al bodeguero y le cuenta lo que ha pasado. "Mira –dice–, treinta años metido en una oficina, para tener una jubilación y asegurar una vejez tranquila, y mira lo que me pasa. ¡P'al carajo! ¡No vuelvo a la oficina! Es más, ¡no vuelvo a la casa! Y para que lo sepas desde ahora: ¡este trago no te lo voy a pagar!, ¿me oíste?" Sale a la calle y se mete en el primer autobús que pasa. Lo que sigue, ya lo sabemos. Luego le sucede algo raro, que lo lleva directamente a la muerte. Y ya. Esa es la película. Sólo falta contar cómo ocurren las cosas, y bordar bien la historia para que quede ajustadita y no pase de media hora.

GLORIA.— No entiendo por qué se va sin llamar siquiera a la mujer.

GABO.— Todavía no sabemos si la llamará o no. Lo único seguro hasta ahora, si se aceptara mi propuesta, es lo que hemos contado;

incluyendo que él haga catarsis delante de la copa, porque eso no resulta forzado, a un tipo que está en esa situación lo primero que se le ocurre es contar su historia. Y cagarse en la madre de todo el mundo, porque se equivocó de vida, sencillamente. ¿No les gusta esa propuesta? Déjenmela a mí, que yo hago el guión. En serio.

ROBERTO.— Yo tengo mis reservas. Me resisto a hacer una película en la que los hechos sean hablados, en que las situaciones se resuelvan verbalmente.

GABO.— Eso te pasa porque eres un director muy joven. Cuando seas mayor te darás cuenta de que la gente no siempre entiende los argumentos. Por eso lo mejor es contárselos, directamente. Yo por lo menos agradezco esa deferencia. Siempre me duermo viendo las películas. A mí me condicionaron de chiquito para que asociara la oscuridad con el sueño. Cuando se apagaba la luz había que dormir. Así que si ahora estoy viendo la televisión con la luz encendida y viene alguien y la apaga, al poco rato ya estoy profundamente dormido. En el cine me ocurre igual: tan pronto como empieza la función y se apaga la luz, me duermo. A veces despierto de repente y veo a un actor y digo: "¿Y ése quién es?". Yo entendería tus reparos, Roberto, si se tratara de un recurso arbitrario o facilista. No sabes cómo contar una historia en imágenes, por ejemplo, y lo único que se te ocurre es poner a un actor a contarla. Pero aquí, en esta situación, no es ni siquiera un recurso narrativo, es una reacción natural. El tipo necesita desahogarse. Que se desahogue con el cantinero es tan natural que ya resulta ser un lugar común, algo que recuerda las novelas policiacas y las películas de *cowboys*. Podríamos buscar otro confidente, pero la necesidad de confesarse, en una situación como ésa...

MARCOS.— Me gusta la idea de que se meta en el primer bar que encuentre. Pide un trago y cuando el cantinero se lo trae, suelta el cuento...

GABO.— El cantinero piensa que es un borrachito más, contando el cuento de siempre...

REYNALDO.— El cantinero lo escucha sin inmutarse. Mejor dicho, pone cara de estar oyéndolo pero en realidad no oye nada.

GABO.— Lo único que me preocupa es lo de la cirrosis. Porque algún tratamiento tendrían que ponerle.

CECILIA.— Yo pensaba que tendría cáncer o algo así...

GABO.— Podrían ponerle el tratamiento, pero él se negaría a seguirlo. "¿Cómo? ¿Radiaciones de quimioterapia y todo eso? ¿Para que se me caiga el pelo? ¿Y en definitiva qué? ¡Al carajo los tratamientos!" Esa reacción me gusta. Es formidable que se burle de la Muerte. La Muerte ha preparado su caso de una manera muy normal, muy burocráticamente, y él, con su reacción, le juega una mala pasada, se busca otra muerte.

REYNALDO.—Estoy desesperado por llegar a la puerta.

GABO.— Claro, usted quiere llegar a la puerta porque ahí es donde empieza realmente la película. Pero antes tenemos que saber quién es ese tipo que toca a la puerta. Porque uno se imagina que él va a encontrar allí la felicidad, aunque sea por breve tiempo, y resulta que lo que encuentra es la muerte. Una muerte adelantada, su muerte anticipándose a la Muerte. Ahora, se me ocurre que podría haber alternativas: ¿y si la muchacha que abre lo estuviera esperando?

MANOLO.— Sería otra película.

GABO.— Cierto. Una película que empezaría con la muchacha levantándose de la cama y poniéndose a hacer los quehaceres domésticos. Tiene que fregar los pisos, lavar la ropa... Es una sirvienta. La tienen jodida. Y un día se dice: "¡Coño, si me pasara algo distinto! ¡Si pudiera cambiar de vida! Me iría con el primero que toque a esa puerta y me proponga..." Y de repente: tun-tun-tun. Anoten eso, de ahí sale otra película.

MANOLO.— Eso da para un largo. Yo tengo una historia de un minuto. Muy colombiana, por cierto. Una ciudad en ruinas, desolada, con columnas de humo en el horizonte, casas ardiendo, soldados y caballos destripados por dondequiera... En medio de un montón de escombros, algo se mueve. Es un muchacho joven, malherido, que se arrastra buscando algo. Encuentra un cadáver, otro; y de pronto, oye un quejido. Es un oficial, agonizante. Todavía se notan sus insignias en el uniforme, cubierto de polvo y piedras. El muchacho se inclina sobre él, hace un amago de saludo y dice: "Señor, ganamos".

GABO.— Yo tengo otra. Sé que es el principio de una película, pero nunca he logrado saber cómo sigue. Hay un enorme salón con veinte o treinta muchachas preciosas, totalmente desnudas, haciendo gimnasia rítmica. De pronto suena una campana y se oye una voz: "Bueno, niñas, terminó la clase". Las muchachas corren a los camerinos. El salón queda desierto. Las muchachas salen vestidas. Todas son monjas. Es una idea que le hubiera gustado a Buñuel. Pero en fin, no nos dispersemos; volvamos a nuestros treinta minutos.

ROBERTO.— Yo he estado preguntándome todo el tiempo: ¿no será mejor que el hombre tome un tren en lugar de un autobús?

GABO.— Ya yo me imaginaba una sucesión de paisajes distintos, el autobús bajando de la sierra, entrando por cortes en tierras calientes... Uno de esos autobuses colombianos que en México llaman camiones guajaloteros. Podría ir pasando por los cafetales, luego por los cañaverales...

SOCORRO.— Yo lo que había imaginado era otro personaje. Un personaje que iría a sentarse junto a él cuando el autobús llegara a tierras calientes.

GABO.— Sabiendo uno que el hombre se va a morir, todo lo que suceda a su lado cobra un valor excepcional. Incluso puede haber trampas ahí.

ROBERTO.— Yo pensaba en esos trenes que se ven en Brasil, en Perú... Recuerdo también uno, en Bolivia, al que le dicen el Tren de la Muerte. Yo iba a tomarlo y llegué muy temprano a la estación, porque suponía que iba a salir lleno, pero no, había muy poca gente... Me senté, el tren salió, me quedé dormido y por la madrugada me despierto y me veo rodeado por una verdadera multitud. Nunca pensé que pudiera caber tanta gente en un tren. Y de pronto una mujer, una india, me pone en el regazo un paquete. "Tenga eso —me dice—. Después vengo a buscarlo." Y se va. Nunca supe lo que era. Parecía ser carne.

GABO.— Podemos copiarlo completico. Él está en el bar. El cantinero, que lo conoce muy bien, le dice: "¿Adónde vas a ir?". Y él le responde: "No sé. ¡P'al carajo!". Corte, y vemos el tren: ¡chu-chu-chu!

ROBERTO.— Sí, el tren es más interesante. Como espacio y como imagen. Y en cuanto a la muchacha, tendríamos que salirnos un poco del cliché; debería ser una mujer hecha y derecha, no una muchacha. Una mujer bella, pero madura, con una vida propia detrás.

GABO.— Eso ya lo veremos. Lo que sí está claro es que tiene que ser una persona del sexo femenino. No puede ser un travesti. Aunque pensándolo bien, tampoco sería mala idea; ¿el hombre no quería nuevas experiencias? ¡Pues que se joda!

REYNALDO.—El ómnibus es más íntimo que el tren.

GLORIA.— Pero en el tren pueden pasar más cosas.

REYNALDO.—¿Y qué nos importa lo que pase en el tren? ¿No hemos dicho que la película empieza con la puerta?

GABO.— Socorro, ¿cuál era el personaje que tú pensabas sentarle al lado?

SOCORRO.— Una mujer negra que sube al ómnibus con una losa de mármol. Es una lápida. Acaba de exhumar los restos de su marido, muerto hace cuatro años, los trasladó al osario y ahora se lleva la lápida para su casa. Al sentarse, se pone a limpiarla con un paño.

GABO.— ¿Una lápida, junto a un tipo que se va a morir? Demasiado alegórico. Guardemos ese personaje para otra película. Hagamos un archivo con lo que nos vaya sobrando.

SOCORRO.— A ver esto: al hombre le han dejado un paquete de carne, como a Roberto, y se baja del ómnibus porque está harto.

ROBERTO.— O mejor, la mujer del paquete se baja del tren sin previo aviso y él, sin darse cuenta, va detrás de ella: "Señora, el paquete..."

GABO.— No creo que haya que situarlo todo en una cadena de causas y consecuencias. Ahora lo importante son los impulsos del tipo. Se baja en el pueblo que le da la gana y toca a la puerta que le da la gana. Si buscamos que cada cosa lo lleve a la otra, puede perderse la frescura.

Aquí la gracia está en que los actos de él parecen arbitrarios, pero esa aparente arbitrariedad lo lleva inexorablemente a la muerte.

MANOLO.— El bus se detiene para que los pasajeros coman. Todos lo hacen con prisa, menos él; y cuando todos vuelven al bus, para seguir, él se queda comiendo tranquilamente. No le da la gana de apurarse, eso es todo. Le da lo mismo quedarse allí, en ese pueblo, que en otro.

ROBERTO.— Hay que cuidar que la naturaleza de sus decisiones quede clara. Si el hombre deja que las cosas pasen, nada ha cambiado en él. Eso es lo que ha ocurrido siempre. Pero ahora él quiere burlar a la muerte y tiene que vivir de un modo más intenso. Tiene que pasar algo muy fuerte para que él se quede donde está, y se quede porque sí, porque quiere.

GABO.— Si no lo hacemos así, el espectador puede pensar que le estamos ocultando algo. Él tiene que armar una bronca en el autobús, exigiendo que pare. "¡Aquí no hay parada, señor!", le dicen. Y él: "¡Pero yo quiero bajarme aquí, coño!".

ROBERTO.— O el tren para porque hay un obstáculo en la vía y todo el mundo se baja para ver qué pasa. Es una roca enorme. Todos tratan de empujarla para despejar la vía. Él no; él se pone a contemplar el paisaje y se siente impresionado. Sube a una colina, ve un pueblecito cerca y echa a andar hacia allá. Mientras tanto, el tren pita, va a seguir su camino, pero él sigue andando...

VICTORIA.— Ahí entra a jugar un elemento de fascinación, algo carismático.

SOCORRO.— Tal vez haya empezado a percibir una serie de elementos nuevos dentro de sí, sensaciones desconocidas...

MARCOS.— Yo imagino más bien un paisaje desértico. Nada de grandes montañas. Todo es pobre, raquítico. Algo como la costa peruana, por ejemplo.

GABO.— En Colombia, para encontrar eso hay que ir a la Guajira.

CECILIA.— Lo que debe subrayarse es su actitud. Él piensa: estoy enfermo porque he seguido tales y tales normas, he sido un burócrata, me he regido siempre por un horario, por una rutina estricta. Ahora quiero viajar, hacer lo que me dé la gana.

GABO.— Al cantinero, en Bogotá, le dice: "Nunca he salido de aquí. He ido a Zipaquirá los domingos a comer papas saladas y eso es todo. Ahora voy a viajar. Ése ha sido el sueño de mi vida". El espectador creerá que el hombre está pensando en Venecia o algo así. No: está pensando en cualquier parte. Esto debe saberse para eliminar las sospechas de que él se baja en un lugar que conoce, donde ya estuvo antes. Él nunca ha estado en ninguna parte. ¿No les parece que el personaje se va redondeando así?

CECILIA.— Lo que decía Manolo de la comida: "¿El camión se va ya? Pues que se vaya. Yo todavía no he terminado de comer". O bien: "Señor, pare, que voy a hacer pipí". "No, señor, no puedo parar." "Pues oiga lo que le digo: o para, o aquí mismo hago pipí." Es decir, el hombre se rebela por primera vez en su vida.

REYNALDO.—No podemos darle al hombre emociones que él no tiene. Su frustración consiste en que va a hacer ciertas cosas, pero demasiado tarde. Eso de la emoción ante el paisaje, o de la rabieta infantil... son cosas que no pueden salir de él, porque no están en él.

SOCORRO.— ¿Por qué no? Ahora ve cosas que antes no veía, encuentra dentro de sí cosas que hasta ahora estaban ocultas.

VICTORIA.— El paisaje no tiene que ser grandioso. Puede ser chato. Uno de esos pueblitos solitarios, perdidos en la llanura. Lo que él está buscando no es lo que buscan los turistas.

GABO.— Se baja en uno de esos pueblitos porque ve que hay una feria allí. Y música. Se sube en el carrusel o en la rueda giratoria. Lo que no hacía desde niño. Que se asome a la ventana del autobús o del tren y vea eso. En América Latina siempre se ve algo cuando uno se asoma a la ventana de un vehículo.

ROBERTO.— Si va a comer, puede ver a la muchacha, que estaría hablando con la dueña del restaurante. Hay algo en ella que le llama la atención. Después él va a buscar un sitio donde alojarse y cuando le abren la puerta, resulta que es ella.

DENISE.—Un tipo que va a morir no siente deseos de hacer cosas; más bien prefiere dejarse llevar. Hay que averiguar cuál es su propio deseo, colocarlo en una situación y ver cómo se deja arrastrar por las circunstancias. Porque, bien mirado, para alguien que va a morir de un momento a otro, ¿qué es lo importante y qué no lo es?

ROBERTO.— Por lo visto, hay dos maneras de caracterizar a este hombre: como el que se rebela y manda todo al carajo, o como el que se atemoriza y se sumerge más aún en su pasividad. Tenemos que escoger...

GLORIA.— El personaje que conocemos no es un tipo capaz de rebelarse súbitamente.

SOCORRO.— Yo pensé que ya estábamos de acuerdo en esa línea, la de la rebeldía. Él pasa de ser un personaje plano, el burócrata, a ser otro más complejo, que está sufriendo un proceso de cambio. Si no, ¿dónde está la historia? No tiene por qué ser una rebeldía violenta.

GLORIA.— Esa rebeldía ya se expresó cuando él, en Bogotá, se monta en el autobús sin rumbo fijo.

ROBERTO.— Hay algo que tiene que quedar claro: ¿este tipo se está rebelando contra su vida, la vida que llevó, o contra la muerte?

MARCOS.— Contra su vida.

VICTORIA.— Y así es como encuentra a la mujer.

GABO.— Disculpen, pero tengo que salir. Cuando vuelva me cuentan la película.

EL TRIUNFO DE LA VIDA

ROBERTO.— Yo insisto en hallar ciertas motivaciones. En Bogotá el tipo no tiene que tomar al azar un autobús. Se acerca a la estación y ve una serie de tarjetas postales. Hay una en blanco y negro, que le llama la atención especialmente. Y es ahí donde va a bajarse después, en un sitio que se parezca al de la tarjeta. Tiene una fantasía sobre eso. Se va a morir y hay algo –no es fácil de explicar– que necesita hacer.

SOCORRO.— ¿Tú quieres crear una metáfora, establecer un paralelo...?

ROBERTO.— ¿Por qué no? Ese sitio podría ser el símbolo de una liberación.

MANOLO.— En Bogotá se contaba el cuento de un andino en la costa: "¿Quién conoce el mar?". Es el cuento de un hombre que nunca ha salido de la sierra.

MARCOS.— Sí, y decide viajar porque ve que la empresa se llama Viajes Marazul.

ROBERTO.— El mar puede ejercer ese tipo de atracción que yo andaba buscando. Está muy ligado a las emociones, al sentimiento.

MARCOS.— Me gustaría combinar el tema del mar con el de la postal.

SOCORRO.— Es fácil. En la estación él ve una tarjeta donde aparece el mar. Le da vueltas, mira dónde es... y luego lo vemos montado en el camión.

MARCOS.— Sí, se queda observando la postal, la agarra, le da vueltas, y entonces hay un corte y ya lo vemos en el tren. Porque yo estoy por el tren.

MANOLO.— Yo, en cambio, sigo pensando en el bus. Serían tres cortes: interior del bus, con paisaje de la sierra allá afuera; descenso a las tierras calientes y, por último, la costa, el mar batiendo contra los arrecifes. El tipo se baja en un pueblito costero.

SOCORRO.— Va de saco, corbata, sombrero... Y de pronto se quita los zapatos y deja que las olitas vayan lamiéndole los pies... A la que no veo es a la muchacha. ¿Cuándo va a aparecer?

REYNALDO.—Eso es lo que yo me pregunto: ¿cuándo llegamos a la puerta?

GLORIA.— El hombre va a comer a una fonda, en una pensión, y allí se encuentra a la muchacha. Es la que sirve las mesas. Ella tiene una bronca con el patrón, tira los platos al suelo y se va. El hombre se queda sorprendido, boquiabierto ante la reacción de ella.

ROBERTO.— Estamos buscando dos ideas: una, cómo hacerlo entrar a él al pueblo; dos, cómo relacionar a la mujer con el mar.

REYNALDO.— La postal debe servir como elemento de contraste. Él llega a la costa, mira el mar... y no es lo mismo. Se había hecho otra idea del mar, a partir de la postal. Ya estoy aquí, se dice; ¿y ahora qué? Bota la postal y entonces es cuando aparece la mujer.

ROBERTO.— Puede quedarse impresionado ante el espectáculo del mar, pero ¿cuánto tiempo? Tarde o temprano tiene que hacerse la pregunta: ¿y ahora qué? Echa a caminar y es ahí cuando empieza a nacer una cosa; él no sabe lo que es, pero se da cuenta de que algo está naciendo...

SOCORRO.— Ahí lo que no veo es acción. Y partimos de que íbamos a hacer una película comercial.

REYNALDO.— Hay acción interna. Primero, él se siente motivado por la tarjeta; ahora sabemos que su objetivo es el mar. Segundo, él compara su fantasía con la realidad; eso es acción también. Y tercero, se siente desilusionado, bota la tarjeta y echa a andar. En términos visuales sería: el hombre llega, se impresiona, se quita los zapatos, mete los pies en el agua, saca la postal y la observa. Contempla el atardecer con los pies en el agua. Mira de nuevo la postal, la echa al agua y se va.

MARCOS.— Tiene hambre. Necesita comer algo.

SOCORRO.— Encuentra a la mujer.

ROBERTO.— La mujer está en el agua. Se está ahogando.

MARCOS.— Es una sirena.

SOCORRO.— Él no sabe nadar.

ROBERTO.— Pero el mar no puede ser sólo paisaje. Tiene que desempeñar otro papel. Por eso la mujer debe tener una relación específica con el mar.

VICTORIA.— Que la encuentre ahí.

GLORIA.— Va a un sitio de la playa donde venden comida, entra y allí está ella, sirviendo las mesas.

MARCOS.— O es la hija de un pescador.

SOCORRO.— ¿Y el conflicto? Porque tiene que haber un elemento de tensión.

GLORIA.— Yo había propuesto una bronca en el restaurante. Ella es impulsiva, rompe los platos contra el suelo.

MANOLO.— Una barquita llega al muelle y allí viene ella. Viene con sombrilla y un vestido de flores. Una hermosa señora costeña.

ROBERTO.— ¿Señora? ¿No habíamos dicho que era una chica?

GLORIA.— Es una chica. Ya no soporta la vida que lleva.

VICTORIA.— Él pudiera verla en el mar, primero, y después encontrarla en la bodeguita. Ya habría una relación visual entre ellos, cuando se encuentren.

GLORIA.— ¿Y por qué la recuerda él?

ROBERTO.— Tú misma lo dijiste: es toda energía, llama la atención por su belleza, por su sensualidad...

MARCOS.— Una actriz como Sonia Braga.

VICTORIA.— No olvidemos que ella es la Muerte. ¿Quién se fija en quién? ¿Él en ella, o ella en él?

ROBERTO.— Ella en él. Él va caminando por la playa, con aquella ropa insólita, y ella, que es una pescadora, viene en dirección contraria... Y al verlo, no puede contener la risa: "¿Qué hace usted ahí, con esa facha?", dice.

GLORIA.— Se empieza a meter con él y luego le pregunta dónde está parando.

ROBERTO.— Pensándolo bien, ella no tiene por qué agredirlo. Incluso debe venir con una amiga, con otra persona, para no crear entre los dos una situación equívoca.

DENISE.— Él tendría que hacer algo que lo ligara a ella. Debe hacer algo a favor de ella.

ROBERTO.— Es el mar el que se encarga de eso. Él vino al mar y éste, en retribución, le da algo a él: le da a la mujer.

SOCORRO.— ¡Así que estamos trabajando con símbolos y todo...!

MARCOS.— Es algo que quedaría soterrado, como un sentimiento.

CECILIA.— Lo que haga ella en el momento del encuentro debe contener, como una semilla, lo que va a hacer al final. Si ella representa a la Muerte, el espectador debe tener la sensación, desde el primer momento, de que el encuentro no es casual, de que ella estaba allí, esperándolo desde siempre.

ROBERTO.— Y lo seduce.

SOCORRO.— No en el sentido sexual. Ella lo atrae y se lo lleva.

ROBERTO.— Él siente la atracción porque, en este caso, la Muerte tiene apariencia de vida.

REYNALDO.— El tipo le pregunta a la muchacha: "¿Dónde se puede pasar la noche en este pueblo?".

SOCORRO.— Tenemos que sacarle más partido a su forma de vestir; es un tipo rarísimo en ese ambiente.

VICTORIA.— Él entra en la fonda, para comer, y se sienta. Llega ella, la mesera. Y se queda mirándolo. "¿De dónde sacó esa ropa?", le pregunta.

MARCOS.— O lo ve venir, a través de la ventana de la fonda, y se queda mirándolo fijamente, antes de que él llegue. ¿Por qué lo mira? ¿Por simple curiosidad? Todavía no se sabe. Lo sabremos al final.

ROBERTO.— ¿Por qué insistimos tanto en la fonda o en el bar? Él viene caminando por la playa y se encuentra con ella. No hay necesidad de crear otro espacio.

SOCORRO.— ¿Qué les parece si hacemos un balance de las propuestas? La primera es la de Gloria: que se encuentren en un restaurante y que se establezca entre ellos una relación de contraste a través de un escándalo, de una pelea. La segunda es la de Roberto: que el encuentro sea en la playa y la relación se dé en tono de burla, ella burlándose de él. Y la tercera es la de Marcos: que ella sea la mesera de una fonda y lo vea venir, a lo lejos...

MARCOS.— Él llega, se sienta, y ella se acerca a la mesa y le dice secamente: "Sólo hay pescado". Para marcar una distancia, para darle al encuentro un toque de agresividad. La situación podría enriquecerse haciendo que ella derrame un poco de salsa sobre su traje, sin querer. "¡Ay, disculpe! Venga, pase acá, para limpiarlo", le diría, indicándole la trastienda.

REYNALDO.— En el bar no debe haber nadie más. O mejor, debe haber una sola mesa ocupada: unos tipos bulliciosos, bebiendo cerveza y jugando a las cartas o al dominó. Por eso ella puede ausentarse sin problemas.

GLORIA.— En el camino hemos perdido la idea del impacto, ese momento del encuentro donde él se queda impresionado por la vitalidad de ella.

ROBERTO.— Cuando pasan a la trastienda y ella empieza a limpiarle la solapa del traje, comenta, en tono juguetón: "¿Y usted qué hace por aquí con una ropa como ésta?". Después él se queda en el pueblito y ella, poco a poco, lo irá cambiando, seduciendo. Una noche, lo invita a la playa. Seguramente van a hacer el amor en la arena. Pero él no llega a ir. Se muere antes. No sé cómo, pero se muere.

MARCOS.— ¡Pobre tipo! La única vez en su vida que va a estar con una mujer hermosa y ¡pum!, se cae muerto.

SOCORRO.— Bueno, ahí tenemos un proyecto de final, pero entonces ¿cómo se produce el encuentro?

VICTORIA.— Que sea en la playa. Él se queda impresionado por su gracia, por su desenvoltura...

SOCORRO.— Le llama tanto la atención porque es una mujer costeña, un tipo de belleza distinta al que él conoce.

VICTORIA.— Y entonces hay un corte y lo vemos ya sentado en este lugar, comiendo.

MARCOS.— Ella había ido a la playa poco antes, a buscar pescado. Luego volvió a la fonda, entrando por la puerta de atrás, y entonces es cuando lo ve venir a él, a través de la ventana.

MANOLO.— Ahí están las tres secuencias. El tipo va caminando por la playa. Ella pasa con una canasta llena de pescado. Es bellísima. Él llega al restaurante y se sienta. Ella está friendo el pescado. Va a servirlo. Le mancha el traje sin querer. Lo limpia allí mismo, delante de todos. Bromea: "Quítese esa ropa... ¡Con este calor...!". A él le impresiona su desenfado. Paga y se va. Da unas vueltas por el pueblo, buscando un lugar donde pasar la noche. Toca a una puerta... y la que abre es ella.

MARCOS.— Ahí llega Gabo. Muy a tiempo.

GABO.— ¿Ya terminaron la película? A ver, cuéntenmela.

MANOLO.— Ha habido algunos cambios. El tipo toma el tren y sale de Bogotá porque quiere ver el mar.

ROBERTO.— Introdujimos un estímulo, una tarjeta postal.

MANOLO.— Hay dos posibilidades: que el hombre tenga la tarjeta en su oficina, o que la encuentre en la terminal de transporte. Él ha decidido visitar ese sitio, u otro parecido. En realidad, lo que quiere es conocer el mar. Todavía no sabemos qué pasará en el trayecto, ni si es en tren o en bus. Lo que sí es seguro es que encuentra a la mujer allí, a la orilla del mar.

GABO.— ¿Y la puerta? ¿Ya no toca a la puerta?

MANOLO.— No.

GABO.— ¡Ah, bueno, ésta es otra película!

MANOLO.— Sí, desde que entró a jugar el mar, se convirtió en otra película. Ahora él camina por la playa y ella viene con una palangana o una canasta llena de pescado. Se cruzan. Luego él va a comer a una fonda y allí tienen su primer contacto, porque ella es mesera y sin querer le mancha la ropa...

GABO.— Por lo que veo, él sigue vestido de cachaco, en medio de los *shorts* y los bikinis de las...

MARCOS.— No, no, no hay *shorts* ni bikinis. Es un pueblo de pescadores, una playa casi desierta.

MANOLO.— Ella le quita el saco, para limpiarlo, y entonces –ésta es una posibilidad– aparece el marido y se arma una bronca. Nuestro hombre –a quien decidí bautizar como Natalio, para identificarlo mejor– recibe un golpe y pierde el conocimiento. Al despertar, ve que ella lo está cuidando. ¿Cómo muere el tipo? Yo veo dos posibilidades: una, que el marido lo mate; dos, que ella descubra la postal y le diga que conoce ese sitio, que si él quiere que lo lleve hasta allí. Y es ahí donde él muere, todavía no sé cómo. Ahora bien, lo cierto es que ya esta historia no es la que yo presenté. Hasta que el hombre sale de Bogotá, buscando el mar, no hay problema, pero después...

GABO.— Es que todo es muy vago aún, le falta relieve. Pero eso no importa; ahora nuestro problema es la estructura.

ROBERTO.— El relieve debe surgir de la relación entre ellos.

GABO.— Es que ahora todo parece estar flotando. Antes, cuando él tocaba a la puerta, el hecho era totalmente insólito: llamas a una puerta y encuentras allí a la Vida, que en realidad es la Muerte. Eso tenía una fuerza especial, la fuerza del absurdo.

MANOLO.— Yo pensaba, a propósito de algo que usted dijo, que el bus donde él viaja podría detenerse a la entrada de un pueblito, donde hay una feria. Se siente música afuera. Él va dormitando y, de pronto, abre los ojos y casi frente a él, a través de la ventana, ve a la muchacha. La ve casi al nivel de la ventana. ¿Por qué? Porque ella va montada con una amiga en el carro de una rueda giratoria, y la rueda se ha detenido por un momento de modo que el carro y la ventana han quedado casi al mismo nivel. La muchacha y la amiga empiezan a reírse, a burlarse de él discretamente. El hombre saca la cabeza por la ventana pero en ese momento la rueda gira y las muchachas se pierden en lo alto. Entonces el hombre se levanta de su asiento y sale precipitadamente del bus.

GABO.— No hay que olvidar que ella es la Muerte. Lo de la rueda giratoria me recuerda otra vez *Vivir*, de Kurosawa. Han hecho un jardín infantil en un lugar horrible y hay un momento en que el personaje se sienta en un columpio y empieza a cantar una canción, con la cámara fija delante de él. Es una canción en japonés, claro, pero que no se olvida jamás, porque es la canción de la Muerte. El que ha visto la película no se olvida ni de esa canción, ni de ese parque horrible. En nuestra historia, tenemos que meternos en la cabeza que ella es la Muerte. Quizás después no lo necesitemos y prescindamos de ese elemento, pero ahora, si nosotros creemos eso, el personaje crece.

ROBERTO.— En el fondo, no nos gustaba la idea de que él tocara a la puerta.

GABO.— Sí, lo entiendo; la película de la puerta es la película del que está dentro de la casa, no la del que llega. Es la historia de una persona a la que nunca le sucede nada y siente que, de pronto, el destino toca a su puerta. El destino, o la muerte, o vaya usted a saber...

ROBERTO.— La idea de la tarjeta postal y del mar tiene fuerza. El tipo mira la tarjeta, ve el mar y surge el deseo. Eso es todo lo que quiere hacer antes de morir: conocer el mar. Baja del autobús en este pueblito de pescadores, camina por la playa desierta, sin cambiarse su ropa de cachaco, y tiene la visión del mar por primera vez. Entonces pasa ella, la muchacha, cuya sensualidad lo impresiona. Es la Muerte travestida de Vida. Y ahí empieza el proceso de seducción por parte de ella.

GABO.— ¿La iniciativa es siempre de ella?

ROBERTO.— Sí. Manolo sugirió que ella se ofreciera a llevarlo al sitio exacto que él busca, el lugar de la tarjeta. Y ése sería el viaje que lo llevaría directamente a la muerte. A mí lo que más me gustó fue la idea de que él fuera al mar y de allí, del mar precisamente, viniera la mujer. Durante toda su vida el hombre sofocó sus emociones, sus sentimientos; y ahora, cuando halla la posibilidad de expresarlos, de vivir a plenitud, resulta que encuentra la muerte. De modo que a la postre él muere como vivió: frustrado.

CECILIA.— Hay un serio problema con el personaje de la muchacha y es que no tiene el vigor necesario para representar lo que es. No hemos podido darle ese aliento.

GABO.— Siempre está caminando. ¿No será ese el problema, el hecho de que ella siempre esté caminando?

CECILIA.— Está moviéndose, pero sin hacer nada. Si ella es la Muerte debería hacer cosas insólitas. Lo cierto es que no le hemos dado relevancia, ni a ella ni al primer encuentro de ellos.

GABO.— Debe ser más un encontronazo qué un encuentro. Casi un cabezazo. Algo así –rruumm– como esas cosas que el viejo cine acompañaba con golpes de música –tratratatám–. El esquema podría ser: él está en una situación que, aparentemente, va a determinar el curso de toda la acción; y de pronto entra ella y todo cambia.

ELID.— Él llega a la orilla del mar vestido de cachaco, se quita los zapatos y los calcetines y se mete en el agua. Ella lo está observando, desde lejos. Le da la impresión de que el tipo se quiere suicidar. Él avanza, tiene un momento de vacilación y regresa a la playa. Se queda dormido en la arena. Cuando despierta ve, inclinada sobre él, a una mujer enorme. Y eso le produce un sobresalto...

GABO.— Es bueno que la Muerte lo salve de una muerte que no es la suya, que no ha llegado todavía. Ella tiene que surgir ante él como algo insólito, providencial, instantáneo y definitivo. Lo que no veo es la locación. Todas las playas son iguales.

ROBERTO.— Éste es un pueblo de pescadores.

GABO.— La mujer debe ser negra. Una negra corpulenta, con un halo mítico, acostumbrada a cantar. Aunque no cante en la película.

MARCOS.— Puede hacerlo. Una mujer como María Betania.

GABO.— Poco a poco se va dibujando el personaje. Ya empiezo a ver a esa negra, aunque ahora no tengamos tiempo de analizarla y no sepamos de dónde viene, ni para dónde va.

SOCORRO.— Me gustaría resumir lo que hicimos diciendo que, en realidad, no hubo acuerdo. Hubo propuestas generales, pero todos teníamos una posición distinta ante la historia.

GABO.— Así es como acaba saliendo, por eso se hace el taller; si no, no habría taller. Y no saldrían esas ideas locas, como la que se me ocurre ahora y es que esa mujer viaje en el mismo autobús con él. No se encuentran allí, ni siquiera se ven, pero ella ya viene con él.

SOCORRO.— ¿Y si anticipáramos su presencia de otro modo? Escucharíamos su voz, su canto, en el momento en que él llega a la playa. Ella sería una especie de flautista de Hamelin. Él sentiría el hechizo de esa voz y, orientándose por ella, encontraría a la mujer detrás de una roca, limpiando pescado.

GABO.— Sí, algo muy cotidiano, nada idealizado ni fantástico.

REYNALDO.— ¿Por qué no volvemos a la idea de la comparación entre el mar de la tarjeta y el de la realidad? "Bueno, ¿y ahora qué?", se pregunta él. Y entonces es cuando la ve a ella, cortando cabezas de pescados.

GABO.— O de niños.

REYNALDO.— ¿Cómo?

GABO.— Le falta locura a esta historia, es lo que quiero decir. Ustedes están muy serios.

ROBERTO.— Pero, Gabo, tu propuesta de situarla a ella en el autobús contradice la idea de que ella viene del mar, de que él debe ir al mar para encontrarla...

GABO.— Eres un romántico griego. Eres mediterráneo. Todos los brasileños son mediterráneos.

MANOLO.— Atengámonos a la idea de la postal. Una postal en blanco y negro.

GABO.— Es un buen recurso visual. Hay postales del mar, de la selva, de las montañas... Él ve el grupo de postales y escoge la del mar. Confieso que esto me ha sacado de onda, porque dejé a un tipo sin destino preciso, un poco a la deriva, y ahora me lo encuentro empeñado en llegar a un lugar. Pero bien, es así, va rumbo al mar. Sin saberlo, ya escogió el lugar de su muerte. Antes salía al camino buscando aventuras, a ver qué pasaba, simplemente. Como en las novelas de caballerías.

ROBERTO.— A mí me parece que la playa no es todavía el sitio. Cuando él selecciona la tarjeta no es porque quiera ir a ese lugar específico, sino porque quiere conocer el mar.

ELID.— Estoy de acuerdo en eso de ponerlo a hacer cosas locas. Porque resulta que el personaje va en busca de aventuras pero en realidad no hace nada, salvo tomar un autobús.

GABO.— No hay que impacientarse. Recuerden las distintas capas de pintura: primero hay que dar una mano, esperar que seque, después otra mano, y así... En el autobús o en el tren pueden pasar cosas, pero eso es fácil de resolver, son cuestiones puramente técnicas.

ELID.— Yo me refiero al final del viaje. El tipo no hace más que quedarse allí, frente al mar. O caminar por la playa.

GABO.— Eso es lo que estamos tratando de averiguar: qué hace después.

ELID.— Tiene que empezar a hacer cosas que nunca antes ha hecho. Alguien decía que en el bar, o en la fonda donde trabaja la mujer, hay unos tipos jugando dominó. Bien, que el hombre se acerque a ellos y pregunte: "¿Dónde puedo conseguir una garrafa de ron?". O bien: "¿Dónde hay un prostíbulo por aquí?". A lo mejor encuentra una bailarina en el prostíbulo y...

GABO.— Tengo la impresión de que el cine ya no acepta un prostíbulo más.

SOCORRO.— Esa imagen de ella limpiando pescado, cortando cabezas de pescado...

GABO.— Sí, con la blusa ensangrentada. Es una buena imagen. Mientras no hayamos construido al personaje tenemos que buscar imágenes.

ROBERTO.— Habría que rescatar la idea de la broma, construir la relación a partir de esa idea. Ella, al verlo vestido de cachaco...

GABO.— ¡Lo matan por una broma! Es decir, el tipo llega al pueblito de pescadores con su chaleco negro. Hay burlas; no sangrientas, sino inocentes; y resulta que por una de esas bromas lo matan, sin querer. Nadie quiere hacerle daño, pero se lo hacen. ¿Se acuerdan del *Sorpaso*? Es impresionante, porque en ningún momento uno piensa que se va a morir.

MARCOS.— Hay un cuento, el del gringo que llega a la pampa, donde todo se desarrolla normalmente –al gringo lo enseñan a tomar mate, a montar a caballo– y al final, le calientan la bombilla del mate.

GABO.— Es una travesura. "Vamos a tomarle el pelo", dice uno de los pescadores cuando ve acercarse al cachaco.

SOCORRO.— Hasta los niños del pueblito le toman el pelo.

GABO.— Los niños lo llevan, lo traen, lo levantan...

SOCORRO.— Lo jalonean, lo meten en el agua...

GABO.— Eso le da mucha vida a la película.

ROBERTO.— Ella y los pescadores se brindan para llevarlo a ese sitio que él busca. A medida que avanzan, el camino se va haciendo cada vez más tortuoso. Y al final no hay nada. Las rocas, el mar, el cielo… El viaje empieza como una simple broma, pero se va volviendo una pesadilla. Cuando llegan, el tipo muere. Los pescadores se asombran: ¿qué ha pasado? Sólo la muchacha lo sabe; sólo ella tiene conciencia de haberlo llevado a la muerte.

DENISE.— ¿Por qué lo hace?

MARCOS.— Por maldad.

MANOLO.— En la costa atlántica de Colombia hay un pueblo de pescadores que se llama Taganga. Tiene una bahía muy angosta, rodeada de montañas, donde los pescadores tienden sus redes.

GABO.— ¿Por qué no acabas de decir que es la más bella del mundo? ¿O no te atreves?

MANOLO.— El agua está tan quieta y transparente que la pesca se hace en la orilla. Hay unos hombres, unos vigías que observan el mar desde los acantilados, y cuando ven entrar un banco de peces, avisan para que los pescadores cierren la red. A los vigías los llaman halcones. Bueno, a Natalio podrían llevarlo a uno de estos nidos de halcones, casi inaccesible, y dejarlo allí. Como una broma.

GABO.— Un chiste colectivo que se convierte en un crimen colectivo.

MANOLO.— Lo dejan allí para ver qué hace, cómo se las arregla el tipo en una situación como esa. Y al día siguiente uno de los vigías, al ver entrar un banco de peces, ve también al cachaco, flotando sobre los peces.

GABO.— El cadáver entra flotando a la bahía con chaleco y todo.

MANOLO.— Y con el paraguas cerrado sobre el pecho.

GABO.— O abierto. Es una buena imagen, él flotando en el agua transparente, vestido de pies a cabeza. Ya tenemos el final. Ahora sólo falta rellenarlo. Déjenme decirles que esa imagen la tengo en un guión que nunca se ha filmado –la imagen de un virrey que se ahoga en un estanque– pero no importa, renuncio a ella.

SOCORRO.— Los niños, en medio de su inocencia, pueden ser sumamente crueles. Además, éstos viven en una empacadora y el hombre es un enviado del gobierno que debe servir como mediador. Ganado por la hospitalidad de los lugareños, toma decisiones muy drásticas, que afectan los intereses de la empacadora. Gracias a eso, los pescadores recuperan algo que les habían quitado o se apoderan de algo que estaban reclamando como suyo. Y cuando se descubre que él no es el mediador, los pescadores se niegan a devolver lo que tomaron y la gerencia de la empacadora se venga directamente en él.

GABO.— Pero eso es un largometraje y nosotros estamos elaborando un sueño.

REYNALDO.— Lo confunden con un benefactor. Cuando llega, la gente dice: "¡Al fin! Sabíamos que vendría". Nunca descubrirán la verdad. Él muere ahogado y le hacen un gran entierro. Pero, ¿con quién lo confunden? ¿Con un senador quizás?

GABO.— Ah, lo matan de amor...

REYNALDO.— Es un farsante, pero muere en olor de santidad.

GLORIA.— Su muerte es parte de la farsa.

GABO.— De la farsa que él no quiso protagonizar. De la farsa que le impusieron.

MANOLO.— Los pescadores vengan en él algo que él no hizo. Se vengan de lo que ellos hicieron con él.

GABO.— Si logramos descubrir el mecanismo que lo conduce a la muerte, tendremos completa la película. No necesitamos nada más.

ROBERTO.— En el apogeo de la gloria, él tiene que hacer algo que lo afirme como un dios. Ya él se siente Dios. Quiere hacer algo grandioso, que lo sitúe más allá de la muerte. Porque él sabe que la muerte es inevitable.

GABO.— Una muerte grandiosa, muy distinta de aquella otra que le esperaba en el hospital, entre radiaciones y quimioterapias...

ROBERTO.— No logra eso.

GABO.— ¿Cómo que no? ¡Coño, no seas cruel; por lo me

concédele esa última alegría! No vamos a dejarlo morir a causa de ese sacrificio que le están pidiendo.

ROBERTO.— ¿Qué sacrificio?

GABO.— No sé.

ELID.— El pueblo en general se alegra de su llegada pero hay allí ciertos personajes a quienes no les conviene que se resuelvan los problemas... Y son ellos quienes lo matan.

GABO.— No, ya estamos en el terreno del mito; estamos metidos de cabeza en el mito y ahora no podemos salir a la realidad cotidiana. No puede haber empacadoras ni bandos rivales. Lo mata el mito, el *fatum*.

MARCOS.— Al tipo lo entierran vivo.

GABO.— No. Se deja crucificar. El tipo quiere que la gente quede contenta, con la ilusión de que él es la persona que esperaban... Y para demostrar eso, arriesga la vida sin vacilar. Muere, pero logra su objetivo.

MARCOS.— Pero, ¿crucificado?

GABO.— Crucificado, sí, ¿por qué no? Al fin y al cabo no hay sino treinta y seis situaciones dramáticas, y ésa es una de ellas.

ROBERTO.— ¿En qué sentido se deja crucificar? Él se sacrifica para lograr su propósito.

GABO.— ¿Te acuerdas de *El General de La Rovere*, aquella película de Rossellini protagonizada por De Sica? Acabo de darme cuenta de que esa es la historia que estamos tratando de contar... Y me alegra mucho, porque soy un gran admirador de esa película. Alguna vez dije que las tres mejores películas que había visto en mi vida eran *El acorazado Potemkin*, *El ciudadano Kane* y *El General de La Rovere*. Es sobre un pobre diablo al que ponen preso en una cárcel de Italia —una cárcel para presos políticos— y a quien los demás presos confunden con un líder, el General de La Rovere. Por alguna razón se les
a que el tipo es ese general. El verdadero general
pero ha ocultado su identidad para que no lo ma-
parece este tipo que se hace pasar por él. Porque los
o convenciéndolo —convenciéndolo de que él es el

68

otro– y además porque él ha llegado a la conclusión de que no debe defraudarlos, de que debe hacerles ese favor. Y es así como termina siendo el General de La Rovere.

ROBERTO.— En *Kagemusha*, de Kurosawa, hay un caso parecido.

GABO.—Pero con un italiano resulta más verosímil. En fin, ya tenemos la historia; ya podemos hacer cualquier cosa, hasta un drama griego en la isla de Creta, si queremos. Lo que el tipo descubre es que la gente lo necesita; la gente encuentra en él algo que todos necesitan.

SOCORRO.— Creen que es un médico milagroso, como José Gregorio Hernández.

GABO.— Eso, una aparición. Un santo. Vemos la imagen del recién llegado en los altares de todas las casas. Con las velas encendidas. Estaban velando al santo y de pronto llega el tipo, que es igual al santo. Milagro.

REYNALDO.— Y el tipo llega a creerse que él es santo.

GABO.— En todas las casas se venera ese santo que, para asombro nuestro, resulta ser igualito a él. ¡Qué cosa más bonita esa...!

CECILIA.— El que se parece al santo es él, no al contrario.

MARCOS.— Y ese día, el día de su llegada al pueblo, es precisamente el día del santo.

REYNALDO.— Un santo que ha hecho mucho bien, incluyendo milagros.

GABO.— Ya se volvió largometraje.

MANOLO.— Es el santo patrón de los pescadores.

GABO.— Ya no se tiene que morir. La película puede terminar con el primer milagro. No creo que tome más de media hora llegar al primer milagro.

REYNALDO.— A uno le entran ganas de saber lo que viene después, en qué termina todo.

GABO.— Y ahí es donde se vuelve largometraje. Hagamos primero la película conveniente y después la del santo.

SOCORRO.— Él llega al pueblo sin que nadie lo vea llegar.

GABO.— Nadie sabe cómo ni por dónde llegó. Es una película muy linda. Mejor de lo que nosotros mismos imaginamos.

ROBERTO.— ¿Y el hombre muere finalmente?

GABO.— No. Antes iba a morir porque no sabíamos qué hacer con él.

ROBERTO.— Sigo pensando que el tipo debe morir.

GABO.— Si nos derrotas esta película, te echamos de aquí... Nos ha costado mucho trabajo llegar a este punto. ¿Eres amigo o enemigo?

ROBERTO.— Está bien. Que haga dos o tres milagros rápidos, y ya.

GABO.— La gente se los inventa y se los atribuye a él.

ROBERTO.— Y él llega a creérselos; se cree milagrero.

GABO.— Hace caminar a una paralítica.

ROBERTO.— Ella entra en el agua y él la sigue. En realidad, él se adentra en el mar, como si fuera a caminar sobre la superficie del agua... una imagen muy bíblica, ¿no? Y de pronto desaparece.

REYNALDO.—Como yo nunca he visto un santo sonriente, imagino el siguiente final: el tipo mira hacia la cámara, sonríe... y hace el milagro. Ahí se acaba la película.

GABO.— Vamos a desarrollarla escena por escena para ver a dónde nos conduce. El final ya no importa. El tipo puede morir o seguir vivo. Lo importante es que ya tenemos la historia. Y es ésta: un burócrata de Bogotá, desahuciado por los médicos, decide cambiar de vida radicalmente y empieza por llevar a cabo un viejo sueño: conocer el mar. Llega a un pueblito de pescadores y lo confunden con un santo, con José Gregorio Hernández, un médico que hacía milagros. Cuando él ve los altares, cuando se ve a sí mismo venerado en todas las casas –porque el parecido es total– termina creyendo que es el santo. Esa es la historia. Los detalles vendrán después. Ahora tenemos que garantizar que la historia quepa en media hora; si se alarga, puede malograrse. Y hay una cosa que me preocupa: la imagen de los altares no debe parecerse mucho a San Gregorio, porque a éste ya el pueblo lo ha canonizado. Es cierto que el Vaticano jode, todavía no se decide, pero ya no se puede hacer nada, es una avalancha que la Iglesia no puede parar. Y a los devotos no les gustaría que bromeáramos con su santo.

REYNALDO.— A él las circunstancias se le imponen. Alguien le pide que sane a un enfermo, que ponga la mano en tal lugar, y al principio el tipo vacila pero al final accede... y se produce el milagro.

GABO.— Ése sería el final. El hombre se ha estado rehusando pero es tanto el parecido, y tanta la insistencia de los devotos, que al final pone la mano sobre este niño enfermo o moribundo que acaban de traerle y... milagro. La película podría terminar inclusive con el rostro del tipo, perplejo: no sabe qué pasó, él mismo no se explica lo que ha pasado. Porque la película no es sobre el niñito, si resucita o no; es sobre él y su increíble santidad. En el momento en que él decide que sí, que va a poner la mano sobre el enfermo, ya se lo llevó –para decirlo en esperanto latinoamericano– la rechingada caraja.

ROBERTO.— Parece que la otra historia, la del tipo condenado a morir, ha dejado de interesarnos.

GABO.— Aquí la muerte es un simple pretexto para hacerlo viajar. Lo que interesa aquí es ver cómo ese tipo, que había tenido una vida tan gris, llega a vivir una vida de santo.

ROBERTO.— Son cosas distintas. Tenemos que elaborarlas más.

GABO.— Ni siquiera hay que hablar de la cirrosis, al principio. La conversación empieza con el tipo preguntándole al médico: "¿Y cuánto tiempo piensa usted que puedo vivir todavía?". Y el médico responde: "Depende. Lo mismo pueden ser tres meses que tres años". No se precisa más diálogo.

CECILIA.— La mujer lo ha estado esperando en el pueblo. Junto al mar.

REYNALDO.— ¡Ah, ya me había olvidado del mar!

CECILIA.— La mujer negra, ¿recuerdan? Cuando él llega, ella le dice: "Lo estábamos esperando". El talante de la mujer nos impresiona, aunque todavía no sabemos que es la Muerte.

GABO.— La mujer se había quedado flotando por ahí porque en esta nueva versión ya no importa. Ahora lo que importa es la incertidumbre de él: "¿Cuánto tiempo me queda de vida? ¿Voy a sufrir mucho?".

ROBERTO.— El problema, ahora, no es la vida que tuvo, sino la que le resta.

GABO.— No. La vida que tuvo es la que explica su decisión. Él quiere liberarse. Por eso no se mete en un hospital ni se encierra en su casa para que lo mimen, sino que manda todo al carajo.

SOCORRO.— Es lo mejor que le pudo haber pasado en la vida.

GABO.— Más de lo que él mismo podía imaginar. Llega a tenerlo todo: el poder y la gloria.

ROBERTO.— Se realiza por casualidad. Sin proponérselo logra su realización personal. Ésa es la historia.

GABO.— Es una película de casualidades. Tiende a desbordar la media hora, pero hay que mantenerla dentro, de todos modos, para que no nos deje ni parpadear. Porque si nos deja parpadear, enseguida decimos: "¡Eh! ¿Y eso cómo...? ¿Y eso por qué...?".

MANOLO.— Yo creo que no hace falta seguir dándole vueltas a la historia.

GABO.— Entonces tú mismo, con la información que tienes, te encargas de desarrollarla. Cuando hayas terminado el primer tratamiento, nos lo presentas.

MARCOS.— Tengo otra historia.

GABO.— Bien. Ya la del cachaco es un león muerto. Hemingway decía que un libro terminado era un león muerto. Así que vamos a ver la historia de Marcos. ¿O prefieren descansar? Cada vez que sale un libro mío, lo primero que me preguntan los periodistas es: "¿Y ahora que está escribiendo?". "¡Coño –les digo– siquiera déjenme descansar un poco!" Y a juzgar por vuestras caras, tal vez no sea mala idea. ¿Un cuarto de hora les parece bien?

SEGUNDA PARTE

QUINTA JORNADA

HISTORIA DE UNA PASIÓN ARGENTINA

EL LLAMADO DE LA SELVA

MARCOS.— Voy a contar primero el principio de la película. Terraza de un hotel cinco estrellas, en una playa del Caribe. El clásico estereotipo: cielo azul, palmeras... algo así como el Hilton Palace de Santo Domingo. Primer plano de una mujer cincuentona, tomando el sol con sendos algodoncitos en los párpados mientras escucha música en su *walkman*. De pronto, gran ruido en el cielo y centenares de manos en la terraza que agitan banderitas. Le están dando la bienvenida a un helicóptero. El aparato se posa suavemente en el helipuerto del hotel. Ésa es la imagen. Así empieza la película.

La historia es la siguiente: esa mujer es una psicóloga argentina que decidió irse de vacaciones al Caribe. Nunca tuvo novio. Y ahora, de pronto, inicia sendas aventuras amorosas con dos tipos al mismo tiempo. Uno es negro, un músico que toca las maracas en la orquesta de salsa del hotel; el otro es blanco, un tipo famoso, tanto que ha llegado al hotel en su propio helicóptero, acompañado por sus guardaespaldas. La sicóloga –que parecía ser frígida– tiene una aventura loca con estos dos personajes. Les confieso que mi primera motivación, al concebir esta historia, fueron las locaciones. Me gustaría poder filmar en esos sitios: los hoteles, las playas, el paisaje... Quería jugar visualmente con ciertos estereotipos latinoamericanos: los músicos –una orquesta de

75

salsa, otra de mariachis...–, los ambientes populares... El maraquero vive en un barrio muy pintoresco, que por supuesto la psicóloga visitará.

GABO.— ¿Y quién es ella? ¿Cuáles son sus antecedentes? ¿Cómo llegó hasta allá?

MARCOS.— Es una persona que busca en el Caribe lo que no pudo encontrar en su país. Es medio frígida, nunca ha tenido novio, no sabe bailar... Ha venido al Caribe en un *tour* de quince días, ya lleva veinticuatro horas en el hotel y aún no se ha atrevido a bajar a la playa, porque alguien le dijo: "¡Cuidado, no le vayan a robar!". Por eso está ahí, sola, tomando el sol en la terraza del hotel. No deja de ser atractivo un caso así, una mujer incapaz de lidiar con un hombre que, de pronto, se enreda con dos y vive un romance apasionado con ambos.

GABO.— Bueno, Marcos, no tienes una historia sino una idea. A ver si somos capaces de sacar la historia entre todos. Cuéntanos algo más. Ya sabemos que la señora es argentina, psicóloga o psiquiatra, frígida o tímida... Vive en Buenos Aires, claro... ¿Cómo se enrola en esa excursión?

MARCOS.— Por una amiga, que acaba de volver. "La noto cansada, doctora –le dice–. Lo que usted necesita son unas vacaciones en el Caribe: otro cielo, otra gente..."

ROBERTO.— ¿Y por qué no empezar en una sesión de psicoterapia?

GABO.— Me lo quitaste de la boca. La paciente está tendida en el diván, hablando de su viaje al Caribe. La psiquiatra escucha, como distraída. Cuando la otra se va, piensa: "¡Al carajo! ¡Me voy p'al Caribe!". ¿Cómo ves tú la historia, Marcos? ¿Como drama o como comedia?

MARCOS.— Como comedia.

GABO.— Entonces te viene de perillas el diván. La otra está evocando el calor, la vegetación, los atardeceres...; y ella pregunta: "¿Y las relaciones eróticas?". "Imagínese, doctora –le dice–, allá todo es distinto... Hacer el amor en una hamaca... bueno, ¡no hay nada como eso!" ¿Ves? Resulta muy orgánico. Toda la situación puede darse a través de preguntas y respuestas.

ROBERTO.— La doctora deja progresivamente de ser quien es, una profesional, y empieza a vivir su fantasía.

GABO.— Se va entusiasmando, entusiasmando, y de pronto hay un corte y la vemos en el avión. Ahora es una persona totalmente distinta, el producto de un psicoanálisis al revés: la paciente la psicoanalizó a ella.

ROBERTO.— No hay que detenerse a describir su carácter. La personalidad de ella puede darse a través de la atmósfera del consultorio, el color de las paredes, todo muy impersonal, muy aséptico...

MARCOS.— Me interesa que en el hotel se mezclen algunas pautas culturales propias de América Latina, pero vistas como estereotipos.

ROBERTO.— Sí, debes contraponer el mundo de ella a la realidad caribeña, más dinámica, más sensual...

MARCOS.— Eso va a descubrirlo ella en carne propia, cuando meta al maraquero en su cuarto.

GLORIA.— Pero una tipa tan rígida, y con cincuenta años, ¿cómo va a llevar al hombre a su habitación?

GABO.— Ése es nuestro problema, no el de ella.

SOCORRO.— ¿Va a terminar haciendo el amor con el hombre que menos se imagina, un hombre que a lo mejor no le gusta?

CECILIA.— No sólo va a hacerlo sino que además va a contarle su vida. Hasta ahora ella no ha hecho más que oír historias ajenas; ahora quiere contar la suya. No es que vaya a acostarse con dos tipos o con tres, es que ahora está abierta a otras alternativas.

REYNALDO.— Ella ha oído esa historia de la paciente y decide repetirla, pasar por una experiencia semejante. Pero nada le sale igual; todo ocurre al revés. Sus relaciones con el maraquero y con el magnate no salen como ella esperaba. Ahí empieza el juego de la comedia.

GABO.— Se puede apelar a un recurso técnico. La paciente está tendida en el diván. Empieza el interrogatorio de la psiquiatra. Oímos las respuestas viendo su rostro. Vemos que le empiezan a brillar los ojos. Su entusiasmo crece con cada respuesta. Corte. La psiquiatra en el avión. Corte. Llegada al aeropuerto. Corte. Sigue la película pero ahora no hay preguntas, la voz de la paciente se oye en *off*. Lo que vemos en la pantalla no es lo que cuenta la voz sino lo contrario o una caricatura. A la psiquiatra todo le está saliendo al revés, aunque no necesariamente peor. Al final, volvemos al consultorio de Buenos Aires. La paciente ha respondido la última pregunta. A la psiquiatra le brillan los ojos más que nunca. "Mañana mismo me voy para el Caribe", piensa. Y ahí se acaba la película. Lo que hemos visto no es más que una anticipación o una gran retrospectiva. ¿Real o imaginaria? No lo sabemos.

MARCOS.— Siento la necesidad de resumir la historia, a ver si funciona.

GABO.— Funciona. El problema es que aún no tienes la estructura, no tienes una cosa orgánica y articulada; tienes una idea. El cuestionario de la psiquiatra, la voz en *off* de la paciente te darán un soporte, el hilo conductor que necesitas. Pero habría que mantener ese elemento de contradicción: a ella las cosas le pasan al revés. También conviene que sepamos lo que ella va buscando. Eso no es tan difícil. Tan pronto como llega al hotel, vemos que se come con los ojos al maletero.

MARCOS.— La historia se puede resumir así. Mientras se aloja, como turista, en un gran hotel del Caribe, una mujer madura que nunca vivió una pasión amorosa, tiene de pronto dos aventuras fenomenales. Al mismo tiempo. Es magnífico pero insoportable en cierto sentido. De todos modos la situación no puede prolongarse: el *tour* dura quince días.

GABO.— Y la película media hora... Hay dos maneras de concebir un guión. La primera es empezando por la síntesis: se cuenta la médula de una historia que todavía no se tiene, cuyo desarrollo se desconoce; la otra es contando paso a paso lo que sucede: una mujer se levanta, sale, se encuentra con una amiga en la esquina, sube al autobús... A mí me parece que lo más seguro es tener bien claras las acciones, y después, con calma, resumirlas en unos cuantos párrafos y analizarlas sobre la marcha.

MARCOS.— Bueno, aquí, para empezar, hay un personaje protagónico, la psiquiatra argentina, y una contrafigura, el músico caribeño, el maraquero. Este hombre lleva veinticinco años tocando las
maracas en una orquesta.

GABO.— Sí, pero en ese tiempo ¿cuántas psicoanalistas argentinas
le han caído en las manos? No menos de cincuenta. El tipo es una especie de *gigoló*.

MARCOS.— El personaje no nació así. La idea se me ocurrió una
noche, en el cabaret del Hotel Capri de La Habana, oyendo a una orquesta como de unos quince músicos interpretar viejos boleros. Y
uno de los músicos –el maraquero, claro– no hacía más que eso, mover las maracas. Tenía la mirada fija en el vacío y hacía sonar sus maracas por inercia: chac-chac. Me dio tristeza verlo. A lo mejor ya no
soportaba aquel interminable chac-chac. A lo mejor era un músico
adscrito al Ministerio de Cultura, con un sueldo de doscientos cincuenta pesos al mes.

GABO.— Bueno, pero este otro maraquero no tiene tiempo de abu-
rrirse. Es relativamente joven y muy popular entre las turistas. El porqué, lo sabemos por la paciente: "Doctora, en el hotel tal hay un
maraquero encantador. ¡Tiene un aparato así!", le dice. ¿Ves? Ya va
saliendo la historia.

SOCORRO.— Al llegar al trópico, la psiquiatra siente el olor del
mar, la brisa, el calorcito, el saborcito... Se le despierta la piel, por
decirlo así.

GABO.— Y va directo al grano. Le hablaron de ese maraquero y tan
pronto como llega, lo busca.

MARCOS.— Vino al Caribe a eso: a buscar el amor.

GABO.— Sería formidable que lo del maraquero no funcionara y, en
cambio, la tipa se ligara con un argentino. El tipo también vive en
Buenos Aires. En realidad, no tardan en descubrir que viven cerca uno
del otro, casi puerta con puerta... Y la película podría terminar así: los
dos regresando juntos a la Argentina.

SOCORRO.— ¡Pero ella vino a buscar otra cosa! Le hartaría ponerse a hablar con un argentino.

GABO.— No es un argentino cualquiera. Es él quien llega en el helicóptero. Ella puede decirse a sí misma: "¿Cómo? ¿Tanto viajar para venir a enredarme con un argentino?"; pero no puede seducir al maraquero y poco a poco la vida la va empujando hacia el otro... Al final termina yéndose en el helicóptero con él.

REYNALDO.— Es una comedia de enredos.

MARCOS.— Eso me interesa. ¿No van los argentinos a Brasil buscando aventuras, eróticas y de otro tipo?

GABO.— Quítale unos añitos a ella. No tiene que tener cincuenta; puede tener cuarenta y dos y sentirse igualmente frustrada, después de haber oído tantas historias y haber tenido que vivirlas vicariamente. Ahora no estamos inmersos en un drama sino en dos, porque el tipo también debe pensar: "¿Y qué coño hago yo enredándome en pleno trópico con una argentina?". Pero han vivido en el mismo vecindario, frustrados los dos —cada uno a su manera— y ahora son felices gracias a ese encuentro fortuito en el hotel.

GLORIA.— El tipo no puede ser famoso, porque en ese caso ella lo conocería.

VICTORIA.— Y difícilmente vivirían en el mismo barrio.

MARCOS.— Lo que tenemos aquí es un juego entre la pasión y el poder. El maraquero sería la pasión.

GABO.— Uno es poder y el otro es potencia. Ahí tenemos ya el núcleo de una comedia de situaciones. Ella va por el maraquero pero todo le sale mal porque el maraquero está en otra cosa; a lo mejor hasta es maricón.

CECILIA.— No puede ser. Ya ella tiene referencias fidedignas sobre los gustos de él.

GABO.— Lo único que sabe es que el tipo tiene las medidas, los centímetros cúbicos necesarios. La paciente, desde el diván, le ha vendido un Caribe de fantasía.

VICTORIA.— Quizás la paciente sea eso, una chica muy fantasiosa, capaz de inventar mil aventuras para compensar sus frustraciones. Y la psiquiatra, pese a ser muy profesional, se muere de envidia oyéndola; así que cuando la otra le cuenta sus vacaciones en el Caribe con lujo de detalles, ella piensa: "¿Y por qué no? ¿Qué me lo impide?".

GABO.— Esa situación me recuerda una anécdota que yo he titulado "El bar de Newton". Newton era un amigo mío, brasileño, embajador en México, que un día viene y me dice: "¿Así que vas a Amsterdam? Yo salgo para allá en estos días. ¿Por qué no nos vemos el jueves 17 por la noche en un barcito que está en la calle Canal esquina tal? Es el lugar más alegre y divertido que puedas imaginarte. No dejes de ir". El día convenido voy y me siento solo ante una mesa. Newton no había llegado todavía. Miro a mi alrededor y aquello parecía un velorio: la gente inmóvil, bebiendo en silencio como autómatas... ¡el ambiente más aburrido del mundo! Y de pronto todo despierta; oigo voces, suena una música, hay risas... Miro y ¿saben a quién veo? A Newton. El bar está en un sótano y Newton venía bajando la escalera. Cuando la gente lo vio llegar armó aquel barullo, una algarabía que duró hasta el amanecer. El bar es bonito, pero Newton no se imagina lo aburrido que resulta cuando él no está. Era él quien llevaba la alegría. Bueno, en la película es lo mismo: es la paciente quien arma todo el barullo en el hotel y dondequiera que llega. La psiquiatra se instala en el mismo lugar y descubre que allí no pasa nada, que a ella no le va a pasar nada.

MARCOS.— Prueba las frutas, los jugos y no acaban de gustarle.

GABO.— Y mientras tanto oímos en *off* la voz de la paciente: "Hay unos jugos de fruta maravillosos..."

MARCOS.— Pero algo tiene que pasar.

GABO.— Falta la historia. Estamos tratando de construir una historia a partir de una situación, de un ambiente...

ROBERTO.— Por lo pronto, ella se siente irritada cuando se encuentra con el tipo, con su compatriota.

GABO.— Él le insinúa: "¿Por qué no salimos esta noche?" Y ella: "¡Pero imagínate, che!..."

VICTORIA.— Imagínate. ¿Y se tutean?

GABO.— ¿Por qué no? Es el Caribe. "Imagínate, che... ¡venir de tan lejos para caer en lo mismo!"

MARCOS.— Y es cierto lo que decías, al tipo tampoco le interesa ella. Él anda buscando una mulata.

GABO.— No, eso parecería demasiado intencional, un juego de simetrías... El tipo anda en otra cosa. No conoce a nadie allí, así que le propone a ella salir; y ella, que sí sabe lo que se trae entre manos, se niega: "Pero che, no tiene sentido..." Sin embargo, al final cae; es el *fatum*.

ROBERTO.— Una gran decepción para ella. Viene huyéndole a la Argentina y se encuentra un galán argentino. Ella lo evade, hace lo imposible por no encontrárselo, pero al final no sólo se ligan sino que hasta descubren que eran vecinos en Buenos Aires.

GABO.— "Pero cómo, ¿vive usted en Rivadavia 46? ¡No puede ser! ¡Yo vivo en el 48!" Siento crecer la historia. Ya sabemos una cosa: lo que vamos a ver es una pesadilla.

MARCOS.— Entonces, pensándolo bien, la tipa no debe ser psicoanalista. Es una empleada pública, que vive de un salario y ha hecho un gran esfuerzo para ahorrar el dinero que le permita realizar su sueño: pasar una semana en un hotel de lujo en el Caribe.

GABO.— No. Si es argentina tiene que ser psicoanalista. Y esa historia se la hicieron soñar sus pacientes, desde el diván.

ROBERTO.— Pero convendría quitarle el carácter estereotipado de "psicoanalista argentina". Es un lugar común.

GABO.— No me parece conveniente. Esto es una comedia de equivocaciones. El género es una cosa que hay que definir desde el principio. No hay nada peor que una comedia involuntaria, eso de que uno crea estar haciendo un drama y le esté saliendo una comedia. Además, ese material no da para otra cosa.

ROBERTO.— Vale la aclaración. *Obrigado.* Pero el personaje debe ser un personaje, no una caricatura. Siendo una profesional, ¿cómo puede ella creer que va a vivir la misma experiencia que sus pacientes? Puede sentirse atraída por ciertos detalles, pero eso es todo. Lo que hace un psicoanalista es ayudar al paciente a encontrar su propio camino.

GABO.— Vale la aclaración. *Muito obrigado.*

REYNALDO.— ¿Y si ella no fuera tan profesional? ¿Y si fuera una psicoanalista mediocre?

VICTORIA.— Puede ser una excelente profesional y al mismo tiempo sentir esa atracción por lo desconocido...

REYNALDO.— El llamado de la selva.

GABO.— Ella va a vivir la prefiguración de su aventura.

DENISE.— Se puede empezar con el interrogatorio, la paciente tendida en el diván, el rostro de la doctora y de pronto, haciendo un corte, ella en el avión y la voz en *off.*

GABO.— Y cuando ella, en imagen, se encuentre al maraquero, la voz en *off* estará hablando de él, precisamente. Y a lo mejor las dos visiones no coinciden: el maraquero que describe la voz no es el mismo que la tipa está viendo.

ELID.— Es el mismo, ¿no? Son las dos visiones las que no coinciden.

DENISE.— El maraquero que encuentra la psiquiatra es el real; el de la paciente es una fantasía.

MARCOS.— ¿Y el tipo?

GABO.— ¿Qué tipo?

MARCOS.— El argentino.

EL DÍA QUE LOS ARGENTINOS INVADIERON EL MUNDO

GABO.— Al tipo lo encuentra ella en el hotel, en el momento de registrarse. Él está llenando su tarjeta en el mostrador, y la ve venir. "¿Llegó usted en el vuelo tal?", le pregunta. Y ella, aterrada.

SOCORRO.— De ahí en adelante no hace más que huir. En vano. Siempre acaba encontrándoselo.

GABO.— El empleado le da a él la habitación 303 y a ella la 305. Ella se da cuenta. "¿No podría darme otro piso, por favor?". "Como guste." Y al día siguiente, al salir al pasillo, ella se lo encuentra a él saliendo del cuarto de enfrente... "Pero cómo... ¿Usted no estaba...?" "Sí, pero me cambiaron. No funcionaba el aire acondicionado."

CECILIA.— En el hotel hay un animador o un encargado de relaciones públicas. Quiere ser amable, y al ver que ambos son argentinos, y andan solos, trata por todos los medios de hacerlos coincidir.

GABO.— El hotel tiene ese principio: encontrarle a cada persona su pareja, la pareja ideal.

CECILIA.— Eso se lo dijo a ella la paciente: que muchísima gente había encontrado allí la pareja de su vida.

GABO.— Cuando se dan cuenta de que anda sola y es argentina, se movilizan. "¿Pero cómo sola, si el hotel está lleno de argentinos?" Le prometen contratar una orquesta de tango. Al carajo la salsa. A la mierda las maracas, el maraquero, el Caribe... ¡Tango! El animador ha decidido promover el tango. Tarán-tan-tan, tan-tan-tantán... Y entonces él, el galán, se acerca a la mesa donde está ella, y la saca a bailar.

SOCORRO.— "Mi Buenos Aires querido..."

MARCOS.— "Yo sé que estoy piantao, piantao, piantao..."

REYNALDO.— Es el final. Lo bailan resignados, como si se estuviera cumpliendo una maldición.

GABO.— No. Lo bailan de manera absolutamente sensacional y se van felices y contentos. Se han dado cuenta de que la vida, la verdadera vida de ellos, está allá; no tienen nada que buscar aquí. Si aceptamos eso, sólo nos falta rellenar el espacio vacío con algunas situaciones ingeniosas.

ROBERTO.— Primera situación: el comedor está lleno. A ellos dos, que han coincidido casualmente en la puerta, los sitúan en la misma mesa. "¿Vienen juntos?", pregunta el *maitre*. El tipo se apresura a aclarar: "No, pero no importa... Digo, si usted no tiene inconveniente". A ella no le queda más remedio que ceder. Empiezan hablando muy civilizadamente, pero poco a poco ella se va irritando: "Disculpe, pero no pienso pasar mis vacaciones entre compatriotas..."

GABO.— "Vine aquí precisamente para no ver argentinos en quince días..."

ROBERTO.— Se despiden. Y a partir de ahí, huyendo siempre uno del otro, acaban encontrándose siempre de nuevo.

GABO.— ¡Tanto desear al maraquero para al final terminar con su vecino!

SOCORRO.— Ella nunca llega a encontrar al maraquero.

REYNALDO.— El negro no da abasto. Tiene muchos compromisos.

GABO.— Ella sale una noche con el maraquero pero descubre que el maraquero ha invitado también al argentino. "Le tengo una sorpresa: le pedí a este amigo argentino que viniera con nosotros; estuve anoche con él, bebiendo ron, y es un tipo simpatiquísimo..."

MARCOS.— Extraña decisión.

GABO.— El maraquero teme que la argentina se aburra con él. Y piensa que como el tipo es argentino, ella se va a sentir mejor en su compañía. Claro que estamos corriendo un riesgo.

MARCOS.— ¿Cuál?

GABO.— Que esto acabe convirtiéndose en un chiste de argentinos.

ROBERTO.— Otra situación: va a celebrarse un partido de fútbol. La selección argentina se instala en el hotel. Está el equipo, toda la delegación argentina cenando en el comedor...

DENISE.— Pero así se perdería la idea de "los pobres argentinos solos" y el personaje del alcahuete.

ROBERTO.— ¿Quién es ese?

DENISE.— El animador, el armador de parejas...

ROBERTO.— ¡Ah, no!, todo forma parte de lo mismo. El animador dice: "Acaban de llegar unos compatriotas de ustedes, los futbolistas". Y los lleva a confraternizar con ellos.

DENISE.— Es un chiste.

ROBERTO.— Estamos haciendo una comedia de enredos.

REYNALDO.— Ellos dos, la psiquiatra y el tipo, han venido solos, cada uno por su cuenta. Y entonces llegan los futbolistas. Y detrás de ellos, un montón de turistas argentinos.

GABO.— Entonces, al ver que aquello se ha llenado de compatriotas, ella se cambia de hotel. Pero al tipo le pasa lo mismo: no puede soportar la invasión y se cambia también. Al verse juntos de nuevo –la casualidad, el destino, vaya usted a saber...– se echan a reír. ¿Se reconcilian o se resignan? No importa. Es el momento en que él dice: "¿Por qué no vamos a comer juntos al restaurante de la playa?". Y ella: "¿Qué se pierde con probar...?".

DENISE.— Ese puede ser el final.

ROBERTO.— Van juntos a ver el partido.

REYNALDO.— El hotel está vacío de argentinos –parece que todos han ido al fútbol– y ellos aprovechan y van al bar, para disfrutar de una conversación tranquila ante un buen vaso de cubalibre... Pero el juego se está televisando, y todo el mundo –incluyendo el barman y no pocos argentinos– está pendiente de las jugadas, no se pierden una...

MARCOS.— Tal vez hasta tengan que cantar el himno.

GABO.— En el terreno se está celebrando la ceremonia de bienvenida. Y los jugadores se paran en atención y empiezan a cantar el himno. Ése podría ser el final. Ella, en el bar, sin poder contenerse, se pone de pie y canta también el himno.

MARCOS.— Yo quería hacer una película acá, en el Caribe, con mucha gente de acá, y ahora resulta que voy a necesitar docenas de argentinos.

GABO.— Y más aún. En ese hotel levantas una piedra y te encuentras debajo un argentino. Pero no te preocupes: estamos tratando de encontrar situaciones, todas las que se puedan; después las organizamos y las que sirvan, sirven, y las que no, no... Lo que no se puede hacer es frenar la búsqueda.

ROBERTO.— Que se trabe el ascensor con diez argentinos dentro.

Y que empiecen a discutir sobre la situación del país. Unos hablan de una cosa, otros de otra, aquello es la locura... ¿No es ese un retrato del argentino típico?

REYNALDO.— O del caribeño típico.

GABO.— No nos dispersemos. El hecho es que la pantalla se va llenando de argentinos. Al final, no cabe uno más. La llegada del equipo de fútbol arrastra toda la hinchada, y la hinchada arrastra consigo los símbolos: banderas, camisetas... Todo idéntico, fabricado en serie. Y todo filmado por Marcos, un argentino.

MARCOS.— Hay algo que me interesa meter en la película, y es uno de esos restaurantes especializados en carne y embutidos. Los bifes, los jamones colgados del techo...

GABO.— ¿Y el helicóptero, Marcos? ¿Te has olvidado de él? Cuando tengas una idea como esa, no la abandones nunca. ¿Quién viene ahí? La tipa está tomando sol en la terraza del hotel y de pronto llega ese aparato... ¿Quién viene ahí? ¿Quién es ese tipo tan importante que se da el lujo de llegar en helicóptero?

ROBERTO.— Maradona.

MARCOS.— No. Muy fuerte. Introduce un ruido en el sistema.

GABO.— Me parece que algo hemos adelantado. Todavía no tenemos una estructura, pero ahí está el hilo conductor de la paciente y de esta psiquiatra a la que su paciente convenció de que la vida está en el Caribe, muy lejos de la Argentina... La psiquiatra llega al hotel y lo primero que se encuentra, al ir a registrarse, es a un argentino. No se hablan, apenas se miran de reojo; pero ella oye que el empleado dice: "Señor Ribarola, bienvenido. Tenga su llave, habitación 203". Cuando el tipo se va, siguiendo al maletero, el empleado se dirige a ella: "Doctora Ricovix, bienvenida. Habitación 205". "¡No, por favor! ¿No hay otra más arriba? No me gustan los pisos bajos." Ya empezó a huir del tipo. Pero al otro día, al salir de su habitación, ve al tipo entrando en el cuarto de enfrente. Habían tenido que cambiarlo. Una rotura del baño en la 203, o el aire acondicionado...

MARCOS.— Hemos perdido la voz en *off*.

GABO.— No. Podemos elaborarla cuando terminemos el cuento. Al revés de lo que pensábamos. Primero desarrollamos la historia; después le añadimos el relato de la paciente.

ROBERTO.— Por cierto, ¿se acuerdan de *La dolce vita*? Empieza con un helicóptero que traslada una estatua.

GABO.— Un Cristo.

ROBERTO.— Atado con cuerdas. Nuestro helicóptero podría llevar atado un toro. Muy alusivo, ¿no?

MARCOS.— Buena idea. De repente la mujer abre los ojos y ve un toro volando.

ROBERTO.— Un toro caído del cielo.

GABO.— Un toro argentino. Un toro vivo que se van a comer esa misma noche. La mejor carne argentina. Y del pescuezo del toro cuelga un cartel: "Legítima carne argentina".

VICTORIA.— "La mejor del mundo."

ROBERTO.— Ella no puede dar crédito a sus ojos. Pero ahí está el asado... todavía crudo.

GABO.— La gran parrillada. El gran asado de esa noche de fiesta.

REYNALDO.— La Noche Pampera. Así se anuncia por todo el hotel: "¡No se pierda este sábado la Gran Noche Pampera!"

MARCOS.— Espero que esté allí la orquesta de salsa. Los Van Van, por ejemplo. Me interesaría un personaje como Pedrito, el cantante de los Van Van. ¿Lo conocen?

GABO.— Pero ese personaje ya lo tienes: es el maraquero.

MARCOS.— Es que estoy viendo a Pedrito, un mulato de seis pies de estatura, muy bien plantado, impecable: bigotazo, diente de oro, sombrero blanco de ala ancha...

GABO.— Hay otra orquesta muy buena, Irakere, y uno de sus mejores números es el de una negra que canta un *blues* acompañada por un trombón de vara. Como espectáculo es precioso, y el trombón, como instrumento, tiene más vida que las maracas.

ROBERTO.— Y un simbolismo fálico, porque con ese movimiento...

GABO.— No se admiten alusiones procaces.

MARCOS.— Los turistas están esperando la banda de salsa y lo que aparece es una orquesta de tango. El maestro de ceremonias anuncia: "Señoras y señores: esta noche tenemos sorpresas..."

ROBERTO.— Y antes de que la orquesta rompa a tocar, hacen desfilar varias reses por la pista de baile. He visto hacer eso en Brasil: un desfile de vacas en un hotel de lujo. Todo el mundo muy elegante, damas enjoyadas, mesas con manteles de encajes, y de pronto –muuuu...– las reses. Una imagen explosiva.

GABO.— Aquí nos conformamos con el toro. Pero un toro argentino. Lo vemos atravesar el salón con una guirnalda de flores colgada del pescuezo, como en un desfile de belleza. Y poco después lo vemos abierto en canal, con el costillar sanguinolento, colgado de un gancho. Y luego completamente descuartizado. Y por último convertido en asado, con la gente comiéndoselo. ¿Qué nos queda por ver? El tango. La psiquiatra y el tipo son dos bailarines sensacionales. Están felices de haberse encontrado. Y ya. Terminó la media hora. ¿No les parece divertida?

MARCOS.— A mí, sí; ya me veo filmando ese helicóptero con el toro colgado sobre la ciudad.

GABO.— Bajan el toro y ella lo ve perderse por un recodo del jardín. Después se nos olvida el incidente. Y por la noche... ¡el toro engalanado, como anuncio de la Semana Argentina! Porque lo que hay en el hotel es eso: una Semana Argentina.

ROBERTO.— Que incluye el partido de fútbol. Tendría que ser en México, por lo del fútbol.

GABO.— Podría ser Acapulco.

MARCOS.— Una isla del Caribe.

GABO.— El Caribe mexicano: Cancún.

MANOLO.— Al salir del comedor, ella se equivoca de puerta y va a dar a la cocina. Allí está el toro descuartizado.

GABO.— Está evadiendo a los argentinos y encuentra a los carniceros –zas, zas...–, cuchillo en mano, descuartizando al animal. Y luego todo el mundo masticando los bifes. Así que tenemos la llegada de ella, del tipo, del toro y del equipo de fútbol. ¿Qué más se puede pedir? Ya hay suficientes situaciones para llenar treinta minutos. Ahora de lo que se trata es de organizarlas.

ROBERTO.— Podrían quedar atrapados en el ascensor después de la cena. Están hartos de carne y vino...

REYNALDO.— Con perdón de las damas: él eructa sin querer sobre la nuca de ella.

GABO.— Después de la cena la orquesta toca un tango. La pista de baile se llena de parejas. Y ellos dos bailan tan bien que se ganan el premio de la noche: los coronan "Los Argentinos de Oro", o mejor, de Plata, como aconseja la etimología. Y la noche termina así, por todo lo alto, con todo el mundo cantando frente a cámara el himno nacional argentino.

MARCOS.— A mí, como buen argentino, ese tango me resulta sospechoso...

GABO.— ¿No te acuerdas del final de *El resplandor*? Termina con una vieja foto –ya todos están muertos– y con una canción preciosa. ¿No te gustaría un final así, dominado por el canto? ¿O prefieres dejarnos esta historia para el Taller y que nosotros te elaboremos una adecuada para un argentino, es decir, sin argentinos?

MARCOS.— Yo lo único que he dicho es: basta de tangos.

GABO.— ¿Sabes lo que puedes hacer? Detienes el curso de la película y apareces tú mismo en pantalla explicando: "Respetable público: ahora viene un tango. Yo no quería hacer esa escena pero me obligaron. Les pido disculpas". ¿Qué te parece? Hay que atreverse a hacer cosas así.

DENISE.— Habría que retomar el hilo de la historia. ¿Por qué no volvemos a la secuencia de la llegada? El avión acaba de aterrizar, ya ella está pasando por la aduana en el aeropuerto...

ROBERTO.— Ha tomado un taxi, rumbo al hotel. Ahí aprovechamos para mostrar la ciudad, para ambientarnos...

GABO.— Un momento, si vamos a hacer una escaleta, empecemos por el verdadero principio: el consultorio, la psiquiatra, el diván, la paciente... ¿No están llevando notas? Ya sé que es un sacrificio, el que se ocupa de las notas no tiene tiempo para nada más, apenas puede participar, se convierte en el escribano del taller...; pero alguien tiene que hacerlo.

ROBERTO.— Todo está claro hasta el momento de la llegada al hotel. Y a propósito: yo la haría salir de la Argentina en invierno.

GABO.— El invierno de allá, que es el verano de aquí. Que salga en julio.

MARCOS.— El 9 de julio, que es el Día Patrio.

GABO.— Retomemos la idea del taxi. El avión aterriza y pasamos por corte a un taxi, desde el que ella contempla el ambiente de la ciudad. Otro corte y ella entra al hotel. Se acerca al mostrador y nota que el tipo que se está registrando es argentino. Escucha lo que dice el empleado, cuando le da la llave a él...

SOCORRO.— Hasta aquí teníamos voz en *off*, ¿no? Ahora cesa.

GABO.— Después que ella toma el protagonismo, no volvemos a oír la voz. Por el momento, al menos.

ROBERTO.— En Brasil, cuando el avión está llegando a una ciudad turística bajan una pantalla y proyectan imágenes del lugar. Aquí puede pasar lo mismo: ya antes de aterrizar ella puede haber visto algunas de esas imágenes... Son imágenes de tarjeta postal, claro; puros estereotipos.

GABO.— En esta clase de historia es preferible definir una línea de acciones muy clara, y después ir complicándola durante el primer tratamiento. Tenemos que establecer el orden visual. En esto consiste la gracia del Taller: uno ve cómo se desarrolla y entonces se apropia del método y puede hacerlo solo. Así que volvamos a la conserjería del hotel. Cuando a ella le dan la habitación 205, se da cuenta del peligro y no vacila: "¿Tiene vista al mar?", pregunta. "No, lo siento." "¡Ah!, entonces quisiera un piso más alto, y una habitación con vista al mar." "Pero le cuesta un poco más." "No importa." "Bien, tenga, la 807."

REYNALDO.— Sube y cuando se asoma al balcón, ve una panorámica de la ciudad. No se parece mucho a la que mostraba el documental de promoción turística.

GABO.— También podría asomarse a una ventana y verla por la parte de atrás. Cuando uno llega a esos hoteles –por el frente, claro está– no se imagina cuán distinta es la vista que se aprecia por el fondo. La realidad está ahí, en la parte de atrás.

REYNALDO.— En Río, el Sheraton está frente a las favelas. De un lado está el mar y del otro las favelas.

MARCOS.— El tipo cambia enseguida de habitación. Y en determinado momento, cuando ella sale al balcón de su cuarto, ve que él está asomándose al balcón contiguo. Se miran perplejos. "Disculpe –dice ella señalando hacia abajo– ¿usted no...?" "¡Ah, sí!, ¿cómo está? Pues mire usted, tuve que cambiar de habitación, por el aire acondicionado."

GABO.— Sería bueno que empezáramos a tomar decisiones. Esta historia tiene la desgracia de estimular la imaginación; todo el mundo tiene algo que aportar.

MARCOS.— Y tenemos que terminarla en esta jornada.

GABO.— No. Nosotros no somos productores, somos creadores. A la historia hay que darle el tiempo que pida.

SOCORRO.— Quedamos en que la psiquiatra, en la recepción, exige que le den otro cuarto.

GABO.— Y cuando se instala, vuelve a ver al tipo. Pero hay ahí un vacío que es preciso llenar. Hay que dar tiempo para que el tipo descubra que su aire acondicionado no funciona, pida que lo cambien, llegue al nuevo cuarto y por último se asome al balcón.

SOCORRO.— Ella se instala, se pone cómoda, cuelga su ropa en el clóset y se prueba dos trajes de baño antes de bajar, porque ha decidido echarse un albercazo.

REYNALDO.— ¿Echarse un qué?

SOCORRO.— Bañarse en la alberca... o en la pileta, o en la piscina, lo mismo da.

MARCOS.— Las paredes de la habitación están empapeladas de fotos gigantes...

SOCORRO.— Playas, palmeras a contraluz...

MARCOS.— No. Los Andes, la pampa argentina...

GLORIA.— ¡Horror!

REYNALDO.— Machu Picchu.

GABO.— Eso déjenselo al director. Que él decida.

CECILIA.— De pronto, ella oye ruidos en la habitación de al lado, sale al balcón... y allí está el tipo.

MARCOS.— Primero prende el radio. Música ambiental.

GABO.— Eso lo hace el botones. "Mire, señora, aquí la luz; aquí el aire acondicionado; aquí el agua caliente, aquí la fría..." Es desesperante. Y ella: "Sí, sí, gracias", con ganas de salir de él... Claro que el pobre hombre insiste: tiene que hacer todo eso para merecer la propina. ¿Dijimos que ella venía en ropa de invierno?

CECILIA.— Quizá el botones le dio el programa de las actividades nocturnas del hotel y ella se sienta a echarle un vistazo.

GLORIA.— Me he perdido. ¿Dónde está él mientras tanto? ¿Cambiando de habitación?

GABO.— Él subió primero. Unos minutos más y ya ha tenido tiempo de mudarse.

SOCORRO.— Pero, ¿estamos pensando en un montaje paralelo?

GABO.— No, no, estamos calculando el tiempo. Nunca la hemos abandonado a ella.

CECILIA.— No me parece que deba verlo en el balcón. Ella se cambia de ropa, se arregla y cuando sale del cuarto se tropieza con él, que va a entrar, con el botones, en la habitación de al lado. Él la reconoce, hace un leve gesto de saludo y ella no puede contenerse: "¿No estaba usted en otro piso?".

GLORIA.— No hace falta explicar nada.

GABO.— Ya le dimos al tipo el tiempo necesario. Cuando sale el botones y ella se queda sola en el cuarto, se transforma, se vuelve tropical a la manera turística: blusa de colorines, gafas de sol, pamela... Y entonces se asoma al balcón, aspira profundamente el aire salado del Caribe... y de pronto ve al tipo. Está en el balcón de al lado, vestido todavía de argentino. Él cree reconocerla, hace un gesto de saludo, pero está en otra cosa... Quizás sea un ejecutivo que anda por el Caribe vendiendo equipos de aire acondicionado.

ROBERTO.— La próxima secuencia sería la de ella mudándose, acomodándose ya en otro cuarto. Y el nuevo botones, tratando de repetir la rutina.

GABO.— O mejor no se muda, la dejamos ahí; porque si no, podría parecer que la película es eso, el juego del gato y el ratón... No se muda: va aceptando la fatalidad poco a poco, y al final se resigna.

GLORIA.— Me gusta más así: situaciones breves, guiños... No hay por qué alargar cada chiste.

GABO.— Ella se queda allí. Ésa es su primera capitulación.

REYNALDO.— Entra al cuarto, va al teléfono resuelta a pedir que la cambien, marca el número y, sin esperar respuesta, cuelga. Desiste.

MARCOS.— Se resigna. Pero ya dijimos que el tipo tampoco quiere ligarse a ella. Él también anda buscando un romance tropical.

GLORIA.— Eso no impide que él sea gentil cada vez que la encuentra. Pero ella no oculta su rechazo, le saca el cuerpo... Eso da pie para situaciones más jocosas.

GABO.— Me temo que nos estén sobrando situaciones. Hay que tratar de hacer la escaleta y medir el tiempo. Ésta es una historia muy difícil, porque como es de enredos, nunca sabemos muy bien por dónde va. Ahora mismo, ¿vamos por la mitad, por la tercera parte...?

ROBERTO.— No tanto. Estamos entre los cinco y los siete minutos.

MARCOS.— Bien, a los cinco minutos de comenzada la película, ella acepta el primer mandato de lo fatal.

GABO.— Su "destino sudamericano". Ya no puede escapar. De ahí pasamos por corte al cabaret del hotel. La orquesta de salsa está tocando. Ella mira fijamente al maraquero. Lo está cazando. La voz en *off* vuelve a oírse aquí, haciendo un retrato idealizado del personaje.

ELID.— ¿No íbamos a cambiar al maraquero por otro músico?

REYNALDO.— Y a los soneros por una orquesta de tango.

ELID.— ¿Y los futbolistas?

GABO.— No hay que dejar que los sucesos se apelotonen. Hay que ir paso a paso. Primero están los dos encuentros de ella: el del Caribe y el del argentino, anuncio este último de todas las desgracias posteriores...

ELID.— Un encuentro que es un desencuentro, porque ella viene huyendo de la Argentina y los argentinos, y lo primero que se encuentra en el hotel...

MARCOS.— Ella ya se ha cambiado de ropa. Toma el ascensor y se va directa al bar. Como ya tiene referencias de las cosas del Caribe, por la paciente, se planta ante el barman y pide con mucho desenfado un mojito.

REYNALDO.— Un trago cubano con nombre japonés, como decía Cortázar.

GABO.— ¿Y qué sucede entonces, Marcos? ¿Cuál es la idea?

MARCOS.— A la mayoría de los turistas una cosa así los hace sentirse vivos, con más dominio de la situación... Es una forma de decir: ¿ven como conozco las costumbres del lugar?

GABO.— Bien, pide un trago equis y lo que le llevan es una copa de Carmen Miranda; una copa coronada de frutas, hojas y flores, como el sombrero de la actriz. Es la transfiguración turística de la realidad exterior. Cuando estaba escribiendo *El otoño del patriarca* recorrí las Antillas Menores: Martinica, Guadalupe, Antigua, Barbados, Trinidad, Tobago... Me fui de isla en isla y descubrí que las islas son un mundo y los hoteles de las islas, otro muy distinto. En los hoteles toman un pedazo de la realidad exterior y lo transforman. Por ejemplo, si afuera asan la carne sobre brasas, en el hotel el asado te lo sirven unos negros vestidos de piratas que traen una sartén enorme y que de pronto prenden fuego –¡fuáaaa!–, una llamarada tremenda; y los gringos allí

95

–ninguno menor de cincuenta años– , encantados de la vida, locos de felicidad por haber conocido algo tan típico. Bueno, ese sentido de la reproducción comercial de la realidad exterior se presta a toda clase de exageraciones, y eso ahora nos conviene, porque al cine también le gusta exagerar. Claro, nunca tanto como a la realidad.

ROBERTO.— Ella y el tipo podrían llegar al hotel en medio de una gran confusión. No logran saber qué pasa. Y lo que pasa es que...

GABO.— ...que sólo disponemos de treinta minutos, de los cuales ya hemos consumido diez. Hay que empezar con una línea de desarrollo muy simple e ir complicando las cosas poco a poco. Árbol que crece torcido...

CECILIA.— Tiene que suceder algo que sirva de gancho, para mantener el interés del espectador. ¿Por qué no volver al maraquero? Un tipo con carisma, que hace chistes, que se mete con la gente...

GABO.— Ella está sentada ante su cornucopia, digo, ante su copa de Carmen Miranda, y casi no puede ver al maraquero; tiene que apartar las hojas y las frutas para poder verlo. Ya empezó a sumergirse en la vida artificial. Afuera ves una mata de plátano aquí, otra de mango allá, otra de piña más allá; pero aquí adentro te lo ponen todo junto y acabas por no ver nada.

MARCOS.— Cuando termina el *show,* ella va directamente a los camerinos para tratar de hablar con el maraquero.

REYNALDO.— No me la imagino así, tan agresiva...

GABO.— Hay que aprovechar la atmósfera, el ambiente... ¿Cómo termina la noche para ella?

DENISE.— Con el argentino, claro. Un encuentro casual.

REYNALDO.— Ella está en su mesa y el argentino, al verla, cruza el salón, se acerca y la invita gentilmente a bailar. ¡O a lo mejor se convida él mismo a compartir la mesa!

MANOLO.— Ella va a buscar al maraquero y ¡ay!... se lo encuentra conversando con el argentino.

GABO.— Ya es hora de que ella y el argentino se hablen. ¿O es que pensamos hacer una historia de sordomudos? Él dice en algún momento: "¡Qué casualidad! ¡Venir a encontrarnos en el trópico!". Y ella, seca: "Yo no he atravesado el continente para encontrarme con mis vecinos".

MARCOS.— Nunca se atreverían a decir cosas como ésas. Son tímidos.

GABO.— Yo conozco muy bien a los argentinos y no son tímidos. Además, tienen sus caprichos. Conocí a uno en Argel que se presentaba como el señor Pereira pero advirtiendo que su apellido se escribía con "i" griega: Pereyra. El capricho de este otro es bailar con la psiquiatra ¡Y ella, nerviosa: está esperando que el maraquero termine, para abordarlo! La galantería de su compatriota amenaza con joderle la noche, el viaje, todo...

MARCOS.— En esos cabarets, al final de la noche inducen a la gente a bailar en una especie de trencito, en que todos se agarran por la cintura, uno detrás de otro...

GABO.— Marcos, acabas de encontrar una manera muy argentina de definir la conga.

REYNALDO.— Lo que hace ese "trencito" es arrollar. Uno no baila en la conga: arrolla.

MARCOS.— Y a él –¡qué casualidad!– le tocó "arrollar" detrás de ella.

GABO.— Esa noche tiene que quedar definida la situación entre ambos. Él también anda buscando una aventura; preferiría una negra o una mulata, pero si no aparece, se conforma con una porteña. Marcos, siéntate a escribir y desarrolla toda la secuencia de esa noche. Ten en cuenta que la siguiente es la secuencia de la piscina, con ella viendo llegar el helicóptero.

SOCORRO.— Vuelvo a la noche anterior. Cuando termina el show, ella va a ver al maraquero, pero se encuentra con el argentino. Deja claro que ella viene buscando otra cosa, el sabor de las Antillas... El maraquero sale de su camerino, los ve conversando muy animadamente, cree que son amigos y se va, sin verla.

GLORIA.— No me imagino a una psicoanalista porteña yendo personalmente a buscar al maraquero.

GABO.— Tiene el pretexto de su paciente. Ella, la psiquiatra, le hace llegar al maraquero un recado: "Soy argentina. Vengo de parte de Fulana de Tal. Le manda saludos. ¿Puedo verlo?".

SOCORRO.— Y le envía la nota con un botones.

GABO.— El maraquero, entonces, se acerca a la mesa donde está ella. "¡Cuánto lo siento! Yo no soy Pedrito, soy el sustituto; Pedrito anda de jira con su grupo por Venezuela." Corte a la cara de ella, desolada: se quedó sin programa para esa noche. Corte al día siguiente: la vemos tomando el sol, en la piscina. El argentino se acerca. La última vez que se vieron fue en la escena del balcón, ¿no?, muy distinta, por cierto, a la de Romeo y Julieta. Ahora él se le insinúa y ella, sin vacilar, lo rechaza: "¡Imagínate, che, venir hasta acá para acabar bailando tangos...!" En el fondo, ella no renuncia a la idea del maraquero. Aunque sea otro maraquero.

REYNALDO.— Esa última frase de ella es clave, porque así, precisamente, debe terminar la película: con los dos bailando un tango.

MARCOS.— Ustedes no renuncian a la idea del tango, por lo que veo.

GABO.— Forma parte de la atmósfera que se crea alrededor de la Semana Argentina. La cosa empieza con la llegada del equipo de fútbol y detrás del equipo vienen los hinchas, las banderitas...

MANOLO.— Es que no cesamos de mezclar las escenas, y eso tiende a confundirnos.

GABO.— Creo que el día de la llegada está resuelto, ¿no? La noche empieza en el cabaret. Un *show* fuerte –mambos, guarachas, cha-cha-chás– y ella, sola en su mesa, no le quita la vista al maraquero. De pronto, se le acerca el argentino, al que no vemos desde el balcón. "Soy su vecino –dice–. ¿Me permite?", y se sienta sin esperar respuesta. Empiezan los argumentos conocidos: "¡Imagínate...", etcétera. Ella aprovecha una pausa de la orquesta para darle al mesero la noticia. Se acerca el maraquero y le dice lo que ya sabemos: que lo siente, pero que él no es Pedrito, sino su sustituto, etcétera.

MANOLO.— Si el argentino sigue allí, a ella le queda esa opción; pero si no, perdió por partida doble: ni argentino, ni maraquero...

GABO.— Para decirlo con entera franqueza: estoy tratando de sacar de la circulación al maraquero. Este personaje fue un anzuelo para llevar a la psiquiatra al Caribe; no desempeña ninguna otra función en la película.

SOCORRO.— ¿Cuánto tiempo ha tomado llegar a ese punto?

GABO.— Yo calculo que unos siete minutos.

MARCOS.— Gabo tiene razón. De ahora en adelante no necesitamos al maraquero. Lo que importa ahora es la relación de la psiquiatra con el argentino.

GABO.— El maraquero ya le dio cierto peso a la historia, pero ahora se esfumó, hizo mutis... La fantasía erótica de la psiquiatra desaparece. Mejor dicho, se transforma. ¡Cuántas veces nos ha sucedido a todos algo semejante! ¡Cuántas veces, en el curso de nuestras vidas, se nos ha ido el maraquero!

MARCOS.— Quiero tener esto claro: cuando el maraquero sustituto le dice a ella que Pedrito se fue para Caracas, hay un corte abrupto y aparece la piscina.

ELID.— De un plano de la cara de ella, contraída, oyendo al maraquero, se pasa a otro de la cara de ella, contraída, viendo llegar el helicóptero.

CECILIA.— Ella está echada plácidamente en una silla de extensión, junto a la piscina.

GABO.— El corte es a la cara de ella, primero adormilada y después atónita, por la sorpresa del viento y el ruido.

GLORIA.— Lo que ella ve son los ojos del toro, que parecen estar mirándola. Y entonces se da cuenta de que el toro viene enganchado del helicóptero.

GABO.— Te salvaste, Marcos: con esa escena levantas la película.

MARCOS.— La ventolera que mete el helicóptero hace volar las sombrillas, las mesas...

GABO.— Aquello es un huracán. Y sobre las palmeras, abatidas por el viento, pasa el toro como una alucinación... Marcos, tienes que volver a ver *La dolce vita* para tomar elementos de ahí, dejando claro que se trata de "citas"; puedes entrecomillarlas, para que no haya dudas. Bueno, ¿qué hacemos con el toro?

SOCORRO.— La gente del hotel no sabe lidiar con esos bichos.

ELID.— ¿Y si se suelta y hace cundir el pánico entre los huéspedes?

GABO.— Ella me preocupa también. ¿Cómo la sacamos de allí? Levantar a una persona que toma el sol junto a una piscina es bastante difícil. ¡Si tuviéramos a mano al argentino!

GLORIA.— Ella logra sobreponerse a la sorpresa, se dirige a la recepción a recoger la llave y en ese momento irrumpe en el vestíbulo el equipo de fútbol.

CECILIA.— Antes aún: al oírla hablar, el gerente exclama: "¡Ah, señora! Usted que es argentina, ¿cómo podemos sacar al toro del jardín?".

GABO.— Esas operaciones las hace siempre el país organizador. ¿Y si fuera el argentino el que está organizando todo eso? ¡Claro! ¡El argentino es el organizador de la Semana Argentina!

ROBERTO.— Después que pasa lo del toro, y estando ella todavía en la terraza del hotel, siente un ruido que viene de la calle, se asoma al muro y ve que están llegando los futbolistas. Detrás de ellos, centenares de turistas argentinos agitan al aire banderitas argentinas. Podría lograrse una imagen muy curiosa si ella ve las banderitas antes, sobresaliendo por encima del muro.

MARCOS.— Cuando baja el helicóptero, y deposita al toro en la terraza, el viento le vuela a ella el sombrero. Ella agarra una toalla, se la pone de turbante y sube a la habitación. Desde allí se escucha también el ruido de la calle. Prende el televisor y ¿a quién ve? Al argentino. Le están haciendo una entrevista. El tipo es el organizador del evento. Así se entera ella de quién es él.

GABO.— Sí, pero antes ella ha presenciado la llegada del equipo, los hinchas, los turistas agitando banderitas...

ROBERTO.— El televisor sobra aquí. Mientras está en la terraza, ella presencia el alboroto que se arma con la llegada del equipo; cuando sube a su cuarto, escucha los cohetes y triquitraques, se asoma al balcón y vuelve a ver la multitud. ¿Qué más se necesita? Siempre es mejor inventar una acción que tener que explicarla. Ustedes, si los dejan, entrevistan al toro.

GABO.— Veamos la secuencia "Ahí vienen los argentinos". Primero, el helicóptero y el toro; después, la llegada del equipo de fútbol; después, ella entrando al vestíbulo y subiendo a su cuarto. En el ínterin han ido arribando autobuses llenos de hinchas. Gorras, pitos, camisetas, banderitas... Ella se va a encontrar de golpe con la República Argentina en pleno.

SOCORRO.— Si el tipo es el organizador del evento, no va a tener disponibles ni cinco minutos.

GABO.— No tiene por qué ser el organizador. Puede tener algo que ver con el evento, o participar en él de una manera u otra. A lo mejor es el comisionista que vendió el toro. Hasta ahora había estado vagando por allí, con mucho tiempo libre, porque el evento no había empezado y aún no había llegado el equipo.

ROBERTO.— El hotel amenaza convertirse en un lugar insoportable.

GABO.— Y aunque ella se cambiara de hotel, daría lo mismo: toda la ciudad está igual. Ya no hay dónde meterse.

CECILIA.— Ella lo intenta de todos modos, pero no encuentra sitio, todo está ocupado.

MARCOS.— Si se cambia de hotel, hay que ver qué clase de hotel es; no vaya a ser que terminen bailando tango en un hotelucho de mala muerte.

MANOLO.— Ella no debe cambiarse de hotel.

REYNALDO.— Lo que no quiere decir que no haga la gestión.

GABO.— ¿Nadie está tomando nota? Si se pierden cosas, espero que no sean elementos de estructura. Necesitamos armar una buena estructura para después rellenarla con calma.

MARCOS.— Cuando ella sube a su cuarto debe llamar por teléfono a la conserjería: "¿Puede explicarme qué está pasando aquí?". El empleado le explica. Y al mismo tiempo, ella ve en el televisor el recibimiento...

MANOLO.— El empleado explica, el televisor informa y ella se asoma al balcón y ve con sus propios ojos lo que ocurre.

GABO.— O sea que al que no quiere caldo, se le dan tres tazas: lo ve en el televisor, lo oye por teléfono y lo observa por la ventana.

MARCOS.— Es la redundancia absoluta. Recibe la misma información por tres vías distintas.

GABO.— Entonces el orden de la secuencia está claro.

REYNALDO.— Es una secuencia tumultuosa, por la llegada del equipo. Nadie quiere perderse ese partido: Argentina contra el resto del mundo.

GABO.— Argentina contra la Selección Mundial. ¡Ay, Marcos, te van a matar en Buenos Aires! Si no fuera una película seria, la psiquiatra despertaría junto a la piscina en el momento en que el toro suelta un aguacero de caca.

MARCOS.— Ella tiene que sentir algo, físicamente; no basta con que reciba el impacto visual.

REYNALDO.— Está la ventolera: el viento le arranca la pamela, hace volar las sombrillitas...

GABO.— Marcos, no hay que hablar de la caca. A ella le cae encima una pasta verde, percibe el olor y corre a ducharse. Todo el mundo corre de un lado para otro. Cuando cortas, ya ella está en su habitación, saliendo de la ducha.

REYNALDO.— Y pidiendo explicaciones por teléfono. Pero todo pudiera hacerse en la misma locación. El bar de la piscina tiene televisor y teléfono, naturalmente.

GABO.— Bueno, ya ella hizo lo que tenía que hacer. ¿Y mientras tanto, dónde se ha metido el argentino? Aunque ahora tenemos claro que la película no trata de ella y el argentino, sino de ella con los argentinos; con todos los argentinos.

CECILIA.— Cuando ella se da cuenta de lo que está ocurriendo, pide un taxi desde su habitación y le contestan que no hay taxis disponibles.

VICTORIA.— Busca en la guía telefónica, llama a otro hotel y le informan que todo está lleno.

GLORIA.— Cuando llama a la recepción para averiguar qué es lo que está pasando, no oímos la respuesta del empleado por teléfono, sino la del animador de televisión, que es el que responde su pregunta. Entonces ella se asoma a la ventana, porque siente allá abajo el jaleo. Y por último, intenta en vano cambiarse de hotel.

GABO.— Parece que la historia va a durar un solo día.

DENISE.— Esa secuencia, que empieza con el helicóptero y termina con el intento de huida por parte de ella, no da para más.

GABO.— La información que faltaba la ofrece el empleado, por teléfono: "¡Imagínese, señorita!, ¿qué podemos hacer? ¡Es su país contra el mundo entero!".

MARCOS.— ¿Y después qué? Estamos construyendo el guión sin saber qué va a pasar en el minuto siguiente.

GABO.— Para eso tenemos la cabeza. Al empezar tampoco lo sabíamos.

REYNALDO.— Me parece que ahora ella necesita un momento de reposo, para poder reflexionar sobre lo que está ocurriendo. Ella puede empezar a sentirse un poco paranoica. Está rodeada. La ciudad entera está invadida.

GABO.— Lo que tenemos que contar ahora es eso, justamente: lo que le sucedió a esta pobre argentina cuando los argentinos invadieron su mundo. Por cierto, ¿la película no podría titularse así: *El día que los argentinos invadieron el mundo*?

MARCOS.— Lo tendré en cuenta. Pero ahora no es eso lo que me preocupa; ahora lo que me preocupa es lo que preguntaste antes: ¿dónde diablos se metió el argentino?

EL ÚLTIMO TANGO EN EL CARIBE

CECILIA.— Al tipo lo están entrevistando por televisión.

GLORIA.— Ahora no tiene tiempo para nada; tiene que ocuparse de sus asuntos.

ROBERTO.— Ella sigue en su cuarto. Ahora está viendo la entrevista.

GABO.— Se ha sentado a mirar... En esta secuencia hemos dado toda la información necesaria.

MARCOS.— Al menos, ya sabe uno quién es el argentino.

GABO.— Es el jefe de relaciones públicas del equipo de fútbol. Y ya entró en su cuarto –por lo menos en imagen– de manera que tenemos derecho a preguntarnos, como un narrador de radionovelas, ¿cuánto tiempo le tomará entrar definitivamente en su vida?

CECILIA.— En la entrevista, el tipo dice algo que le llama a ella la atención... Ella se da cuenta de que él no es un tonto.

GABO.— Hace un pronóstico sobre el resultado del partido... Por cierto, tenemos que filmar el partido, para después, en la gran fiesta final, celebrar la victoria por todo lo alto.

ROBERTO.— ¡Pero Argentina pierde!

GABO.— Argentina no puede perder.

MARCOS.— Filmar ese partido no es fácil. ¿O estamos pensando en material de archivo?

REYNALDO.— Nunca sabremos quién gana. La fiesta, en la secuencia final de la película, es de bienvenida. El partido se va a efectuar al día siguiente.

GABO.— Lo que está claro es que se jodió el trópico.

ELID.— Se argentinizó.

GABO.— El maraquero ya no existe, a la calle no se puede salir... Con el argentino no tenemos problema, por suerte; como vive en el cuarto de al lado, se van a encontrar como sea.

ELID.— Ella, después de su gestión infructuosa por cambiarse de hotel, se siente muy, pero muy deprimida.

GABO.— Ahí está el argentino para consolarla.

MARCOS.— Entonces se nos cayó el final.

GABO.— ¿Qué final?

MARCOS.— La frustración de ella. Nos estamos inclinando hacia un final feliz.

GABO.— Pero si ella está desconsolada y jodida, ¿qué quieres tú que haga el tipo? ¿Qué harías tú en su lugar?

REYNALDO.— Ella está en su cuarto, abatida; ha apagado el televisor, el ruido de la calle sigue entrando por la ventana, se ha hecho por fin un instante de silencio... De pronto, alguien toca suavemente a la puerta. ¿Se imaginan quién es?

GABO.— Es él, que ha ido a llevarle una invitación para la fiesta. Ella protesta, él insiste...

MARCOS.— Y al final, ella accede. Tal vez le dé a entender al tipo que vio su entrevista.

CECILIA.— ¿Ahora está resignada o fascinada?

GABO.— El hecho es que acepta la invitación. Por suerte, porque si no, nos jode la película.

GLORIA.— ¡La pobre! Primero se resignó a no ver al maraquero, porque estaba de viaje; ahora tiene que resignarse a pasar sus vacaciones entre argentinos...

GABO.— También puede oponer alguna resistencia, no entregarse tan fácilmente.

REYNALDO.— Ella le dice al tipo, no sin cierta arrogancia: "No, gracias, tengo otros compromisos..."; corte, y la vemos vestida de noche, entrando en la fiesta.

GABO.— Todavía no ha bajado. En el gran salón del hotel, ya empezó la fiesta. El toro está desfilando, en medio del regocijo general. Y ella, en su cuarto... ¿qué está haciendo?

MARCOS.— Viendo la fiesta por televisión.

GABO.— No. Ella no quiere saber nada de nada, ni de nadie. Lo único que quiere es dormir. Tiene los nervios destrozados. Se toma un somnífero. Se tiende en la cama. Pero el ruido de la fiesta se cuela por el balcón; de pronto, se atenúa y empezamos a oír una voz. Se nos había olvidado esa voz: es la paciente. ¿Qué pretende hacer? Psicoanalizar a la psiquiatra. La va a persuadir de que vaya a la fiesta. La psiquiatra se resiste, pero la voz en *off* acaba convenciéndola. Ella tira la toalla. Se levanta, saca del clóset un traje de noche y...

DENISE.— ...llega a la fiesta en el momento en que el toro está en el centro del salón, rodeado de fotógrafos.

REYNALDO.— Es interesante eso de que ella se tienda rígida en la cama. Se establece de antemano una analogía con el diván de su consultorio.

CECILIA.— Y es cierto que el diálogo surge entonces de forma natural, como algo muy orgánico.

SOCORRO.— Un diálogo al revés.

CECILIA.— Todavía podríamos dar otra vuelta de tuerca. El diálogo con la paciente ha terminado. Tocan a la puerta. Es el botones, que trae un obsequio. Como el argentino, en su visita, había notado que ella estaba deprimida, ahora le manda un obsequio. ¿Un ramo de flores?

GLORIA.— Demasiado previsible.

CECILIA.— Un plato especial, que se ha preparado para agasajar a los argentinos... Y en una notica, él reitera su invitación; el tipo no se da por vencido. Afuera el ruido sigue; a ella vamos viéndola por cortes, siempre contraponiendo su depresión al bullicio de la fiesta.

GABO.— No nos equivoquemos: el argentino es un tipo realmente encantador. Cuando ella baja y entra a la fiesta, él –que está en una mesa con varios amigos– se levanta, va a buscarla y la invita a unírseles. Se sientan juntos, hacen un comentario banal, sonríen... y colorín colorado. La película no da para más.

SOCORRO.— Ella podría sostener su diálogo imaginario con la paciente en un rincón solitario del bar. No me gusta que se encierre, que se muestre tan pasiva. Ella trata de combatir su depresión bajando al bar y tomándose unas copas.

CECILIA.— Esta vez no tiene que ser un mojito. Puede ser un daiquiri.

SOCORRO.— El trago le da valor para subir de nuevo a su cuarto, cambiarse y presentarse a la fiesta.

REYNALDO.— Durante la conversación con la paciente, la psiquiatra debe reafirmar su argentinidad dejando rodar una furtiva lágrima por sus mejillas.

GABO.— Cuidado, que ésta es una película para exaltar el patriotismo argentino, no para joder a los argentinos.

ELID.— Es mejor que ella se quede en su habitación, deprimida, y que el tipo tenga esas gentilezas con ella: un plato especial, un objeto de artesanía del país...

DENISE.— Si él le manda comida es porque piensa que ella va a quedarse en su cuarto.

GABO.— Cuando tocan a la puerta y aparece el botones con el carrito, ella arguye: "Debe ser un error, yo no he pedido nada...". "No hay un error, señorita... Las señas son tal y tal." Ella no puede dejar de conmoverse por ese gesto; con todos los rollos que el tipo tiene que atender y resolver, y resulta que halla tiempo para ocuparse de ella. Así que destapa la bandeja, ve el asado, se queda pensativa... va al clóset y saca el más elegante de sus vestidos. Se ha dicho a sí misma, con razón: "¿Por qué coño voy a comer sola aquí?".

ELID.— Un momento, ¿el carrito sustituye la visita personal del argentino? A mí me parece necesaria, para que él vea con sus propios ojos que ella está deprimida.

GLORIA.— Él pudiera enterarse por algún otro medio.

ELID.— Pero conviene que ella rechace personalmente la invitación del tipo.

GABO.— El tipo toca a su puerta y le entrega a ella la invitación. Ella la rechaza. Pero no tarda en darse cuenta de que no tiene dónde meterse. Por todas partes hay argentinos. Al tipo vuelve a encontrárselo en el bar, por ejemplo. Teme volverse loca y corre a encerrarse en su cuarto. Entonces llega el carrito. Ella mira el asado, se contempla a sí misma en el espejo, se desploma en la cama... y ahí entra la voz en *off*.

ROBERTO.— ¿El carrito y el diálogo son suficientes para decidir la rendición de una mujer como ella?

GABO.— Si no capitula a la media hora, tendrá que hacerlo a la hora, y si no, a la hora y media. Sin capitulación no hay película.

REYNALDO.— Todo se conjura en esa dirección: el diálogo imaginario, la gentileza del tipo, la hostilidad del ambiente...

GABO.— Está sitiada. Además, no baja por él: baja por ella misma. Toma conciencia de la tontería que está cometiendo. ¿O es que va a seguir huyendo hasta el final?

ELID.— Vuelvo atrás, porque todavía me queda una duda. ¿Lo de la entrevista del tipo por televisión se mantiene? Porque en ese caso, él no puede pasar a invitarla personalmente...

GLORIA.— La entrevista puede haber sido grabada. Es una trasmisión diferida.

GABO.— No podemos perder de vista la escaleta. Tenemos que terminar la estructura, calcular cuánto tiempo nos queda y rellenar ese hueco hasta completar la media hora. ¿En qué momento lleva él la invitación? Al caer la tarde. Ya él no va a volver a su propio cuarto. Viene vestido de etiqueta.

VICTORIA.— Ah, pero ¿ya es de noche?

GABO.— A lo mejor hay aquí un problema de léxico, como en el caso de la piscina. Si he dicho en algún momento que van a "comer" es porque en Colombia comer es cenar. De noche, se come; de día, se almuerza.

MARCOS.— Quisiera retomar una idea que se perdió en el camino, pero que puede ser interesante. La tipa, frustrada en su fantasía tropical, se encierra en su cuarto. Hasta aquí estamos más o menos de acuerdo. Lo que cambiaría es el carácter de su decisión: ahora decide salir del hotel, ir a caminar por la playa, simplemente. Todavía no ha visto la playa; la va a ver ahora por primera vez. Después de todo, también vino al Caribe para eso. Cuando va a salir de su cuarto, vestida con un traje playero que la hace lucir un poco ridícula, se topa con el tipo en el corredor. Él advierte que ella ha estado llorando. "La noto... Pero ¿qué le pasa?" Es entonces cuando la invita a la fiesta.

REYNALDO.— Esa mujer no puede salir. Está sitiada.

ROBERTO.— Pero debe intentarlo.

GLORIA.— Bueno, ha intentado cambiarse de hotel, ¿no es así? Ya trató de escapar, pero no pudo.

GABO.— Ella baja, ve venir un grupo de argentinos, trata de escabullirse y, por error, empuja una puerta que va a dar a la cocina. Y en ese momento están descuartizando al toro. Una imagen atroz.

SOCORRO.— La historia ha perdido su carácter de comedia.

GABO.— Eso depende del tono. Una vomitadita, en medio de una comedia, tampoco viene mal.

REYNALDO.— Un toque de humor negro.

GABO.— Cuando uno está trabajando en la estructura, puede olvidarse del género momentáneamente. El tono se ajusta después.

MANOLO.— La fuga de ella no me convence.

GABO.— Estamos preparando el siguiente paso. Cuando el intento de fuga se frustre, ella caerá en la resignación total. Pero es cierto: el fracaso debe tener una razón dramática sólida; si no, pierde sentido.

DENISE.— Esa escena de la cocina es horrible. El toro ha ido adquiriendo una importancia que no tenía.

GABO.— Lo vemos primero colgando del helicóptero, después desfilando por el salón con un collar de gardenias al cuello y por último, descuartizado en la cocina.

MARCOS.— Vamos a tener problemas de tiempo.

GABO.— Estoy tratando de llegar al final, para ver si podemos contar con una buena estructura. Ahora no importa la duración posible; cuando tengamos una buena estructura, con principio y final, ajustamos los tiempos.

MARCOS.— ¿Qué les parece si metemos a Pelé en la película?

GABO.— Si pasa por allí en el momento de la filmación, déjame eso a mí. ¿Sabes lo que puedo proponerle? Que sea él quien le dé la bienvenida al equipo argentino. Estoy seguro de que aceptaría, encantado.

MARCOS.— Mientras ella sigue en su habitación sin decidirse a bajar, comienza la fiesta. Pelé hace el discurso de bienvenida. Le pediremos que haga énfasis en la significación del partido: Argentina contra el resto del mundo.

ROBERTO.— Los brasileños no se lo perdonarán.

MANOLO.— Sólo el equipo de Brasil puede enfrentarse al resto del mundo. Con posibilidades de éxito, quiero decir.

GABO.— Guarden la ironía y las bromas y todo lo demás para la película.

MARCOS.— Me abstengo entonces de decir lo que iba a decir: que la fiesta de esa noche iba a ser más espectacular que el carnaval de Río.

GABO.— Esa fiesta es una mina, puedes trabajarla como una filmación aparte y hacer todo lo que te dé la gana: discurso, globos, banderas, silbatos, desfile del toro, en fin... La fiesta termina en la madrugada, con un tango. Todo el mundo bailando tango y, después, cantando el himno nacional. Y todos vestidos de etiqueta, menos los miembros del equipo, que están uniformados.

MARCOS.— La fiesta se inicia con las notas del himno nacional. Y mientras tanto, están descuartizando al toro en la cocina.

GABO.— Pero el descuartizamiento debe darse desde la perspectiva de ella.

MARCOS.— ¿Y por qué no? Lo que propongo es que la fiesta comience con el himno nacional y termine con el tango. Ella no está allí al principio, pero al final sí.

GABO.— La única función del tango es concederles a ellos dos un momento de triunfo: son coronados como Los Argentinos de Plata. Entonces todo el mundo, satisfecho, se vuelve a cámara y –ran-ra-rarrán...– cantan el himno. No es lo mismo terminar con el tango que con el himno. Si terminas con el tango, uno tendría la sensación de que faltó algo por decir.

MARCOS.— Pero se me hace inverosímil esa idea de tocar el himno nacional a las dos de la madrugada.

REYNALDO.— Todos los presentes se paran en atención, con la mano en el pecho, y cantan. Se sienten inspirados.

CECILIA.— La apoteosis del nacionalismo.

MARCOS.— El orden de los sucesos es lo que no tengo claro.

GABO.— Ella está en su dormitorio. El ruido de abajo, de la fiesta o de la celebración, no la deja descansar. Y no me vayas a decir, Marcos, que eso no puede ser porque la fiesta se desarrolla diez pisos más abajo. Tú inventas. El director hace lo que le da la gana con la banda sonora. Así que ella baja e intenta salir del hotel. Imposible. Por dondequiera está prohibido pasar. Se mete en un ascensor, sale a una especie de sótano, ve un letrero –"Salida de emergencia"–, empuja la puerta, sale a un corredor, dobla a la derecha, empuja otra puerta... y desemboca en la cocina. Allí ve que están descuartizando al toro. Y como por allí no puede salir del hotel, vuelve sobre sus pasos, toma de nuevo el ascensor, regresa a su cuarto y se desploma en la cama. De pronto, tocan a la puerta. Es el carrito de la comida que manda el argentino.

ROBERTO.— ¿Por qué no volver a la idea del montaje paralelo? En la fiesta están cantando el himno y en la cocina, descuartizando al toro.

GABO.— ¿Para decir qué?

ROBERTO.— Es como una imagen del país.

GABO.— ¿Para decir qué?

ROBERTO.— Si lo supiera no propondría una imagen, propondría un texto.

GABO.— Si lo supieras lo dirías.

ROBERTO.— No siempre es posible.

GABO.— Está bien. Describe la imagen, para ver qué nos dice.

ROBERTO.— Cuando ella sale al sótano y atraviesa el último corredor, empieza a oír el himno. Es como si el país la persiguiera; quiere huir, pero los símbolos patrios la persiguen. Llega a la cocina y están descuartizando al toro: dos o tres planos de violencia, con los carniceros... Ella huye y va a dar al salón, donde todos están de pie cantando el himno. La cara de ella, ¿qué refleja? ¿Asombro o asco? Creo que puede haber ahí una metáfora sugerente.

GABO.— Pero conspira contra el género, altera la propuesta original y, por si fuera poco, cambia el método de narración, porque introduce un montaje paralelo sin necesidad. Yo insisto en que contemos la historia sin rebuscamientos, para lograr una comedia limpia.

111

VICTORIA.— El himno al final es la apoteosis. Sería como una celebración del encuentro definitivo de la pareja. Inclusive podríamos verlos a ellos dos en el avión, de regreso, utilizando como pretexto esa parte del himno que dice "allá en el cielo un águila guerrera..."

GABO.— Por favor, no perdamos de vista la estructura. Después vendrán todas las escenas que se quiera, pero primero tenemos que hacer el corral para que no se nos salga el ganado.

MARCOS.— Ella llega a la cocina, sale a un corredor, vomita y vuelve al cuarto.

GABO.— El toro no es símbolo de nada, pero es una imagen muy fuerte. Ella se siente acosada por el ruido, por el gentío, por la cantidad de información que ha recibido a través de la televisión y el teléfono... Se siente sitiada. Y de pronto, ve cómo despachurran a ese toro que poco antes volaba como un angelito y desfilaba como una reina de belleza. El impacto es tan grande que no lo soporta. Es como si viera descuartizar a Lady Di.

MARCOS.— Los carniceros están muertos de risa.

ELID.— Claro, son argentinos, miembros de la delegación. Ellos también están bebiendo y celebrando.

GABO.— Han sido traídos especialmente de la Argentina para cortar la carne. El corte argentino es distinto a todos los demás.

VICTORIA.— Ella vuelve asqueada a su cuarto.

GABO.— Caímos inevitablemente en la metáfora. El descuartizamiento remite a la dictadura militar. A ella la sangre le produce tanto horror que huye a encerrarse en su cuarto, con una depresión del carajo. Y es entonces cuando el argentino toca a la puerta. Trae un carrito de comida, con banderitas y todo. "Ya que la montaña no va a Mahoma..." Destapa la fuente y vemos un gran trozo de carne. Ella lo mira con espanto. El tipo se retira deseándole buen apetito y reiterándole la invitación para la fiesta. Entonces ella se queda reflexionando. Estaba allí, persiguiendo una quimera, una fantasía que la paciente metió en su cerebro, y ahora está sumergida en una realidad que parece más fantástica aún. La vida sigue su curso; es irremediable y fatal, de modo que no queda más remedio que encararla. Se pone de pie. Ni siquiera la vemos vestirse. Cortamos al tipo, en la fiesta, y desde su punto de vista la vemos a ella llegar. El tipo se levanta y le brinda un lugar en su mesa. En eso, la orquesta toca un tango y todos salen a bailar. Ellos bailan tan bien que les van haciendo rueda y dejándolos solos en la pista. Al final, ovación. Los reflectores iluminan a la pareja. Ella está radiante; en ese momento es la gran dama argentina, la Mujer Argentina por antonomasia. Arranca el coro a cantar el himno y ellos dos suman sus voces al coro. Y se acabó. ¡Si eso no es una película –y una película vendible–, entonces yo no sé dónde coño estoy parado!

SOCORRO.— ¿Se mantendría la voz en *off*?

GABO.— Todavía no lo sabemos, pero sospecho que sí, que cuando ella se mire al espejo oirá la voz en *off*. O las voces, porque ella también habla, acuérdate, y se oye a sí misma. Está reconstruyendo mentalmente el diálogo del psicoanálisis, aunque con los papeles invertidos. También la capitulación que se produce como consecuencia de ese diálogo es al revés, porque es una capitulación en el buen sentido; a partir de ahí, ella asume su realidad, la de su propia vida.

MARCOS.— ¿Por qué toma la decisión de bajar a la fiesta?

CECILIA.— Porque ella misma se psicoanaliza.

ROBERTO.— Para mí eso no está claro. Y creo que la falla radica en el primer encuentro de ellos dos; no hemos resuelto ese problema.

GABO.— No pensarás que ella baja porque se ha enamorado del tipo. A lo mejor se enamora de él después de acostarse, pero ahora lo que ella busca es un *flirt*.

ELID.— En el argentino encontró a su maraquero.

ROBERTO.— No creo que haya que acostar a nadie, o al menos, no todavía, o no en esta película. Lo que creo es, primero, que no conocemos realmente al tipo, y segundo, que justamente por eso no desarrollamos el primer encuentro de ellos, porque no sabíamos cómo resolverlo.

GABO.— ¿Por qué no dejamos las nuevas sugerencias para cuando

113

tengamos lista la estructura? De lo contrario, lo que aceptamos por consenso ahora, lo echamos abajo un minuto después, y eso hay que tratar de impedirlo por todos los medios. Ustedes están agrupando las reses antes de haber construido el corral.

CECILIA.— Yo lo tengo todo apuntado. Aquí, en la nota trece, dice: "Ella está de vuelta a su habitación, llega el carrito con el asado, ella se mira al espejo y al final, capitula..."

GABO.— Baja a la fiesta, se reúne con el tipo y baila con él un tango...

ROBERTO.— Está radiante, vestida con un traje azul y blanco, como la bandera...

CECILIA.— Nota catorce: "La vemos entrar desde el punto de vista del argentino."

REYNALDO.— Se ha encontrado a sí misma. Ahora podría llamarse Libertad Lamarque, o mejor aún, Imperio Argentina.

GABO.— Y la película titularse *El último tango en el Caribe*.

REYNALDO.— El baile es una cita de Rodolfo Valentino, como el helicóptero lo era de *La dolce vita*... me refiero a la escena en la que Valentino baila así, de perfil, con encuadre picado, y de pronto se acerca a cámara y queda así... Aquella escena hizo época.

GABO.— Todos salen a bailar pero al final los dejan solos a ellos dos... ¿Qué te parece, Marcos? ¿Hay algo en esta historia que no te guste?

EL INFIERNO TAN TEMIDO

MARCOS.— Lo único que no me gusta es la forma como enfocamos el cambio de ella, su decisión de ir a la fiesta. Me parece precipitada. El orden es éste: ella ve al toro descuartizado y siente náuseas; vuelve descompuesta a su habitación; deja entrar el carrito del asado; mira la carne y vomita; se echa en la cama a llorar, sintiéndose la mujer más desdichada del mundo... ¿Es entonces cuando se inicia el diálogo frente al espejo? Para que una persona que se halla en esa situación logre reaccionar y decida vestirse, arreglarse,

114

presentarse sonriente a una fiesta..., bueno, se necesita algo más que una sesión de psicoanálisis.

REYNALDO.— Pero ahí se ha ido un gazapo en la sucesión de los hechos. La verdadera crisis se produce ante el toro descuartizado, no antes. La comedia se nos está poniendo demasiado seria.

CECILIA.— Cuidado con el tono. La comedia se nos está poniendo demasiado seria.

GABO.— Esa secuencia de que hablas, Marcos, ¿tiene realmente un principio, un medio y un final?

ELID.— El eslabón que parece haberse quebrado, en esa cadena, es el del espejo. No lo sentíamos como una motivación suficiente.

GABO.— Pero, ¿lo sentiría ella? Como psicoanalista que es, tiene una capacidad de introspección mucho mayor que nosotros. Si no es capaz de hacer una reflexión profunda en un momento de crisis como ése, entonces nos equivocamos de personaje.

MANOLO.— El carrito del asado es un pequeño caballo de Troya... Ahí es donde ella siente que violan su privacidad, que invaden su reducto...

VICTORIA.— La República Argentina empuja y humilla a la pobre psicoanalista argentina.

GLORIA.— Mientras ella sale de la cocina, vuelve a su cuarto y afronta la crisis, abajo están asando al buey y ella tiene tiempo de serenarse e iniciar su diálogo imaginario con la paciente.

GABO.— Todavía no hemos trabajado ese diálogo, no sabemos cómo es.

SOCORRO.— ¿Es anterior o posterior a la llegada del carrito?

REYNALDO.— Posterior. La llegada del carrito marca, para ella, el momento de su acercamiento emocional al tipo, o sea de su relación con los argentinos en general y con el tipo en particular... Ese gesto la reconcilia a ella con su mundo. Y por eso ahora destapa la bandeja del asado, mira la carne y la encuentra apetitosa. A lo mejor hasta la prueba. La reflexión se inicia ahí...

SOCORRO.— ¿Prueba la misma carne que hace apenas unos minutos la hizo vomitar?

REYNALDO.— Aquella era carne cruda, sanguinolenta; este es un delicioso bife argentino.

MARCOS.— Quizás haya aquí un problema de *tempo*. Hay que darle a ella una verdadera oportunidad de reflexionar. Pudiera salir horrorizada de la cocina y del hotel, y ponerse a caminar sola por la playa. Ahí volveríamos a los estereotipos visuales –el crepúsculo, las palmeras, las siluetas a contraluz...– como si ella estuviera recuperando su proyecto original. Y de pronto, la voz de la paciente.

REYNALDO.— Creo que sería un error sacarla del hotel.

GABO.— Es cierto. Si sale del hotel, sale del problema.

MARCOS.— Pero el rapto que la lleva a claudicar sigue pareciéndome poco convincente.

GABO.— Si yo tuviera una propuesta mejor te la haría, Marcos, pero no la tengo. No se me ocurre. ¿Estaremos buscando por caminos diferentes, sin saberlo? ¿No será que tú quieres hallar una solución muy dramática y nosotros seguimos en plan de comedia?

ROBERTO.— Lo que hay que encontrar es un buen elemento de humor negro.

GABO.— Ahí están los carniceros argentinos. Encantados de la vida. Haciendo chistes y diciendo cosas divertidísimas mientras descuartizan al toro.

SOCORRO.— Por cierto, a mí la idea del vómito no me gusta.

GABO.— Ya sé que a la hora de la verdad no se va a filmar el vómito. Los directores se atreven a hacer la náusea, por ejemplo, pero hasta el vómito no llegan. Y si lo filman, después lo quitan en la moviola.

MARCOS.— Ese es un detalle que no me preocupa.

GABO.— Ya sé. Te preocupa la fuerza de los factores que la llevan a ella a tomar la decisión de ir a la fiesta.

MARCOS.— Exactamente. Cuando llegamos a ese momento y decimos "¡Ya está!", yo, sencillamente, no lo siento, no me lo creo.

ELID.— Es verdad que ella está acostumbrada a la introspección, pero cuando decide venir al Caribe ya no es una psicoanalista, es una pobre mujer que quiere vivir una aventura. Lo que prima ahora no es lo racional, sino lo emotivo. Y cuando su proyecto fracasa y ella se da cuenta de que no puede huir, recupera su personalidad anterior.

VICTORIA.— Como un mecanismo defensivo.

REYNALDO.— Como don Quijote en su lecho de muerte. A ella, el acto mismo de reflexión la devuelve a su consultorio, al punto de partida.

ROBERTO.— Podría ser que la paciente, en el consultorio, le haya dicho algo que ahora el tipo repite, algo así como "uno no elige su lugar de nacimiento" o "nadie escoge el país donde nace".

GABO.— Mejor que sea al revés. Es ella la que le dice eso a su paciente. Y ahora lo recuerda. Hay una linda frase del Che Guevara que dice: "La nostalgia empieza con la comida". Es verdad. Uno siente la mordida de la nostalgia cuando está lejos de su país y le entran ganas de comer algo que comía de niño.

MARCOS.— Ella tiene que preguntarse a sí misma: "¿Qué clase de profesional soy yo, que digo cosas que no soy capaz de asumir?".

DENISE.— Es la fórmula clásica de la doble moral: "Haz lo que yo digo, no lo que yo hago".

GABO.— A ella no le quedará más remedio que llegar a esta conclusión: "La que está mal soy yo, no mi país". Es ella la que tiene que cambiar. Al asumir esto, se abre tanto a las miserias como a las grandezas de su país.

MARCOS.— De pronto, en la fiesta, empieza a pedir noticias de la Argentina a sus compatriotas, como si llevara mucho tiempo ausente.

SOCORRO.— Y se entusiasma con la idea de que su equipo gane, por tres goles a cero, el partido de fútbol.

ELID.— El argentino le ha mandado a ella una tarjeta en el carrito, y hay algo en esa tarjeta que la conmueve.

GABO.— ¡Ajústense los cinturones de seguridad: regresa el maraquero de Caracas! Y ella se da cuenta de que el hombre no vale cinco;

puede valer para la otra, pero para ella no. Era una pinche ilusión de la paciente.

MARCOS.— Ahora soy yo el que siente nostalgia. Acabo de recordar que yo quería hacer una película de maraqueros.

GABO.— Te acompaño en el sentimiento. Hace años yo quería escribir sobre un viaje por el río Magdalena, y me salió una vida de Simón Bolívar. Un simple viajecito por el Magdalena se me convirtió en un rollo...; un rollo con la Academia de Historia, con la Academia de la Lengua... Ya desde que era niño soñaba con ese viaje y me preguntaba cómo armarlo; y un buen día me dije: "Ya sé. Voy a poner ahí a Bolívar". Y me puse a estudiar a Bolívar, cómo era, qué carácter tenía... Y cuando finalmente me senté a escribir sobre aquel viaje, un montón de años después, lo que me salió fue el último viaje de Bolívar. A ti, Marcos, te ha pasado lo mismo con la imagen del helicóptero y el toro, que fue tu punto de partida.

MARCOS.— El helicóptero solamente. El toro vino después.

GABO.— ¡Y mira a dónde hemos llegado! Hay que tener fe en cualquier imagen original, que le diga algo a uno; si dice algo, casi siempre es porque encierra algo. Por eso yo confío en mi paraguas, aquel paraguas del que les hablé el primer día, ¿recuerdan?

ROBERTO.— Perdonen que insista, pero me parece que el personaje del argentino no tiene fuerza suficiente.

GLORIA.— Pero ahora está claro que ésta no es la historia de un galán y su doncella; es la historia de una relación difícil, la de la psiquiatra consigo misma y con su país. El tipo ha pasado a ser un elemento más, un simple eslaboncito de la "conexión argentina".

GABO.— Tampoco habría película sin él. Es el gesto de él lo que la obliga a ella a reflexionar.

ROBERTO.— Repito que yo no logro ver ese gesto como un detonador convincente.

GLORIA.— El gesto no es el detonador: es el factor detonante. El verdadero detonador es el diálogo de ella con la paciente.

ROBERTO.— Eso es literatura.

GABO.— ¿Y qué tienes tú contra la literatura?

ROBERTO.— Nada. A mí la literatura me encanta.

GABO.— Y entonces, ¿por qué la menosprecias?

ROBERTO.— Porque estamos haciendo cine.

GABO.— Estamos haciendo guiones.

GLORIA.— El diálogo entre dos personajes no puede considerarse "literatura" a secas. Además de las palabras, hay aquí una serie de situaciones y sensaciones que obligan a la psiquiatra a reflexionar.

ROBERTO.— El que tiene que reflexionar es el espectador, no ella.

GABO.— Y si quitáramos al argentino por completo, ¿qué pasaría?

MARCOS.— Tal vez no pase nada. Ya él es, como bien decía Gloria, un elemento secundario en la película.

VICTORIA.— Un momento. ¿Quién va a hacer entonces la invitación? ¿Quién va a mandar el carrito con la comida?

GABO.— El encargado de relaciones públicas del hotel.

MARCOS.— Y ella puede bailar el tango con cualquiera.

GABO.— Con el primero que se lo pida. El tipo no es imprescindible, lo pusimos ahí únicamente para que ella tuviera un interlocutor.

MARCOS.— ¡Ay, Dios! Ya no es ni una película del trópico, ni una película del Cono Sur.

GABO.— Es simplemente la historia de una mujer que se fue al trópico creyendo que iba a encontrar el paraíso, y descubrió que ella vivía en el paraíso, o si se prefiere, en el infierno. La verdad del paraíso o el infierno siempre va con uno, nunca está en otro lugar. No sé cuántos títulos le hemos puesto a esta historia, pero se me ocurre que uno de ellos podría ser *El infierno tan temido*, por aquello de "no me mueve, mi Dios, para quererte..."

REYNALDO.— Entonces la idea pudiera resumirse así: una mujer huye del infierno pero el infierno la alcanza, de todas maneras.

CECILIA.— Qué curioso: una nueva versión de *La Muerte en Samarra*...

GABO.— Creo que hemos hecho un buen trabajo. Nuestra tarea no consiste tanto en armar una historia –que a fin de cuentas puede servir o no servir– como en ser capaces de examinar el proceso mediante el cual se hace una historia. Lo que siempre sirve es la búsqueda. Es buscando la historia como se encuentra el método.

VICTORIA.— O sea, lo que hay que estudiar es el mecanismo de la búsqueda.

GABO.— Sí. Pero que quede claro, en nuestro caso, que yo no he dicho que esta historia no sirva. Es más, si no la quieren, me la regalan; yo sé lo que puedo hacer con ella.

MARCOS.— No. Esta historia ya está madura: tiene el helicóptero, el toro, el hotel, el equipo de fútbol, el himno...

GABO.— Lo tiene todo. Pero hay cosas, como la fiesta por ejemplo, que necesitan desarrollo.

GLORIA.— ¿Y ya la sientes tuya, Marcos? ¿Ya crees en ella?

GABO.— A mí me preocupa que tú le encuentres fallas y después no logres identificar cuáles son. Una cosa puedo decirte: estructuralmente no tiene grandes fisuras. Y eso es lo que importa. Pero todavía hay que definir, pulir, precisar... Dentro del relato hay que establecer niveles y categorías, como en el boxeo.

MARCOS.— Yo estoy conforme con el peso que tiene.

GABO.— Estamos haciendo un divertimento de televisión para ganar dinero, un dinero que ni siquiera es para nosotros. Así que el producto debe tener su dignidad. Yo creo que la tiene. Es cierto que no estamos elaborando el guión de *Shogun*. Si tú quieres hacer tu *Shogun*, Marcos, no hay problema, lo hacemos; va a ser un poquito más difícil, pero al final lo hacemos. Ahora bien, uno siempre debe trabajar sus proyectos como si fueran pesos pesados, como si todos tuvieran que tener la pegada de los pesos pesados.

MARCOS.— Si es así, ¿no deberíamos empezar por cuestionarnos si una psicoanalista es el tipo de personaje adecuado para una comedia de televisión?

GABO.— El cuestionamiento es insoslayable. Forma parte de la búsqueda. Es una premisa del trabajo creador, lo mismo si aspiras a vender una comedia a la televisión que a filmar *El ciudadano Kane*. Para salir a pelear con dignidad, un peso welter tiene que estar en óptima forma, lo mismo que un peso pesado. Si una idea como la de *El ciudadano Kane* te atrae realmente, pon manos a la obra porque acabarás logrando con ella, a su nivel, algo digno de *El ciudadano Kane*. Pero si la idea inicial no te convence, si no crees que puedes hacer con ella la película de tu vida...

MARCOS.— Te aseguro que sí, que en esta historia hay muchos elementos que yo incluiría sin vacilar en la película de mi vida.

GABO.— Entonces puedes darte por satisfecho, tratándose de tu primera película. Cuando yo terminé *La hojarasca*, mi primera novela, se la di a varios amigos, de ésos que suelen ser muy críticos, y me dijeron: "Es muy buena, pero, por supuesto, no es una gran novela". Deben haber notado algo en mi cara, porque se apresuraron a añadir: "Ninguna primera novela es una gran novela". Sufrí una desilusión tremenda; pensaba: "Ahora sí que me jodí; yo soy incapaz de escribir algo mejor que eso". Sentía que el mundo se me venía abajo y no hacía más que repetir: "Me jodí, me jodí..."

MARCOS.— Yo, en cambio, me salvé. Me siento muy satisfecho con nuestro trabajo.

GABO.— Pero me parece ver en tu cara una sombra de duda. Fíjate, ya mi problema no es con la historia; ahora mi problema es contigo. Tómate tu tiempo. Vete a tu cuarto, descansa, oye un poco de música, reflexiona y después ya veremos.

MARCOS.— De acuerdo.

GABO.— La película de tu vida no va a ser de media hora. Aunque podría ser de una hora, como *Una historia inmortal*, de Orson Welles. ¡Preciosa película! ¿La vieron? Es la historia de un marinero que vuelve a casa; el personaje femenino lo interpreta Jeanne Moreau.

ROBERTO.— No hay quien me quite de la cabeza que algo muy

importante se nos ha escapado en el análisis... ¡Ojalá que no sea la clave de la película!

GLORIA.— ¿Una especie de Rosebud?

GABO.— Estoy viendo que aquí, en esta escaleta, falta algo en el punto número catorce. Está la secuencia, pero incompleta. Eso hace esta estructura muy vulnerable, porque si te quedaras atorado aquí, Marcos, nunca sabríamos por qué...

VICTORIA.— Yo creo que a los efectos del guión no debemos desentendernos de la propuesta original: "Una psicoanalista que nunca ha tenido novio tiene de repente dos, en una isla del Caribe". Cierto que la aventura con el argentino no es esencial pero no deja de ser interesante el hecho de que ella nunca encontrara en su país al príncipe azul, y que de pronto aquí, en el Caribe, viva su aventura con el tipo y, al mismo tiempo, se reconcilie con su país. Que aquí, en un mundo tan distinto del suyo, se resuelvan esas contradicciones, no deja de ser una metáfora atractiva.

DENISE.— Suponemos que en adelante, para ella, "no habrá más penas ni olvidos..."

MARCOS.— Ella encuentra su amor en el Caribe.

GABO.— En el Caribe pero también junto a su casa, en la persona de su vecino... ¿Qué más quieres, Marcos? Tú llegaste aquí con una mujer que ve llegar un helicóptero mientras toma sol junto a una piscina, y mira por dónde vamos ya: por un tango legítimo.

MARCOS.— No me quejo. De veras.

SOCORRO.— Quizás no hayamos aportado mucho, hermano, pero a caballo regalado...

MARCOS.— Voy a estudiar cuidadosamente la estructura. Si encuentro alguna falla, podemos discutirla después.

GABO.— Si hemos logrado dar con una buena estructura, lo demás se resuelve fácilmente. ¿Ustedes se acuerdan de la historia de *Edipo rey*? Edipo es un pobre diablo que va por un camino, rumbo a Tebas. Lo asaltan unos forajidos. Edipo los mata. Cuando llega a Tebas, lo premian casándolo con la reina, que ha perdido a su marido. Ya Edipo es rey. Se desata en Tebas una peste y Edipo va a consultar a la pitonisa. "Cuando se descubra quién mató al rey, tu predecesor –vaticina la pitonisa–, se acabará la peste." Edipo se pone a investigar y acaba dándose cuenta de varias cosas: que él era el heredero natural del trono de Tebas, que uno de los supuestos forajidos a quienes mató era su padre, y que la reina, con la que se había casado, era su madre. Se cumplía así un augurio de la pitonisa, que se remontaba a la época en que Edipo nació, según el cual aquel niño, hijo del rey, acabaría matando a su padre y casándose con su madre. Para impedirlo, su propio padre lo había mandado matar, pero el encargado de cumplir su orden, compadecido de la criatura, lo desobedeció. ¿Qué les parece? Es una estructura perfecta, sin grietas ni altibajos. Adentro le pueden meter todo lo que quieran. De hecho, eso es lo que viene haciéndose desde hace cuatrocientos cincuenta años. Y es lo que yo mismo pienso hacer en el guión de una película que se llamará *Edipo alcalde*. A un hombre lo nombran alcalde de un pueblo, en Colombia, para que trate de acabar allí con la violencia. Al final, el hombre descubre que él mismo es el causante de la violencia que intenta combatir.

GLORIA.— ¿Por qué no recapitulamos sobre nuestra propuesta de estructura? Seguimos con el temor de que haya piezas sueltas.

CECILIA.— El gran problema parece estar entre los puntos trece y catorce: la decisión de ella de ir a la fiesta –lo que se ha llamado aquí su capitulación– y la llegada a la fiesta, con todo lo que viene después.

ELID.— Pero hay cosas que suscitaron rechazo y otras que suscitaron consenso. Por ejemplo, la idea de sacarla a ella del hotel, y la de prescindir del argentino...

MANOLO.— Eso nos hubiera obligado a rehacer toda la escaleta. Lo que no quedó claro para mí fue la propuesta de montaje paralelo, con el diálogo de ella con la paciente, por un lado, y el descuartizamiento del toro, por el otro.

DENISE.— Sobre eso no hubo ni dejó de haber consenso.

REYNALDO.— La fiesta podría tener dos fases: una *matinée* y una noche de gala. El toro desfilaría en la *matinée*, y por la noche se lo zamparían en la cena.

CECILIA.— O sea, el toro estaría desfilando mientras ella, en su cuarto, está haciendo gestiones por teléfono para cambiar de hotel y, además, viendo en la televisión la entrevista con el argentino.

SOCORRO.— Después ella, tratando de huir, iría a parar a la cocina, donde ya han empezado a descuartizar al toro. Ella sube a su cuarto, se toma una pastilla, se queda dormida o adormilada; salimos al corredor, para facilitar la elipsis, y vemos llegar el carrito con el asado.

REYNALDO.— Y luego se produce la reflexión, el diálogo ante el espejo...

DENISE.— Había una invitación previa del argentino.

CECILIA.— Él se la llevó a su cuarto en el momento en que ella se disponía a bajar, para tratar de huir.

REYNALDO.— En ese momento él va para la *matinée*. Y la está invitando para la gala de la noche.

ROBERTO.— De todos modos, hay que ver cómo se enlazan ahí las acciones y los tiempos.

GABO.— Bueno, Marcos, ahora tienes que ponerte a trabajar. Ahí hay una estructura, eso no se discute. Cierto que la estructura no es la historia, pero es lo que impide que la historia se desagüe o desquicie. Si cambiáramos ahora esa estructura no quedaría ahí títere con cabeza. Aunque podríamos intentarlo, porque en eso consiste nuestro juego. El Taller es un juego en el que estudiamos la dinámica de grupo aplicada a la producción artística. Es una operación de *brain-storming* aplicada a una historia, una idea, una imagen, a cualquier cosa que pueda llegar a convertirse en un film. Aquí nos conocemos mutuamente, sabemos cómo piensa cada uno, en qué cuerda vibra cada uno, en qué aspectos se manifiesta mejor el talento, y la chispa, y la cultura, y la experiencia, y la habilidad de cada cual; y entonces vemos cómo, a través del debate, todos esos elementos van encajando y completándose mutuamente, como en un rompecabezas. Eso es lo que suele llamarse trabajo de equipo. Eso, por cierto, no lo puede hacer un novelista, porque el trabajo de la novela es absolutamente personal. ¿Saldrá alguna vez a la calle el director de cine, cámara en mano, para ponerse a "redactar" su película allí mismo, con los actores delante? Sería un gran día para el cine. Pero mientras haya que escribir un guión para poder rodar una película, el cine —el cine de ficción, al menos— estará sometido a la literatura. Sin esa base literaria, por escueta que sea, no hay películas. Uno se siente tentado a decir que sin guionistas no hay cine —repito, cine argumental—, pero eso quizás sería sobrestimar el trabajo del guionista, que es en gran medida un trabajo técnico. Y hoy la gran falla del cine, a escala universal, no radica en la técnica —ni siquiera en la técnica del guión que es, por decirlo así, una técnica creadora— sino en la falta de ideas originales. Lo que necesita el cine actual es encontrar a ese pobre diablo que un día se pone a imaginar a una mujer frustrada que está tomando el sol junto a una piscina y ve aparecer de pronto un helicóptero. Eso no se le ocurre a cualquiera. Aunque tampoco basta con eso. ¿Cuántos habrán imaginado esa escena, con helicóptero y hasta con toro incluidos, y no han pasado de ahí? La idea muere al nacer si uno se dice a sí mismo: "Es perfecta, no se la muestro a nadie, no la discuto con nadie" Los talleres como éste se hacen para quienes no piensan así.

TERCERA PARTE

SEXTA JORNADA

RECAPITULACIONES I

GABO.— He sabido que se pasan las noches discutiendo los proyectos. ¿Quieren un consejo? Cuando salgan del Taller, olvídense de todo; no vuelvan a pensar en el trabajo hasta el día siguiente.

MANOLO.— Uno trata, pero no puede.

MARCOS.— Empezamos hablando de otra cosa y siempre terminamos en lo mismo. Es como un vicio.

GABO.— Hay que aprender a dominarse. Yo despierto. En ese instante lo primero que hago es un esfuerzo para saber quién soy. Ya. Entonces cobro conciencia de que soy mortal. Eso basta para despertarme por completo. Inmediatamente empiezo a pensar por dónde iba ayer, en el trabajo: ah, sí, quedé en tal parte... Me ducho, desayuno, voy al estudio y me siento a trabajar, sin interrupción, hasta las dos y media o las tres de la tarde. Pero desde el momento en que apago la computadora y me levanto, no pienso más en eso hasta el otro día. Si uno no lo hace así, si sigue dándole vueltas al asunto en la cabeza, al día siguiente está cansado, y se aburre, y siente que la historia se le empantana y que ya no sabe cómo seguir. ¿Eso encaja aquí?... No, mejor pongo esto otro acá... Habrá quien trabaje todo el día y no se canse, pero yo me pregunto: ¿y vale la pena? ¿El resultado justifica que uno se pase todo el tiempo en eso?

ROBERTO.— Acaba de acuñarse un nombre para ese tipo de gente; se les llama *workaholics,* en inglés.

MANOLO.— Yo no creo que nosotros lleguemos a un estado de fatiga mental con nuestra historia, la historia de San Antero. Para mí, es león muerto.

GABO.— ¿Al pobre cachaco le llaman ahora San Antero?

MANOLO.— El cachaco se llama Natalio, pero como lo confunden con el santo patrón del pueblo... La película se llama así, *El santo*.

GABO.— Un santo que primero es de palo y después de carne y hueso. Porque ya el pueblo lo tenía en imagen; por eso lo "reconocen" al verlo llegar.

REYNALDO.— Piensan que es una aparición, un milagro.

GABO.— Le piden que haga un milagro y cuando ven que no puede, lo matan a pedradas, por farsante.

REYNALDO.— ¿Era eso lo que estaba previsto?

GABO.— Que moriría, sí; iba a morir de todos modos, pero de una muerte estúpida, mientras que ahora muere en olor de santidad. San Antero virgen y mártir. El tipo está feliz, es una muerte que él no se esperaba.

REYNALDO.— Yo me quedé con la idea de que hacía el milagro, y él era el primer sorprendido. Digo, el único sorprendido. Y que ahí terminaba la historia.

GABO.— En ese caso podrían acusarme de imponerles mis criterios, porque ya se hizo una película, con argumento mío, que acaba así; *Milagro en Roma*. Una niña muere y el padre cree que es una santa, porque su cuerpecito se mantiene incorrupto. Pero al final le dicen al padre: "El santo eres tú".

ROBERTO.— Volviendo al tema de los *workaholics:* Marcos y yo hemos seguido discutiendo su proyecto, el de la siquiatra argentina.

GABO.— Marcos estaba preocupado con aquella secuencia que quedó inconclusa.

ROBERTO.— Pero a mí lo que más me preocupa es el propio personaje de la psiquiatra. Hay que insuflarle un poco de alma.

MARCOS.— Roberto dice que la siquiatra soy yo.

130

GABO.— Es inevitable. Por más que uno lo disfrace, todo personaje protagónico, en mayor o menor medida, es siempre uno mismo.

REYNALDO.— Ya lo dijo Flaubert: "Emma Bovary, c'est moi".

GABO.— Veo a Gloria impaciente. Pongan mucha atención ahora; vamos a ver qué nos trae la gallega ésta.

GLORIA.— No soy gallega. Y lo que traigo puede resumirse en una frase: "El primer violín siempre llega tarde".

MARCOS.— ¿Se refiere al primer violín de una orquesta, como es natural? ¿Ése es el título de la película?

GABO.— Ése es el título. Bello título. Casi nunca conviene poner el título antes porque los buenos títulos los da la misma historia; a medida que se desarrolla la historia, crece la posibilidad de encontrar mejores títulos.

EL PRIMER VIOLÍN SIEMPRE LLEGA TARDE

GLORIA.— La historia empieza así: suena un radio-despertador, con música de Vivaldi...

GABO.— Vivaldi trae mala suerte. Mejor pon a Albinoni, que era violinista.

GLORIA.— ...y dos personajes se levantan de la cama: marido y mujer. Él se dirige al baño, ella a la cocina. Todos sus movimientos son mecánicos. Corte. Ambos acaban de desayunar. Él coge un violín, metido en una funda, sale y toma su coche. La mujer, desde la puerta de la casa, le dice adiós con la mano. Corte. La mujer marca un número de teléfono y alguien responde, entre las bambalinas de un teatro: "No, señora, no ha llegado todavía. Los viernes, el primer violín siempre llega tarde". Corte: ella, con cara de asombro.

GABO.— Cuando ella llama por teléfono al teatro, ¿cuánto tiempo ha pasado, desde que el hombre salió? Uno tiene la impresión de que son actos consecutivos.

MARCOS.— En ese caso la llamada no se justificaría, porque el violinista no habría tenido tiempo de llegar.

GABO.— ¿Y cómo sabemos que él es un violinista?

GLORIA.— Se sabe porque él ha salido de la casa con su violín, envuelto en una funda, y porque ella, al llamar...

GABO.— Espera, yo no lo sé. Lo sé ahora, porque tú me lo dices... es más, cuando ella llamó por teléfono, yo pensé que iba a citar al amante, aprovechando la ausencia del marido...

CECILIA.— ¡Qué suspicaz!

GLORIA.— El hecho es que ahora el coche del violinista está aparcado en una calle. Él sale, se dirige a una tienda de música; se ven pianos, aparatos extraños, gramófonos, discos... El hombre entra, saluda al dependiente, sigue para la trastienda, empuja una puertecita semioculta y... Corte. Se abre la misma puertecita y salen dos personas, el violinista y otro hombre, ambos llevando en la mano sendos violines, metidos en sus respectivas fundas. Salen de la tienda, atraviesan la calle, entran al coche y se pierden a lo lejos. Corte. Llegan a un hotel, se dirigen a la recepción, sin soltar sus violines, piden la llave con toda naturalidad y entran al ascensor. Son huéspedes, obviamente. Corte. Entran al cuarto del hotel. Ponen los violines enfundados sobre la cama, abren las fundas y vemos que lo que hay adentro no son violines, sino un rifle con mira telescópica.

CECILIA.— Dos rifles.

GLORIA.— Uno. Un rifle desarmado en varias piezas que van repartidas en las dos fundas, como si fueran violines. El violinista empieza a armar el rifle mientras el otro mira discretamente por la ventana. El violinista se le une, levanta el rifle, apunta... y lo que vemos a través de la mira telescópica es una tribuna que está a un costado de la calle, con banderas y sillas en un estrado, pero todo vacío.

GABO.— Es un escenario. Ellos están preparando un atentado.

GLORIA.— Es evidente que va a haber un acto público y alguien va a hacer un discurso desde allí. El violinista afina la puntería buscando con la mirilla el punto exacto donde va estar el orador. Dispara en seco. Baja el rifle y empieza a desarmarlo de nuevo. Mientras tanto, el otro ha estado midiendo el tiempo en su reloj. Parecen satisfechos. Corte. El violinista, con el violín desenfundado en la mano, entra presuroso al escenario donde la orquesta ya está ensayando. El director lo mira con cara de pocos amigos. El violinista se sienta en un sitio de honor —el puesto que tradicionalmente se reserva para el primer violín— y se suma al ensayo, sin decir palabra. Corte. Es de noche. El violinista está entrando a su casa. La mujer está sentada en la sala, esperándolo, evidentemente. Tan pronto como él entra, ella le grita, en tono inquisitorial: "¿Dónde estabas metido? Te llamé a..." Pero el hombre no le hace caso; deja el violín enfundado en el sofá, atraviesa la sala sin decir palabra y entra a su cuarto. Corte. Suena el radio-despertador, ambos personajes se levantan de la cama y se repite la misma rutina...

GABO.— Con encuadres distintos.

GLORIA.— Y algunas diferencias; por ejemplo, ahora ella no sale a despedirlo... Pero llama por teléfono al teatro y vuelven a responderle lo mismo: "No, señora... Los viernes, el primer violín siempre llega tarde"

GABO.— ¿Pero es viernes o sábado?

GLORIA.— Esta vez, la secuencia de la rutina no corresponde al otro día, sino a la semana siguiente.

CECILIA.— Eso hay que dejarlo claro.

GLORIA.— Y ahora se repite todo el proceso hasta que el violinista se asoma a la ventana, ve que el acto ha comenzado, apunta con su mira telescópica al orador, que en ese momento gesticula sobre la tribuna, y dispara. Vemos por la mirilla que el tipo cae. Vemos la confusión que se arma en el estrado. En el hotel, el violinista y su acompañante no se inmutan. Desarman el rifle, guardan las piezas en sus respectivas fundas y salen.

GABO.— ¿Salen así, tranquilamente, sin que nadie los detenga ni les pregunte nada?

GLORIA.— Sí. Son huéspedes. Ya los conocen; llevan varios días alojados allí.

REYNALDO.— En una situación como ésa, las fundas de los violines deberían llamar la atención...

GLORIA.— No pensé en eso. Para mí, la secuencia termina con el atentado. De ahí paso por corte, otra vez, a la rutina de cada día: despertador, desayuno, salida del violinista, etcétera. Sólo que esta vez ella no se queda en casa, sino que lo sigue; tan pronto como lo ve salir en su coche, ella monta en otro y lo sigue. Corte. El tipo está, de nuevo, con su cómplice, en la tienda de música; el tipo abre una funda de violín y el cómplice coloca dentro, con mucho cuidado, una bomba. El tipo sale con la funda, como si fuera un violín, atraviesa la calle, monta en su coche y arranca. La mujer, que ha aparcado su coche cerca de allí, lo ve salir y lo sigue. Corte. El tipo se dirige al teatro; llega, aparca en una calle lateral y se baja del coche con dos violines. Enfundados, por supuesto. Ella corre detrás de él, lo alcanza y lo increpa, en plena calle: "Qué pasa, por qué tanto misterio, por qué todos los viernes..." Pero el tipo sigue caminando, la deja con la palabra en la boca; de hecho, él nunca contesta; en toda la película no se cruzan palabras entre ellos.

GABO.— Estás contando la historia pero no proponiendo una estructura, ¿no es así?

GLORIA.— Es que así fue como se me ocurrió la historia: completa, de principio a fin... Ya falta poco. Al ver que el marido no le hace caso, la mujer se encoleriza, se le acerca por la espalda, le arranca uno de los violines de la mano y escapa. El tipo se queda perplejo, sin saber qué hacer, y por último entra al teatro. Corte. Una función de gala. Todos los músicos entre bastidores, vestidos de frac; la sala llena, el concierto a punto de comenzar... Los músicos –el violinista entre ellos– van ocupando sus asientos en la orquesta. Ya entra el director. De pronto, por el pasillo central del patio de butacas, aparece la mujer, con el violín enfundado en brazos. Avanza hacia el escenario. Toda la orquesta está de pie, el primer violín muy cerca del proscenio... La mujer lo mira, casi puede tocarlo con la mano, le grita algo –podría ser

134

algo así como "con este violín no vuelves a tocar más"–, y sin quitar la funda, tira el supuesto violín contra el suelo. La explosión es brutal. El fuego y el humo ocupan toda la pantalla.

GABO.— Bueno, tendremos que aplicar otro método de trabajo. Esta historia no necesita continuidad. Lo que necesita es análisis. Y hoy faltan algunos talleristas, así que los presentes tendremos que hacer un esfuerzo adicional.

GLORIA.— A mí me gustaría mantener la estructura que tiene.

ROBERTO.— Yo veo ahí un serio problema de verosimilitud: la bomba. Ella le arrebata al marido el estuche donde él lleva la bomba. ¿Cómo es posible que él se quede tan tranquilo?

GLORIA.— Yo quería jugar con la idea de que él no se daba cuenta de esto hasta que llegaba al teatro, abría la otra funda y veía el violín. Él creía que ella se había llevado la funda del violín. Eran estuches idénticos, que pesaban casi lo mismo.

ROBERTO.— Bien, él pide prestado otro violín y se desentiende de la mujer. Ya habrá tiempo de discutir eso, en la casa, cuando vuelva. Pero cuando él ve entrar a la mujer al teatro y avanzar por el pasillo con el estuche en la mano, tiene que hacer algo –no sé, huir, dar la voz de alarma...– porque sabe que ella trae la bomba...

GLORIA.— Pero no sabe que va a tirar la funda contra el suelo. Y aun si cree que ella va a tirarla –como lo hace, en efecto–, ¿no cabe la posibilidad de que la bomba no estalle?

CECILIA.— Pero estás dejando demasiadas cosas al azar: que sea el violín o la bomba, que la bomba estalle o no estalle...

SOCORRO.— Hay que definir mejor al tipo. No es un violinista, o mejor dicho, no es sólo un violinista: es también un terrorista. Es capaz de matar a un ministro a sangre fría. Y siendo así, ¿cómo no va a deshacerse de su mujer, si lo tiene harto? Le vale madre.

REYNALDO.— Un profesional como él –profesional del terrorismo, quiero decir– ¿va a dejar que la mujer se quede con el estuche de la bomba?

GLORIA.— ¿Y si esa bomba fuera, precisamente, para cargarse a su mujer?

CECILIA.— ¿Primero se echa al orador y de inmediato va a cargarse a su mujer?

MARCOS.— Vuelvo atrás. Aún no se ha cometido el atentado. ¿No sería conveniente que la orquesta tocara en el acto donde va a hablar el orador? El tipo es un líder sindical. La orquesta está amenizando el acto.

GABO.— ¿Y si el violinista llegara tarde al acto, cuando ya han matado al tipo?

VICTORIA.— Gloria, ¿qué edad tiene el violinista?

GLORIA.— Cuarenta o cuarenta y cinco años.

VICTORIA.— Me lo imagino bastante apuesto todavía, porque la mujer sigue muy enamorada de él. Fíjate que le prepara el desayuno, sale a despedirlo a la puerta, lo cela... Y claro, se siente muy desdichada, porque él ni siquiera la mira.

REYNALDO.— A mí no me gusta ese final operístico de la bomba, con toda la orquesta volando en pedazos por el aire...

GABO.— Gloria, ¿qué es exactamente lo que quieres contar?

GLORIA.— La historia de este matrimonio, una pareja en la que ninguna de las dos partes sabe absolutamente nada de la otra. El hombre, porque ella no le interesa, y la mujer, porque el tipo lleva una doble vida y le oculta a ella la más espectacular.

ROBERTO.— Ese es el talón de Aquiles del tipo: no cuida su relación con la mujer...

REYNALDO.— ...y la mujer es su condena. El peligro viene de ella.

ROBERTO.— Y cuando él lo advierte, ya es demasiado tarde.

GABO.— Yo, encuentro la falla en el aspecto policíaco de la historia. Voy a hacer algunas preguntas elementales, de esas que nadie hace hasta que las hace: ¿a nombre de quién está el cuarto del hotel? El dueño del hotel, ¿también pertenece a la organización terrorista?

GLORIA.— El cuarto puede estar a nombre de la orquesta, del gerente de la orquesta. Estos dos hombres son violinistas que van a ensayar allí, a un lugar tranquilo.

GABO.— No puedes contar una película donde matan a un personaje importante sin saber qué pasa después. Un cadáver como ese no se entierra así no más; hay investigaciones, pesquisas judiciales... El disparo salió de la ventana de ese cuarto, en ese hotel, y el cuarto estaba alquilado a Fulano de Tal...

GLORIA.— El disparo se hizo con un fusil de mira telescópica, desde una gran distancia. No es fácil saber...

GABO.— Se sabe. Con un análisis balístico puede determinarse exactamente de dónde salió el disparo.

GLORIA.— En una primera versión, quien estaba siguiendo al violinista no era su mujer, sino la policía. Veían salir al tipo de la tienda de música, con un estuche de violín bajo el brazo, y cuando lo obligaban a detener el coche para practicarle un registro –creyendo que sólo llevaba aquel estuche– el tipo, muy confiado, sacaba el otro estuche, el verdadero, y lo mostraba. Digo, eso era lo que él creía, pero como ambos estuches eran idénticos, se equivocaba y al abrirlo... la bomba. Así se terminaba la película.

GABO.— Lo primero que nos cuentas es la historia de un crimen, de un atentado terrorista, y eso no puede quedar así, como un cabo suelto. Eso hay que amarrarlo con una investigación policíaca.

GLORIA.— Pero a él nunca lo agarran.

GABO.— Entonces tienes que contarnos cómo fue posible que no lo agarraran.

GLORIA.— Eso sería otra película.

GABO.— Es que el atentado solo es otra película. Además, piensa en el título, que presumiblemente iba a servirle de coartada al tipo. Ese día, cuando él llegue al teatro, ya se habrá producido el atentado y la noticia habrá corrido por toda la ciudad; de hecho, los músicos de la orquesta estarán hablando de eso... Luego la policía averigua, da con el hotel, con la habitación y, por último, con el violinista. ¿De qué le sirve entonces la coartada del ensayo, del trabajo en la orquesta si ese día él también llega tarde?

GLORIA.— Es la mujer quien suministra la coartada. Dice que ese día él salió tarde de la casa porque el auto no arrancaba y hubo que empujarlo.

GABO.—Entonces hay otras cosas que amarrar, porque ella sabe que eso no es verdad. Y sabe que él también lo sabe. Y lo que es peor: sabe que él sabe que ella sabe. ¿Está claro?

GLORIA.— Sí. Quizás ésa fuera la historia que yo quería contar.

GABO.—Pero primero matas a un presidente y después quieres que yo me interese más en la historia del asesino y su mujer...

SOCORRO.— No era un presidente. Habíamos dicho que era un líder sindical.

REYNALDO.—De todos modos, es un crimen político; y eso abre muchas interrogantes.

GABO.—¿Saben lo que yo creo? Que él la mata a ella. Y no porque esté harto, sino porque ella lo ha descubierto, se ha dado cuenta de que el autor del atentado es él. ¿Acaso va a denunciarlo a la policía? No. Es un arma que ella se reserva para chantajearlo sentimentalmente.

SOCORRO.— ¿Ella lo encubre para avasallarlo?

GABO.—Contado al derecho, el asunto sería el siguiente: un violinista, que pertenece a una organización terrorista, comete un atentado. Lo ha preparado paso a paso, meticulosamente... No va a dejar ninguna pista, tiene la coartada perfecta; el tipo no es sólo un virtuoso del violín: también es un virtuoso del crimen. Pero aparece un hecho con el que no contaba: su mujer se ha dado cuenta. Se ha dado cuenta de todo. Y llegado el momento, declara a la policía lo contrario: "Sí, señor, yo misma lo llevé en carro esa mañana, lo dejé a tal hora en la puerta del teatro". Es decir, de pronto, sin previo aviso, la mujer se hace cómplice del marido. Cómplice *a posteriori*. Y el marido se da cuenta de lo que ocurre: ella sabe.

SOCORRO.— Pero ¿por qué la policía va a sospechar de él?

GABO.— El cálculo balístico conduce al hotel, el hotel a los huéspedes con estuches de violín, y los estuches, por simple deducción, a los culpables.

GLORIA.— El dueño del hotel no tiene por qué dar datos; él también es cómplice.

GABO.— ¿Y crees que la policía no lo sospecha? No es tan fácil escamotear un crimen así.

ROBERTO.— Estamos cambiando la historia sin preguntarnos si no habrá otras alternativas, otros caminos que no nos desvíen del proyecto original... Yo creo que hay que evitar todo el proceso de investigación, para que esto no se convierta en un film policíaco. ¿Qué pasaría si el atentado no llegara a ocurrir? El atentado se frustra, y se frustra, precisamente, por culpa de ella.

GABO.— Eso se ajusta mejor al formato de media hora. Y puede resumirse así: una mujer descubre que su marido, un inocente violinista que todos los viernes llega tarde a su trabajo, es el autor de un atentado. Se lo hace saber al marido –tal vez con el ánimo de chantajearlo– y él, al verse descubierto, la mata. Ahora bien: ¿es esto lo que Gloria quiere contar? Y si fuera así, ¿cómo podemos ayudarla para que lo cuente a su manera?

GLORIA.— En ninguno de los dos casos es fácil responder.

ROBERTO.— En tu versión, Gloria, todos morían. ¿En ésta sólo muere ella?

GLORIA.— Si mantenemos la bomba en circulación, lo más probable es que no sea ella solamente...

GABO.—El problema de la bomba es que plantea demasiados problemas. ¿Cómo no va a saber el violinista en qué estuche va la bomba, si ha estado cargando el violín toda la vida y sabe al milímetro lo que pesa?

ROBERTO.— Eliminemos la bomba entonces. Ella lo mata a él con un revólver, por celos. Ella se imagina que el marido siempre llega tarde los viernes porque va a verse con otra mujer.

GABO.—En cualquier caso queda claro que la relación entre ellos está muy deteriorada. Si fuera buena, otro gallo cantaría cuando ella descubre que el marido está preparando el atentado. Él no había dicho nada para que ella no se inquietara, pero ahora que ella lo sabe, pueden suceder dos cosas: que ella decida callarse, encubrir al marido, o que se empeñe en disuadirlo. Y en este último caso pueden suceder dos cosas: que él no ceda, y que no obstante ella lo encubra, o que él no ceda y ella decida denunciarlo.

ELID.— Y en ese último caso, él la mata.

REYNALDO.—La idea del atentado nos sigue desviando de la historia.

SOCORRO.— Pero ahora el atentado no se va a consumar.

REYNALDO.—De todos modos, se crea una expectativa. Estamos creando en el espectador una expectativa que después no vamos a satisfacer. Tal vez el personaje no debiera ser un violinista, sino un técnico, un mecánico.

GLORIA.— ¿Quitarle al hombre su condición de primer violín? ¡Jamás!

MARCOS.— La esposa también pudiera ser violinista. Ella descubre que su marido está preparando un atentado cuando ella misma se dispone a ensayar, en su casa, y coge por equivocación el estuche de violín del marido. Adentro está la bomba.

GLORIA.— Un profesional del crimen, como él, jamás llevaría armas a su casa.

MARCOS.— Imaginemos que sí. El jueves por la noche la mujer descubre el fusil desarmado dentro del estuche; el viernes por la mañana, cuando él va al baño, ella le cambia ese estuche por otro. El tipo no se va a poner a revisar ese estuche antes de salir; no tiene por qué; si iba a hacerlo, ya lo hizo la noche anterior. Bien. El tipo llega al hotel, mira por la ventana, comprueba que el acto ya comenzó, abre el estuche para sacar el rifle y... ¡oh, sorpresa!, en el estuche del violín hay, en efecto, un violín. Se frustró el atentado.

GABO.— ¿Qué tal si la película empezara simplemente así? Un carro llega frente a un supermercado. Se baja de él un hombre que lleva en la mano un maletín. El hombre entra al supermercado, toma cualquier cosa, deja el maletín en el suelo, junto a unos estantes, va a la caja, paga y sale. Vemos al coche alejarse y un instante después –¡bummm!–, vuela el supermercado. El tipo llega impasible al teatro, se dirige a su sitio en la orquesta, que ya en ese momento está ensayando, el director le reprocha su demora, él balbucea una disculpa y se sienta tranquilamente a ensayar. Lo del supermercado no se descubre nunca... por la policía. Pero lo descubre la mujer. Cuando ella escucha la noticia en televisión, se huele algo...

GLORIA.— ¿Sospecha del marido? ¿Por qué?

GABO.— Eso es lo que nosotros tenemos que averiguar. Mientras el tipo está entrando al supermercado, la mujer –en montaje paralelo– está llamando al teatro. "¿El primer violín? No, señora, los viernes el primer violín siempre llega tarde." Ella había empezado a husmear por toda la casa y se había dado cuenta, por ciertos detalles, de que algo raro estaba ocurriendo. Por el momento, a ella sólo la movían los celos; pero esa noche, cuando está con el marido oyendo la noticia en el televisor, se vuelve tranquilamente hacía él y le dice: "Ese atentado lo cometiste tú". ¿Ven? Nada de investigación policiaca; todo se da exclusivamente a través de la relación de la pareja.

ROBERTO.— Para mí no está claro: ¿qué es lo que realmente queremos hacer?

GABO.—Darle opciones a Gloria, para que ella escoja.

ROBERTO.— Hay dos opciones: que el marido mate a la mujer, o viceversa. Yo prefiero la primera. Pero que la mate, como suelen decir los abogados, con premeditación y alevosía. ¿Cómo? Haciéndola cómplice del proyecto terrorista, pero sólo como un medio para deshacerse de ella.

SOCORRO.— Para deshacerse de ella impunemente.

ROBERTO.— Él concibe un atentado en que ella será la bomba. Ni ella ni el espectador lo sospechan.

GABO.— Esa historia sí que hay que armarla completa.

GLORIA.— Pero no me imagino cómo se puede convencer a una

mujer así para que se convierta en terrorista de la noche a la mañana.

SOCORRO.— Ella no se convierte en terrorista, ni nada por el estilo. Cuando ella descubre que el marido lleva una doble vida, trata de ayudarlo, por amor; pero también porque siente que así puede dominarlo, o por lo menos retenerlo. El tipo percibe una dosis de chantaje en la actitud de ella y, como buen conspirador, percibe también el peligro latente: ella sabe, y por tanto podría denunciarlo a la policía, si quisiera. Ante esta disyuntiva, él le hace creer a ella que va a normalizar su vida y entretanto, sin que ella se dé cuenta, la mete en una trampa mortal.

CECILIA.— Hasta el último momento ella no se da cuenta de nada.

GLORIA.— Confieso que no veo clara la situación.

GABO.— El tipo le pide a la mujer un gran favor y ella accede; el favor consiste en trasladar un paquete y dejarlo en un lugar determinado. En el paquete va la bomba; él la ha preparado de tal modo que inevitablemente le va a estallar encima a ella. Se trata, supuestamente, de una operación en la que él también participa. Él va disfrazado, se queda en su carro, vigilando, al parecer protegiéndola a ella. Ella se baja del carro y camina con premura hacia el lugar convenido. La bomba estalla. Él se quita tranquilamente la peluca, pisa el acelerador del carro y se aleja.

GLORIA.— Yo vuelvo por un momento al supermercado. Él hizo allí algunas compras ¿no es cierto? Antes de dejar en el suelo el maletín... Bueno, lo que la mujer encuentra en la casa, lo que le da una pista, es la bolsa del supermercado. La bolsa tiene el nombre y la dirección del supermercado impresos en grandes letras.

GABO.— El supermercado tenía instalado un sistema de vigilancia electrónica, una cámara que iba grabando todo lo que ocurría adentro. La cinta se salva y es exhibida por la televisión para mostrar al sospechoso; pero el sospechoso resulta irreconocible, por el disfraz que lleva. Lo que la mujer encuentra en la bolsa, al día siguiente, son elementos de ese disfraz: una peluca, un bigote, unas gafas...

REYNALDO.— Pero desde que ve al sospechoso en pantalla, ella tiene una corazonada: es él. Está irreconocible, cierto, pero hay algo en ese hombre –un tic, un gesto, una manera de mover la cabeza...– que lo delata a los ojos de ella.

GLORIA.— La propuesta suena bien, pero no me parece convincente.

GABO.— Depende, Gloria. Una persona puede disfrazarse tan bien que ni su propia madre logre reconocerlo. De frente, quiero decir, porque de espaldas lo reconoce cualquiera. Aquí la mujer lo reconoce –o por lo menos tiene esa sospecha– pero no dice nada; se lo guarda y empieza a averiguar...

GLORIA.— Ahora sí tengo la impresión de que vamos por buen camino.

GABO.— Te voy a confesar una cosa: al principio creí que iba a ser totalmente imposible encauzar la historia por donde tú querías. Todo me resultaba muy confuso. ¿Cómo resolver los problemas que planteaba el atentado? ¿Cómo hacer verosímil la conducta de la mujer y del marido, cuando ella, frente al teatro, le arrebataba el estuche? ¿Cómo interpretar la actitud de él cuando la veía acercarse al escenario con la bomba en la mano? Ahora, en cambio, estamos esbozando una historia posible. La forma en que él vaya a matar a su mujer, no me preocupa; es, en definitiva, un problema técnico que acabaremos resolviendo. Lo importante es ese paso previo, cuando ella lo descubre, y la forma en que él va a ir tejiendo su telaraña, para que ella caiga en la trampa sin darse cuenta. El tipo es despiadado, carece totalmente de escrúpulos; y eso no deja de ser una ventaja: nos permitirá enmarcar la historia en media hora.

GLORIA.— Lo único que lamento es que se pierda el carácter no verbal de la historia. Yo había concebido una historia sin diálogos.

GABO.— ¿Y por qué no? Hagamos una película totalmente muda.

GLORIA.— Salvo por el televisor. El locutor del noticiero sí puede hablar.

REYNALDO.— Y lo que dice es que todas las personas que aparecen en la cinta filmada se han presentado ya, voluntariamente, a la policía, o están localizándose... todas, menos ese hombre en particular cuya imagen se muestra en cámara lenta. Y ese hombre es, precisamente, el que ella cree reconocer.

GABO.— No te compliques demasiado la vida. Lo que se informa en el noticiero es que la policía está buscando a ese hombre. Con eso basta.

ROBERTO.— Gloria, ahora recuerdo que en la versión original, sí había diálogos: el de la mujer hablando por teléfono con el tipo del teatro: "No, señora, los viernes el primer violín..."

GLORIA.— Era la única frase que iba a decirse en toda la película.

ROBERTO.— Si utilizas en la película pocos diálogos –cortos y contundentes– el espectador acabará teniendo la impresión de que se trata de una película muda.

GABO.— Es cierto: hacerla absolutamente muda es un alarde técnico innecesario.

ROBERTO.— Cuando ella ve la imagen del sospechoso en la televisión no debe tener la certeza de que se trata de su marido. Tiene dudas. Así se crea una tensión: ¿sabrá o no sabrá que es él?

GABO.— La tensión surge cuando ella comienza a husmear por la casa, y se intensifica cuando el espectador intuye que el marido le está preparando a ella una trampa.

ROBERTO.— ¿Por qué no desarrollar las dos líneas de tensión al mismo tiempo?

GABO.— Porque es más complicado y no justifica el esfuerzo.

ROBERTO.— Pero de todos modos, aumenta el nivel de intriga de la película.

GLORIA.— Al marido lo vemos preparando el siguiente atentado –esta vez con ayuda de la mujer–, pero todavía no sospechamos que la víctima es ella.

GABO.— Ella muere, la policía identifica el cadáver y, naturalmente, va a informar al esposo sobre lo ocurrido. En ese momento la policía no sospecha de él, pero hay algo...

GLORIA.— Un detalle que lo delata. Pudiera ser algo relacionado con el violín.

GABO.— Lo que cuenta la película es la preparación de un crimen perfecto. Pero lo que parece estar contando es la preparación de un atentado, con la mujer como centro de la operación. Claro que el marido no puede pedirle a ella: "Por favor, llévame esta ropa a la tintorería"; tiene que pedirle algo importante, para que ella se sienta motivada. Estoy pensando en el líder sindical; ¿por qué él no le pide a ella que lo ayude en ese atentado?

REYNALDO.— A mí me gusta que explotemos la idea, un poco cruel y disparatada, del "terrorismo cotidiano". Este viernes el tipo vuela un supermercado y el viernes siguiente liquida a un personaje..., y lo hace a la manera en que los músicos –en nuestro caso, el violinista– tocan hoy a Schubert y mañana a Beethoven: por hábito. Lo que me interesa subrayar es el nexo que existe entre rutina y amoralidad.

GLORIA.— Todo eso es muy abstracto.

REYNALDO.— Son ideas.

GLORIA.— Quiero saber en qué punto estamos. ¿Qué es lo que está moviendo a la mujer, por ejemplo? ¿Los celos o la sospecha de que su marido es el tipo del supermercado?

REYNALDO.— Al principio son los celos.

GLORIA.— Ella sospecha que el marido tiene una amante. Y tratando de confirmarlo, descubre que es un terrorista, no un donjuán.

GABO.— No podemos retroceder. Me pareció que había consenso en cuanto a que la película empezara con el supermercado. Es un acto delictivo –y horrible– pero que no nos obliga a mostrar el proceso de investigación judicial.

GLORIA.— Sí, yo prefiero que no haya investigación.

SOCORRO.— Hay investigación –tiene que haberla– pero no se muestra. Lo de la figura misteriosa en el supermercado nos sirve para ponerla a ella en movimiento.

GABO.— Ella ha llamado al teatro en el momento en que él ha entrado al supermercado. "No, señora, los viernes..." etcétera. Ahí el motivo dominante pueden ser los celos. ¿Se pone ella a registrar las cosas de inmediato, en busca de una señal inculpatoria? ¿Encuentra por casualidad un peluquín o una caja de cosméticos, entre las cosas de él?

Por la noche, cuando ven el telenoticiero, ella se queda mirando fijamente al sospechoso; no dice nada, pero intuye –o mejor, sabe– que el tipo es su marido.

ROBERTO.— A mí me gusta la idea de que ella descubra que él es terrorista, pero movida por los celos.

GABO.— Es un móvil que no puede sostenerse mucho tiempo, a menos que hagamos otra película.

REYNALDO.— Tratemos de mantener la idea del atentado semanal. Es un poco grotesca, lo reconozco, pero dice mucho sobre el carácter frío y deshumanizado del terrorismo.

GABO.— Todo eso queda sujeto a estudio. Nosotros tenemos que agarrar la alternativa que más nos atraiga, la que más convenga al desarrollo de la historia.

MARCOS.— Se me ocurre que el tipo del supermercado lleve puesto un sombrero. Esa noche, cuando el violinista y la mujer están viendo en su cuarto la televisión, y ella vea de espaldas la imagen del sospechoso... se levanta, va hasta el clóset, saca una caja de sombreros, la abre... y ve que está vacía. "¿Y tu sombrero de invierno?" pregunta. Lo pregunta de tal manera que él siente que le está diciendo: "No mientas; yo sé que eres tú".

GABO.— Eso nos da otra opción; así ella no tiene que ponerse a investigar.

VICTORIA.— Los celos le han agudizado los sentidos. Ya sabe que el marido le esconde algo –lo que hace temprano en la mañana, cada viernes–, de manera que cuando ese viernes por la noche ella ve al tipo del sombrero en la televisión...

GABO.—A lo mejor hasta se alegra y le pide perdón al marido, al ver que sus sospechas eran infundadas... Las de la amante, quiero decir.

VICTORIA.— Los celos la han impulsado a registrar la casa, buscando las pruebas del delito –un pañuelo con pintura de labios, un cabello rubio en la solapa del terno...– y en esa búsqueda ella encuentra algo extraño, que no sabe cómo explicar...

CECILIA.— Lo ideal es que fuera un objeto propio del ajuar femenino pero que a él le sirviera al mismo tiempo para otras cosas, ya sabemos cuáles...

GABO.— Yo consideraría de todos modos la posibilidad de empezar con el supermercado, lo que significa empezar con el verdadero drama, el que conduce al desenlace. El de los celos es un falso conflicto, un simulacro. Puede estar latente unos minutos pero se desvanece enseguida, con el episodio de la televisión. Ése es el detonador: el marido ha sido descubierto por la mujer. El resto de la película se dedicaría a contar cómo se las arregla él para librarse de ella. Eso hay que contarlo en menos de treinta minutos.

ROBERTO.— Al verse descubierto, él va a fingir que la ama como nunca antes. Es como si ahora, al sumarla a ella a sus planes terroristas, la redescubriera como camarada, incluso como mujer... Van a vivir una segunda luna de miel, los momentos más felices de su vida... Y todo eso no será más que un engaño premeditado.

GABO.— Me preocupa la idea de que el crimen político se pueda confundir con un crimen pasional.

ROBERTO.— En este caso, los dos elementos se entremezclan.

GABO.— Si uno tiene una buena historia, que puede ser contada de manera clara y sencilla, debe evitar la tentación de complicarla. El violinista tiene que matar a la mujer, aunque la ame; tiene que pasar por encima de todo tipo de consideraciones –incluso las sentimentales– para cumplir las normas de seguridad. Eso lo hace todo más dramático.

SOCORRO.— Eso es cierto desde la óptica de él, pero el elemento de los celos y del falso romance enriquecen al personaje de ella.

GABO.— ¿Por qué no desarrollamos las dos opciones por separado? Una seguiría las dos líneas –el doble simulacro– y la otra una sola línea, la del deber profesional. Él la mata con dolor de su alma, porque no tiene otra alternativa. Desarrollemos las dos opciones, y ya veremos qué problemas nos plantea cada una.

GLORIA.— Para mí el tipo es así como tú lo describes: un tipo frío, capaz de todo.

GABO.— Para decirlo en dos palabras: un hijoeputa redomado.

ROBERTO.— ¿Y acaso no lo sería –y tal vez más– si simula un entusiasmo repentino por su mujer?

GABO.— Es que él no necesita hacer eso para matarla. No necesita fingir que la quiere para darle la bomba; lo que necesita es ser un fanático, creer que por encima de todo está su causa.

REYNALDO.— Él piensa, como buen terrorista, que el fin justifica los medios. Pero siente como un sacrificio tener que "sacrificar" a la mujer.

GABO.— Porque en el fondo la quiere.

SOCORRO.— ¿Por qué no podemos jugar aquí con sentimientos encontrados? Hoy la quiere, mañana simula quererla..., ¿por qué no?, las dos cosas son posibles. El tipo es frío, implacable, pero de pronto tiene una crisis emocional, aunque sea pasajera... Y todo eso también puede enriquecer el personaje de la mujer.

GABO.— El hecho cierto es que él la va a matar. Y va a hacerlo contando con la coartada perfecta. A mí me gusta la idea de que pase por encima de todo, incluso de su amor, porque cuanto más implacable sea el tipo, y más brutal la muerte de ella, tanto mejor.

GLORIA.— Que Dios te perdone.

ROBERTO.— ¿Y si la bomba, por error de cálculo, le estallara a él?

REYNALDO.— ¿Qué ganaríamos?

SOCORRO.— Confirmar la idea de que el crimen no paga.

REYNALDO.— O de que existe la justicia divina.

GABO.— El tipo se reúne con los miembros de su organización y les informa lo que hay: "Mi mujer ya sabe". "Entonces tienes que matarla." Punto.

GLORIA.— Eso me gusta. Que sea la organización terrorista la que decida que hay que liquidar a la mujer. Así todo es más frío, más impersonal: él no hace más que cumplir órdenes, como un autómata.

GABO.— "La matas tú –le dicen al tipo– o la matamos nosotros."
Y él sabe muy bien lo que eso quiere decir.

ROBERTO.— Si él la ama tanto como ustedes dicen, ¿por qué no huye con ella?

GABO.— Porque ésta es una película salvaje.

GLORIA.— Tengo un montón de notas aquí. Voy a ponerme a trabajar.

HISTORIA DE UNA VENGANZA

ROBERTO.— Debo advertir que traigo una historia complicada.

VICTORIA.— ¿Tiene título?

ROBERTO.— Aún no. Es la historia de un preso recién salido de la cárcel. Ha estado preso durante cuarenta y cinco años. Es viejo ya. Podemos llamarlo João.

VICTORIA.— ¿Qué edad tiene el hombre ahora?

ROBERTO.— Sesenta y cinco, setenta años... Acaba de cumplir su condena. Sólo lleva unas horas en la calle. No tiene adónde ir; camina asustado por un barrio periférico de la ciudad, una gran ciudad que podría ser São Paulo. João no resiste el ruido, el tráfico callejero, el vértigo de la vida urbana... Ve un bar –una vieja cantina llena de espejos, con mesitas de mármol y sillas de madera– y entra suspirando, como si al fin hubiera encontrado el refugio que buscaba. Se sienta y pide algo de beber. Se mira distraídamente en un espejo, ve su pelo blanco, su rostro surcado de arrugas, y murmura: "Daría cualquier cosa por volver atrás y poder empezar de nuevo". La voz suena en el fondo del espejo como un eco, como la voz ahuecada de la Muerte. Y João siente que la misma voz dice: "Te concedo el deseo con una condición: que olvides el pasado. En el pasado están las sombras. El día que te alcancen las sombras, vuelvo para buscarte". João se queda atónito, no sabe qué decir; en ese momento se acerca el camarero con su copa; João bebe, pensativo, y murmura: "Acepto". Cuando vuelve a mirarse en el espejo, a quien ve es a un joven. Gira la cabeza, sorprendido, creyendo que tiene

149

al joven detrás de sí. Nada de eso. Es él mismo, pero con cuarenta años menos; ahora no debe tener más de veinticinco años. João apenas da crédito a sus ojos. Mira sus documentos y, en efecto, por su fecha de nacimiento y por su foto, es ahora un hombre de veinticinco años.

VICTORIA.— ¿Es él mismo, cuarenta años atrás, o es otra persona completamente distinta?

ROBERTO.— Es él mismo, con la edad que tenía cuando entró en la cárcel... João sale del bar, se alberga en una pensión humilde y empieza a buscar empleo en el vecindario. Tiene que hacer grandes colas durante varios días, porque hay mucho desempleo, pero finalmente entra a trabajar como obrero cualificado en una fábrica cercana.

VICTORIA.— ¿Una fábrica de qué?

ROBERTO.— De relojes. Y un buen día, el dueño de la fábrica –o de la empresa que posee la fábrica– lo manda llamar. Están despidiendo a muchos obreros, y el empresario, al ver el nombre de João en la lista –el nombre de pila y el apellido– ha decidido hablar con él. Todo el mundo se extraña; es muy raro eso de que un gran empresario pida ver a un obrero, sobre todo tratándose de un obrero recién contratado...

SOCORRO.— Pero si están despidiendo trabajadores, ¿cómo fue que contrataron a João?

ROBERTO.— Como trabajador temporario... La fábrica había recibido un pedido urgente de relojes y era necesario reforzar la línea de montaje. Lo cierto es que el joven João, al ver al empresario, lo reconoce instantáneamente; el hombre tiene más o menos la misma edad que él, la edad verdadera de João –unos setenta años– pero para João aquellos rasgos son inconfundibles, quizás porque ha estado pensando en aquel hombre –o en el joven que había sido aquel hombre– durante decenios... João trata de dominarse. Oye dentro de sí la voz cavernosa de la Muerte: "Olvídate del pasado". Controla sus nervios a duras penas. El empresario, sonriente, le explica que lo mandó llamar porque João tiene el mismo nombre y apellido que un viejo amigo suyo, a quien no ha vuelto a ver desde que era muy joven. Le dice que es curioso, pero que incluso João se parece mucho a él, a su amigo, cuando éste tenía su edad. "Son recuerdos de mi juventud en Bonaire –dice el viejo– de una época en la que usted no había nacido todavía..." El empresario quiere que el joven sepa que, en homenaje a su difunto amigo –él presume que ha muerto– le va a garantizar a João un trabajo estable en su propia empresa. Todo queda como un capricho del viejo o como una anécdota curiosa. João se despide sin revelar su verdadera identidad.

VICTORIA.— Pero ha reconocido al viejo; y la edad del viejo responde a los cálculos de João...

ROBERTO.— Pasan los días y João no puede contenerse. Aprovecha un feriado y va a Bonaire, su ciudad natal. Allí, en la biblioteca, consulta los viejos diarios locales. En ellos se habla de un robo, del asalto a un banco por tres individuos, y de que un juez –una figura prominente del pueblo– había resultado muerto en el asalto. La culpa de esa muerte había recaído sobre él, sobre João, aunque él sabía muy bien que el disparo lo había hecho uno de sus cómplices –no podía precisar cuál de los dos–; ambos cómplices desaparecieron sin dejar rastros.

VICTORIA.— ¿Por qué tiene João que trasladarse a Bonaire para obtener esa información?

ROBERTO.— Él no sabía absolutamente nada de lo que había pasado, desde el momento en que cayó preso durante el asalto. Ahora quiere averiguar. Quiere saber qué ocurrió con sus dos compinches y sobre todo qué se dice de la muerte del juez, por la que él fue condenado injustamente. Sabe que no fue él quien disparó, pero nada más.

SOCORRO.— No es que él haya perdido la memoria, sino que verdaderamente no sabe.

GABO.— Lo metieron preso y no conoció el destino de sus cómplices... Él era un hombre solo, sin familia. Y nadie pudo darle noticias en la cárcel.

GLORIA.— El único implicado resultó ser él; los otros dos huyeron y no se supo más de ellos.

VICTORIA.— ¿Pero el espejo no le había dicho que tenía que olvidarse del pasado?

ROBERTO.— Ése es el problema: él quiere, pero no puede olvidar.

GABO.— No le hace caso a la Muerte. Eso es grave.

ROBERTO.— João es un buen trabajador, tiene mucha experiencia –aunque nadie se lo pueda imaginar– y ahora cuenta, además, con la simpatía del empresario, así que va ascendiendo en la fábrica o la empresa hasta llegar a tener un puesto importante. Un día el empresario lo llama, le hace saber lo complacido que está con su trabajo, y lo invita a salir. "Salgamos a tomar una copa", dice. En realidad, el empresario –ya habrán adivinado ustedes que es el verdadero culpable, el que disparó contra el juez– no puede con sus remordimientos y quiere redimirse a través de aquel joven que tanto le recuerda a su compañero de juventud. João y él salen a la calle y João advierte con sorpresa que el empresario se dirige resueltamente al bar de los espejos, el mismo donde se operó su metamorfosis. Piden una botella y el empresario empieza a beber sin moderación, una copa tras otra. João apenas prueba su trago; deja que el otro beba y hable hasta por los codos; de hecho, lo incita a hablar, mostrándose muy interesado en su perorata. Yo me imagino esta secuencia como una pesadilla: el bar lleno de gente, un ruido infernal, las imágenes duplicándose en los espejos, el empresario bebiendo y hablando, bebiendo y hablando... Y de pronto, João oyéndolo decir, o mejor, oyéndolo inquirir qué podía hacer, para redimirse, un hombre que hubiera traicionado a un amigo y destruido la vida de ese amigo para siempre... "Nada", dice. "No puede hacer nada, porque lo que hizo es imperdonable." A confesión de parte, relevo de pruebas, como dicen los abogados.

SOCORRO.— João sospechaba, pero necesitaba estar seguro.

ROBERTO.— Ahora lo está. De manera que unos días después, cuando se queda solo en su oficina, saca de la gaveta de su buró unas fotocopias –de los periódicos de la época– y se pone a mirarlas, a repasarlas... Hay una donde aparece él mismo, esposado, cuando era conducido a la cárcel. João llama por teléfono al empresario rogándole que pase un momento por allí, por su oficina, porque tiene algo muy importante que mostrarle. Y cuando el empresario entra, ve la pared empapelada con los recortes, con las fotocopias, y se da cuenta de todo, aunque a la vez no entiende nada. Da lo mismo. Ya João ha sacado un revólver y ha empezado a disparar. El empresario se apoya en una silla, mortalmente herido, y João se sienta frente a él y lo mira sin decir palabra. De pronto, su cara –la de João– empieza a arrugarse y su pelo a encanecer; el empresario mira aquel rostro, aterrado. ¿No sería así, en la actualidad, el rostro de su amigo, el viejo amigo que creía muerto en la cárcel? En el momento en que el empresario expira, João muere también.

SOCORRO.— ¿Muere? ¿Por qué?

ROBERTO.— Porque la Muerte lo vino a buscar. João rompió el pacto.

SOCORRO.— Es una película rara.

ROBERTO.— Es una película de venganza.

GABO.— El problema es contarla en media hora.

GLORIA.— Hay ahí una contradicción insalvable: João le pide a la Muerte otra oportunidad y lo primero que hace a continuación es romper el pacto. La película empieza planteando una cosa y acto seguido plantea otra.

ROBERTO.— João trata de olvidarse de todo, se pone a trabajar; pero el destino lo coloca de nuevo ante su pasado.

GABO.— Roberto, no creo que esa historia pueda contarse en media hora.

ROBERTO.— Yo creo que sí se puede.

GABO.— Bueno, vamos a ver.

VICTORIA.— Es curiosa, la forma en que João consigue trabajar y va siendo promovido.

ROBERTO.— Es un obrero cualificado. Tal vez trabajó en la cárcel arreglando relojes... y advierto que no escogí una fábrica de relojes por casualidad, sino porque en esta historia todo tiene que ver con el

Tiempo. Y en cuanto a la promoción, creo que ya lo dije: el empresario, por su complejo de culpa, lo favorece.

GABO.— Va a ser difícil contar en media hora la historia de ese ascenso meteórico... Digo, a menos que utilicemos un narrador en *off*.

ROBERTO.— Admito que la película tiene un carácter insólito. Hay que encontrarle el tono adecuado.

GABO.— Deberíamos tratar de elaborar una estructura. Creo que no vamos a saber exactamente lo que pasa, o puede pasar, mientras no tengamos una estructura que nos permita contar la historia en media hora.

REYNALDO.— ¿Por qué no empezamos despejando el camino? Se puede suprimir la peripecia del viaje a Bonaire, cuando João va a consultar los periódicos locales. Podemos dar por descontado que ya eso ocurrió, que ya él tiene en su poder los recortes.

ROBERTO.— Pero es así como João empieza a romper su pacto con la Muerte. Su viaje es un viaje al pasado.

VICTORIA.— Entonces João podría morir ahí mismo; la película duraría cinco minutos, no más.

REYNALDO.— João puede salir de la cárcel con los recortes. Lleva un bulto con sus escasas pertenencias y entre ellas están los recortes. Cuando se aloja en la pensión –ya es joven, su vida ha cambiado radicalmente– saca sus cosas del bulto, para colocarlas en el armario, y entonces ve aquellos papeles amarillentos. Son su pasado, algo que tiene que olvidar, que se ha comprometido a borrar de su memoria; por tanto, decide romper esos papeles, echarlos a la basura, pero vacila, los dobla con cuidado y los guarda en una gaveta. Grave error.

GLORIA.— La clásica culpa, el error fatal de todas las tragedias...

REYNALDO.— Pero la vida se burla de nuestras previsiones: el joven João resulta ser un tipo de suerte. Comienza a ascender en la escala social. Yo creo que para resolver ese proceso no hay que recurrir a un narrador; se puede mostrar visualmente. Recuerdo la película de un muchacho que quiere aprender judo y se acerca con mucho empeño a

154

un viejo maestro. El maestro accede a tomarlo como discípulo. Y ahí vemos cómo se da el proceso de aprendizaje de un modo muy sencillo: a través del talante del muchacho, de la manera en que se sienta. Al principio lo hace con mucha rigidez, después con más soltura, después con aplomo, después con arrogancia y después con una gran dignidad, como el propio maestro. En un minuto recorre todo el trayecto, del fondo a la cima, mediante una simple sucesión de imágenes.

ROBERTO.— Las películas para la televisión tienen que ser muy movidas, porque si no, los espectadores hacen *zaping*: cambian de canal. Y a mí, lo reconozco, me cuesta mucho trabajo imaginar el movimiento continuo.

GABO.— La técnica de la telenovela, en cambio, es diferente: no pasa nada, pero siempre se tiene la impresión de que algo está a punto de pasar. Por eso uno sigue ahí, esperando...

ROBERTO.— En las películas americanas siempre están pasando cosas; en cada secuencia pasa algo.

GABO.— En la historia del preso no es así; mejor dicho, pasan cosas tremendas, pero en espacios de tiempo demasiado largos.

ROBERTO.— Puedo traer otra historia.

GABO.— No. No vamos a renunciar tan fácilmente a ésta. Es un reto que tenemos que afrontar. Mi única preocupación es que sólo disponemos de media hora para contar esa vida. Las cosas podrían facilitarse mucho si João hubiera estado rumiando su venganza en la cárcel, durante todos esos años, y al salir fuera directamente a buscar a su cómplice, el verdadero culpable.

ROBERTO.— La venganza no es su objetivo. Lo que atormenta a João es el hecho de ser un viejo, de haber perdido su vida en la cárcel. Haría cualquier cosa por recuperar esos años. Por eso quiere volver atrás el tiempo, tener otra oportunidad.

GABO.— Pero aquí no es el tiempo el que revierte, es la edad del personaje. El tiempo sí ha pasado. João está viviendo, con cuarenta años menos, un tiempo real, que ya pasó para todo el mundo, incluso para él, salvo en lo que atañe a su aspecto físico. Él vuelve a tener el aspecto de un joven, pero eso es un disfraz; su memoria y su carácter siguen intactos.

ROBERTO.— João intenta cambiar, quiere vivir otra vida, olvidarse del pasado, no dejar que las sombras lo alcancen; pero lo alcanzan, porque nadie puede huir de sus sombras...

GABO.— Él no cumple su parte del convenio. Le hace trampa a la Muerte.

ROBERTO.— O la Muerte a él.

GABO.— Que João entre a trabajar en esa fábrica de relojes... ¿acaso sospechaba que la fábrica era de su antiguo cómplice?

ROBERTO.— Ni por asomo.

GLORIA.— ¿Durante cuarenta años João nunca intentó saber, desde la cárcel, cuál había sido la suerte de sus cómplices? ¿No se podía enterar por los periódicos?

ROBERTO.— Los periódicos ¿qué sabían de eso? El único inculpado fue él.

GLORIA.— A través de algún amigo...

ROBERTO.— ¿Qué amigo? Fuera de sus cómplices, João no tenía ni amigos, ni parientes, ni nada.

SOCORRO.— Una condena como ésa, que es casi de cadena perpetua, tiene que haber sido el resultado de un largo proceso judicial. Y en ese proceso debieron salir nombres, pistas...

ROBERTO.— João no habló. Se negó a delatar a sus cómplices.

SOCORRO.— ¿Y la policía nunca dio con ellos?

ROBERTO.— Desaparecieron. Se los tragó la tierra.

SOCORRO.— Y dejaron que João se pudriera en la cárcel, por un crimen que no cometió. Porque el asalto al banco no hubiera justificado una condena tan larga.

GABO.— No importa que la historia sea increíble: lo importante es que creamos en ella. Y yo no acabo de creer lo que cuenta Roberto. Lo único que creo es lo más increíble de todo, la transformación de João en un joven de veinticinco años. Es una convención –se toma o se deja– y yo la tomo.

ROBERTO.— Pues a partir de ahí, yo me siento libre de hacer lo que quiera.

GABO.— No. Tú sólo puedes hacer lo que quieras dentro de la lógica que tú mismo te impones. Es como en el ajedrez. ¿Por qué el alfil se mueve de costado? Porque lo hemos convenido y aceptado previamente. A partir de ahí, la pieza ya no puede moverse de otra forma.

ROBERTO.— A mí lo que me parece una falla –lo admito– es la manera como el empresario se entera de que el tal João trabaja para él, y pide conocerlo. Eso no se resuelve bien.

GABO.— Yo creo que tú te muestras demasiado indulgente contigo mismo cuando haces que las cosas sucedan así, con tanta facilidad. Todo ocurre como en un sueño, sin oposición ni resistencia. ¿O es que se trata de eso, de un sueño?

ROBERTO.— No. Tal vez yo esté intentando contar, en media hora, una historia que necesita contarse en un largometraje.

GABO.— Tú te sientes inquieto por el primer encuentro de João con el empresario. Y con toda razón. Para que el dueño de una fábrica o el gerente de una gran empresa reconozca el nombre de uno de sus trabajadores, mezclado con otros cincuenta en una lista de despidos, el trabajador tendría que llamarse..., no sé, Cuauhtémoc Ortodoxo.

SOCORRO.— Si se inaugurara una nueva sección de la fábrica, o se hiciera ampliación de los talleres de la empresa, y los trabajadores fueran invitados a un brindis, con la presencia del empresario...

ROBERTO.— Pero el encuentro de ellos no debe ser casual, ni originarse en una decisión de João; debe ser el empresario quien tome la iniciativa.

GABO.— ¿El empresario nunca sospecha quién es realmente João?

ROBERTO.— Se da cuenta al final, cuando muere.

GABO.— Porque es entonces cuando ve el verdadero rostro de João. Como en *El retrato de Dorian Gray*.

REYNALDO.— No me gusta que João mate al empresario. El empresario debe morir de espanto, al darse cuenta de lo que ocurre.

SOCORRO.— Le estalla el corazón, al ver el verdadero rostro de Dorian Gray.

ROBERTO.— João no puede dejar que el culpable muera; tiene que matarlo.

GABO.— Pero para consumar su venganza no necesita ser un joven. Si tú apelas a un recurso tan extraordinario como el cambio de edades, ¿por qué no lo utilizas después en algo que valga la pena?

ROBERTO.— Lo utilizo para demostrar, primero, que João no logra huir de su pasado, aunque quiera, y segundo –una conclusión derivada de eso– que nadie puede huir de sus propias sombras, de sus fantasmas... Yo no quería contar la historia de una venganza –o no en primer lugar– sino la historia de una redención. Una redención imposible, como puede verse.

GABO.— Pero lo estás haciendo de una manera muy peculiar: maniobrando para que todo se adapte a tus propósitos.

ROBERTO.— ¿No es lo que hacemos todos, en estos casos? La creación es así.

GABO.— Pero tiene que ser convincente.

ROBERTO.— A mí me parece que los detalles de esta historia lo son.

SOCORRO.— Cuando el empresario manda a buscar a João, éste puede decirle: "Sí, señor, son los nombres de mi abuelo. Me llamo igual que él". El empresario insiste: "¿Tú eres nieto de João Cabral, que en su juventud vivió en Bonaire?". "Sí, señor, así es". El empresario no sale de su asombro. "¡Qué chiquito es este mundo!", piensa. Y dice: "¿Y qué fue de la vida de tu abuelo?". "Murió en la cárcel", responde João sin vacilar. "¡Ah, lo siento! –exclama el empresario–. Antes de que ese lamentable incidente ocurriera, tu abuelo y yo fuimos grandes amigos..."

GLORIA.— Y ahí mismo el empresario puede añadir: "¿Sabes una cosa, João? En nombre de la amistad que me unía a tu abuelo, voy a ayudarte".

SOCORRO.— Y lo ayuda, y lo ayuda tanto que João se convierte, dentro de la empresa, en un personaje. Y es entonces cuando llama a su benefactor y le dice la verdad: "Yo no soy el nieto de João Cabral. Yo soy João Cabral".

GABO.— "Soy Edmundo Dantés", como en *El Conde de Montecristo.*

REYNALDO.— Tengo una inquietud. ¿La culpa del empresario es haber matado al juez? ¿No es culpable también de haber abandonado a su amigo preso?

ROBERTO.— La culpa de él es haber dejado que le achacaran a João la muerte del juez, y que lo condenaran por ese crimen.

REYNALDO.— Pero los asaltantes eran tres. ¿El culpable no pudo haber sido el tercero?

ROBERTO.— Sí. Lo que João descubre ahora, justamente, es que el que disparó fue el empresario; lo sabe porque él mismo lo confiesa.

SOCORRO.— Lo da a entender. Es algo que no se dice: se sobreentiende.

ROBERTO.— El otro cómplice desapareció. Nunca se vuelve a saber de él.

REYNALDO.— Cabe la posibilidad de que el empresario se sienta culpable, no de haber matado al juez y dejado que condenaran a su amigo, sino de haber dejado que su amigo se pudriera en la cárcel, sin ir a visitarlo siquiera.

SOCORRO.— En cuarenta años. Tenía tiempo para pensarlo.

REYNALDO.— Aunque por otra parte es lógico; si tres tipos cometen una fechoría y uno de ellos cae preso y se niega a delatar a los otros, ¿cómo van ellos a delatarse a sí mismos, yendo a visitarlo?

ROBERTO.— Podrían haber mandado mensajes. Además, está el factor dinero. Los otros dos huyeron con el dinero robado y se quedaron con la parte de João.

GABO.— Así que el robo se consumó... Entonces tiene que haber en João un deseo de venganza. Y no encuentra al empresario por casualidad: lleva cuarenta años acariciando la idea de ese encuentro. Quiere vengarse. Es la historia de Edmundo Dantés.

ROBERTO.— João no va a buscar a ese hombre: no tiene idea de dónde puede estar, qué tipo de persona puede ser a estas alturas de su vida... Es más, lo repito, no sabe cuál de los dos cómplices mató al juez.

GABO.— ¡Y qué casualidad!, entre todas las fábricas de São Paulo, escogió precisamente aquélla...

REYNALDO.— No la escogió; la Muerte lo empujó hasta allí, para probarlo.

ROBERTO.— Ésa es la historia que quiero contar: la de un tipo que es sometido a una dura prueba. Y por la Muerte, nada menos.

REYNALDO.— Es como esos enigmas que uno cree que puede descifrar de una manera y en realidad no es así, se descifran de otra.

GABO.— Pero las profecías están cifradas para protegerse a sí mismas del fracaso. No pueden correr el riesgo de derrotarse a sí mismas. Si tú crees en las profecías y te auguran que cuando salgas hoy de aquí, a la una y diez de la tarde, te caerá un ladrillo en la cabeza, tú, naturalmente, no vienes hoy aquí, o no sales de aquí a la una y diez de la tarde, y la profecía, por tanto, no se cumple nunca. Uno sólo "descifra" con precisión las profecías después que se cumplen, o mejor dicho, después que sucede lo que supuestamente tenía que suceder. Como en el caso de Edipo, ¿recuerdan? Si la profecía no está cifrada, ¿cuánto puede durar? Viene el mismísimo Nostradamus y te anuncia: "El 27 de marzo te comerá un tigre a la salida de la iglesia". El 27 de marzo te quedas en la cama, leyendo tranquilamente un libro, y el tigre se jode, se queda sin comer.

ROBERTO.— Propongo que hagamos una cosa. Como yo estoy tan aferrado a mi proyecto, y no logramos avanzar, creo que es mejor que yo traiga otra idea.

GABO.— No.

ROBERTO.— Lo digo porque soy cabeciduro y voy a defender esta historia hasta el final. Llevo mucho tiempo pensando en ella.

GABO.— Mientras más cabeciduro seas, mejor para nuestro trabajo. Aquí no venimos a hacer obras maestras, sino a aprender la carpintería del oficio, a ver cómo se construye una historia imaginaria.

160

Clavo a clavo. Martillazo a martillazo. Tú no nos puedes privar del placer de armar este mueble. Pero vamos a empezar cepillando la madera, para quitarle los nudos. ¿Quién da el primer pase?

MARCOS.— Propongo que la fábrica lleve el nombre del empresario –Juan Pérez, Sociedad Limitada, por ejemplo– de manera que João, al salir de la cárcel, vaya a buscar trabajo allí, directamente. En ese momento el espectador no se daría cuenta de nada, pero después...

ROBERTO.— ¿Estás proponiendo que eliminemos la secuencia del bar, una de las más bellas de la película?

GABO.— Hay una cosa que tenemos que saber. ¿Tú admites, Roberto, que en todo esto tiene que estar jugando un sentimiento de venganza, aunque sea inconsciente?

ROBERTO.— Sí. No lo niego.

GABO.— Lo que João le pide a la Muerte es tiempo para poder consumar su venganza...

ROBERTO.— Pero eso la Muerte no se lo va a conceder. Y João hace trampa. La Muerte le dice: "¿Qué quieres, realmente: vivir o vengarte?". Y él le responde: "Vivir. Volver a vivir".

VICTORIA.— No deja de ser interesante eso de que João pretenda engañar a la Muerte. Cuando la Muerte le dice: "Tienes que olvidar tu pasado", él asiente, pero de labios para afuera.

REYNALDO.— Una cosa es violar el pacto y otra violar las reglas del juego. João podrá violar el pacto, pero Roberto no puede violar las reglas.

GABO.— João ha vendido su alma al diablo. Como Fausto.

ROBERTO.— Les agradeceré que tengan en cuenta lo siguiente: João es sincero cuando promete olvidarse de todo. Él cree sinceramente que va a empezar una nueva vida, que va a librarse de su frustración, de su rabia; pero no lo consigue. Y eso la Muerte lo sabía; es la Muerte quien engaña a João.

GABO.— Edmundo Dantés, sin encomendarse a Dios ni al diablo, consigue un disfraz tan bueno como el de João, aunque con un poco más de esfuerzo. Ustedes conocen la novela, ¿verdad? Dantés es un joven marino que tiene una novia en Marsella. Un ricachón pretende a la muchacha y se confabula con otros dos tipos para levantar una calumnia de carácter político contra Dantés: lo acusan de bonapartista. Juzgan al pobre marino y lo condenan a muchos años de cárcel, los que deberá cumplir en un castillo, una antigua fortaleza convertida en prisión, de la que no hay modo de evadirse porque está en un islote, a cierta distancia de la costa. Entonces es cuando el autor, Alejandro Dumas, hace una de las cosas más extraordinarias que se hayan hecho nunca en la literatura; sin forzar ningún elemento de la realidad, no sólo logra convertir a ese pobre marino es un hombre sabio y fabulosamente rico sino que, además, consigue sacarlo de la cárcel de forma espectacular. ¿Cómo realiza Dumas esa hazaña? Muy sencillo: crea otro personaje, el Abate Farias, y lo mete también en prisión, en una celda aparte. El Abate Farias es un anciano conspirador y un sabio; conoce el secreto de un gran tesoro y está fraguando su huida. Un día Dantés siente desde su celda que alguien, del otro lado de la pared, está cavando; se pone a hacer lo mismo y poco después, a través del túnel que han hecho, se encuentra con el abate Farias. "Hice un cálculo erróneo –dice el viejo–; creí que el túnel iba a salir a tal parte y no ha sido así. A mi edad, es imposible empezar de nuevo; no me alcanzaría la vida; pero tú eres joven y fuerte y voy a enseñarte todo lo que sé. Además, voy a darte los planos de un tesoro que está enterrado en la isla de Montecristo. Sabes que aquí, cuando uno muere, los carceleros meten el cadáver en un saco y lo echan al mar. Cuando yo muera, tú escondes mi cuerpo en el túnel y te metes en el saco, con un cuchillo; y cuando sientas que has caído al agua, abres el saco con el cuchillo, nadas hasta la orilla y escapas. Así podrás disfrutar de tu nueva condición de hombre libre, rico y sabio." Dantés aprende todo lo que el abate le enseña en esos años, y cuando el viejo muere, sigue sus instrucciones al pie de la letra. Va a la isla de Montecristo, desentierra el tesoro y, en el más absoluto secreto, forja su nueva identidad. Ahora es el Conde de Montecristo; y en esa condición, pone en marcha el mecanismo de la venganza... ¿Qué les parece? Desde el punto de vista de la construcción dramática, es más difícil hacer todo eso que convencer a la Muerte para que le rebaje a uno la edad. Y si Dumas logró hacerlo, ¿por qué nosotros no?

REYNALDO.— Sería bueno saber en qué consiste el secreto.

GABO.— Lo podemos averiguar. Yo siempre me pregunté por qué Dumas le había dado a su personaje el oficio de marino. Supongo que era para dejar establecida su familiaridad con el mar. Un marino sabe nadar, y hacer y deshacer nudos, orientarse en el agua... Y eso es lo que nos hace verosímil la evasión de Dantés; lo echan al mar desde la torre del castillo, embutido en un saco, y el tipo no se ahoga... Es decir, Dumas mete en la cárcel a un marino pobre y semianalfabeto, con una condena de cincuenta años sobre sus hombros, y lo saca al poco tiempo convertido en un hombre rico, sabio, poderoso... ¡Qué maravilla! El Conde de Montecristo sale del anonimato para vengarse, uno tras otro, de los tres tipos que le hicieron aquella fechoría. Todo el resto de la novela es eso: se venga del primero, le faltan dos; se venga del segundo, le falta uno... Y ni uno solo de los culpables lo reconoce; ¿quién de ellos, magnates, habituados al poder, se va a acordar de aquel pobre marino a quien años atrás hicieron encarcelar? Cuando conocen la existencia del Conde de Montecristo, tratan a toda costa de hacerse amigos de él; el recién llegado se ha puesto de moda en la alta sociedad. Y cada vez que el Conde arruina a uno de ellos, se identifica: "Soy Edmundo Dantés". ¡Guauuu! Los tipos se caen de espalda.

VICTORIA.— Si cambiamos los nombres, Edmundo por João...

GABO.— Son situaciones similares. A Dantés no lo conocen porque ha cambiado de personalidad; a João, porque ha cambiado de edad. Lo que quiero subrayar es esto: si tú admites, Roberto, que tu película cuenta también la historia de una venganza, no puedes sacar al personaje de la cárcel para dejarlo flotando; él tiene que salir decidido a vengarse. Cuando la Muerte le pone la condición que le pone, pueden pasar dos cosas: una, que él acepte y olvide realmente su pasado, en cuyo caso no hay venganza y tampoco película; dos, que simule aceptar, pero con el secreto propósito de burlarse de la Muerte; y tres, que acepte de corazón, pero que al encontrar casualmente al culpable, no pueda contenerse e incumpla su promesa.

ROBERTO.— Esa última es mi idea.

GABO.— En términos de construcción dramática, hay una gran diferencia entre la historia de Edmundo Dantés y la de João Cabral. Los tres tipos que calumnian a Dantés no vuelven a acordarse de él después que lo meten preso; para ellos, el pobre marino es un ser insignificante e inofensivo: no hay que preocuparse por él. Pero en la historia de João la cosa cambia, porque el culpable es amigo y cómplice del inculpado, sabe que a su amigo le echaron cadena perpetua por un crimen que no cometió; y sobre todo sabe que él, el culpable, está libre porque su amigo no lo delató a la policía... Por cierto, resulta difícil de aceptar ese gesto de lealtad hacia un hijoeputa del calibre del empresario.

ROBERTO.— Es el código del hampa. Los tipos duros no chivatean a sus compinches.

GABO.— Cosa que resulta ahora muy conveniente; pero te digo que, en otra situación, el empresario no se hubiera olvidado un minuto de João. De los dos dramas, el del empresario es el más complejo.

SOCORRO.— ¿Y si el empresario, sabiendo que João va a salir de la cárcel, se dispusiera a perseguirlo? El joven sentiría la inminencia del peligro, pero no sabría de dónde proviene... hasta el final.

ROBERTO.— Eso es muy bueno pero tiene un defecto: es otra película. A mí no me interesa el drama del empresario. Además, no cabría en media hora.

GABO.— No podemos alterar la naturaleza de la historia. La gracia es poder organizar bien, sin cambios sustanciales, el material de que disponemos.

ROBERTO.— Al salir de prisión João no quiere venganza. Quiere saber qué pasó, simplemente.

GABO.— Bueno, no hay por qué detenerse en el proceso que va de la excarcelación de João a su encuentro con el empresario. João sí sabe quién es el empresario. Lo que vamos a ver es cómo João, pese a querer cumplir su pacto con la Muerte, pese a todos sus esfuerzos por olvidar el pasado, se ve arrastrado a ejecutar su venganza.

VICTORIA.— ¿Ha decidido olvidar el pasado y al primer descuido se deja arrastrar?

CECILIA.— La Muerte le juega una mala pasada.

GABO.— João no va a la fábrica del tipo. Lo contratan en otra fábrica. Y un día, mientras está con una muchacha en un restaurante, ve entrar a un hombre y reconoce en él a su cómplice y presunto culpable del asesinato. Ahí mismo se jodieron todos sus buenos propósitos; su palabra de honor se va al carajo; empieza a pensar cómo hacerle trampa a la Muerte; y al final, bueno, va a buscar al tipo: "Soy João Cabral."

ROBERTO.— Se perdió el efecto visual de los recortes de prensa.

GABO.— No necesitas esos recortes. Y el pacto con la Muerte se hará verosímil en la medida en que entendamos que, para João, volver a tener veinticinco años es la mejor de las venganzas.

ROBERTO.— Si João saliera de la prisión decidido a vengarse, el espectador tendría que saber por qué; habría que darle todos los antecedentes del caso.

GABO.— Por ahora, basta que tú los conozcas; después veríamos cómo pueden darse sobre la marcha. Lo que tenemos que precisar es el eje de la situación. João sale de la cárcel, se encuentra a la Muerte y la Muerte le dice que tiene ante sí dos caminos: el olvido o la venganza. "Ahora cumples tus locos deseos de venganza –le dice– o inicias una nueva vida, recuperando el tiempo que perdiste pero a condición de que olvides el pasado." Conociendo como conocemos el alma humana, casi podríamos apostar que João acepta el trato sólo para ganar tiempo –con veinticinco años, además, tendría renovadas energías para llevar a cabo su plan–, pero la Muerte no hace pactos gratis; un buen día, ella misma atraviesa al empresario en el camino de João; es un hombre rico, poderoso, admirado y agasajado por todos; João lo reconoce y, al compararse con él, se le hace mucho más insoportable la injusticia cometida. De manera que decide ir a buscar trabajo a la fábrica del tipo. Y ahí se jode, porque viola el pacto. Ahora la pregunta sería: ¿lo dejará la Muerte llegar hasta el final?

ROBERTO.— Por eso demoré la anagnórisis y dejé casi para el final el momento en que João descubre la traición.

GABO.— Así, como lo planteas, es más complicado. Pero en fin, no vamos a tenerles miedo a las cosas porque sean más complicadas. Déjame hacerte una pregunta estúpida: ¿por qué la Muerte le concede a João la gracia de devolverle su juventud?

CECILIA.— Debe ser porque le habían robado una parte de su vida, lo habían privado de su juventud injustamente.

GABO.— ¡Ah!, la Muerte le otorga esa gracia por un sentido de justicia; es un acto de justicia lo que hace con João. La pregunta no era tan estúpida como yo creía. La Muerte es justa pero no da nada a cambio de nada: "Te devuelvo el tiempo perdido, pero a condición de que te olvides de él".

VICTORIA.— Hasta ahí no hay problema, pero a partir de ahí...

CECILIA.— Viene la coincidencia de la fábrica, la lista de nombres, la cadena de ascensos...

ROBERTO.— ¿Les parecen arbitrarias?

GABO.— Yo las veo como fallas dramatúrgicas. Pudieran parecer arbitrarias y sin embargo reforzar el impacto de la historia; pero no es el caso.

ROBERTO.— En el bar, la Muerte pudiera decirle a João: "Te ayudaré a empezar tu nueva vida. Ve a la fábrica tal y encontrarás trabajo".

GABO.— Pero entonces la Muerte sería una puta. No. La Muerte pacta con João respetando su libre albedrío, una condición *sine qua non* en los pactos con el diablo. A partir de ese momento, eres libre de escoger, y en ese juego pierdes.

ROBERTO.— Sigue en pie la pregunta: ¿cómo llega João a la fábrica?

GABO.— Y otra más importante: ¿cómo llega a la venganza, cómo opera aquí el mecanismo de la venganza? Porque yo sigo pensando que la carrera de João en la fábrica –o en la empresa– se prolonga demasiado.

MARCOS.— Todo se simplificaría, me parece, si trasladáramos la historia a un ambiente rural, a una hacienda del nordeste, por ejemplo. João es un gaucho. El culpable sería el terrateniente.

ROBERTO.— Yo sólo logro ver la Muerte en el fondo de un espejo. Además, soy un tipo eminentemente urbano, no sé hacer historias rurales.

GABO.— Uno no debe escribir sobre lo que no conoce o no siente como algo personal.

ROBERTO.— A mí me gusta la fábrica, también, porque es un universo cerrado.

GABO.— João es relojero, obrero cualificado de la fábrica... Tenemos que imaginar ese ambiente, darle más riqueza visual a su trabajo.

ROBERTO.— Para mí, no es una fábrica estrictamente realista.

GABO.— ¡Ah!, quieres inventar una fábrica que responda a la lógica del espejo...

ROBERTO.— Y una estética que responda a esa idea también. No una estética fantasiosa, pero tampoco naturalista.

GLORIA.— Para eso vendría bien una fábrica de espejos.

GABO.— Para que todos se volvieran locos.

ROBERTO.— Creo que el cine no aguanta un espejo más.

GABO.— En cualquier caso, está claro que João queda atrapado en un laberinto, una situación que lo conduce inexorablemente al empresario.

ROBERTO.— Al contrario, le permite al empresario atenuar sus remordimientos con João. Lo otro sería que João se empeñara en huir, en alejarse lo más posible de la fábrica, y que al final terminara matando al empresario de todos modos.

GABO.— Otra vez *La Muerte en Samarra*, la historia de una fatalidad.

SOCORRO.— Si João supiera desde el principio no sólo quién es el empresario, sino que fue él quien mató al juez...

ROBERTO.— Entonces la película –al menos, tal como yo la veo– no tendría sentido.

CECILIA.— Sería *El Conde de Montecristo* otra vez.

GABO.— El empresario cree lo que le cuenta João, que él es nieto de su amigo. Tiene que ser un momento impresionante, porque el empresario está viendo con sus propios ojos, en aquel joven de veinticinco años, la viva imagen de su amigo tal como era éste cuando él lo traicionó. Para él, el joven João es una aparición. Bien mirado, es como si al empresario también se le apareciera la Muerte. En ese momento, ¿cuántas preguntas no pasarán por su cabeza?

DENISE.— ¿Y si João matara al empresario casualmente, como Edipo a su padre?

SOCORRO.— Consumaría su venganza, sin querer –sólo a última hora se daría cuenta– y volvería a la cárcel. La Muerte le habría dado entonces lo contrario de lo que le prometió: un breve plazo para que pudiera vengarse.

GABO.— Hay que cuidar que lo esencial de la historia no se altere. Roberto pone la historia; a nosotros nos toca aportar ideas para que la historia resulte lo más coherente y atractiva posible.

DENISE.— Todo parece indicar que a nadie le gusta la forma en que se produce el encuentro en la fábrica.

SOCORRO.— La fábrica está bien; lo que está mal es que el ex amigo de João, su compinche, el culpable de su suerte, sea el gerente o el dueño.

GABO.— Roberto acaba de dar un nuevo dato, y es que la fábrica está concebida con una óptica un poquito desquiciada, situada un milímetro más allá de la realidad. Esa fábrica puede prestarse para un tratamiento visual y dramático estupendo. En esa atmósfera, el encuentro de João con el culpable debe parecer puramente casual. A lo mejor el tipo es un cliente que llega a hacer un pedido a la fábrica, y lo llevan a conocer los talleres, y le muestran el trabajo de los obreros calificados. Nosotros sabríamos desde el principio que en ese encuentro no hay nada casual, que la Muerte se ha encargado de organizarlo todo. La Muerte es mejor narradora de lo que uno cree; no va a cometer el error de llevar a João a esa fábrica, cuando João sale de prisión. Al contrario, lo deja suelto. Y João va allí, tal como ella lo tenía previsto, por sus propios pasos.

REYNALDO.— La puesta en escena podría ser así: en la fábrica, João siente un murmullo a sus espaldas; mira y ve a la Muerte, que a su vez lo está observando a él. La Muerte mira entonces hacia la puerta principal; seguimos su mirada y vemos entrar al cliente, acompañado por el capataz. João, claro, lo ve también y tiene una corazonada. "Es él", se dice para sí.

GLORIA.— Ahí se pone en evidencia el papel insidioso de la Muerte. Le está armando la trampa a João.

MANOLO.— Lo está poniendo a prueba, simplemente.

GABO.— Y el cliente, por lo menos a los ojos de João, tiene un aire misterioso, y algo que suscita recelo. Todavía no sabemos nada del pasado de João, pero de algún extraño modo asociamos al recién llegado con él. Me acuerdo del cuento del tipo que va a subir a un autobús y el chofer le dice: "Sólo hay lugar para uno". Bueno, él es uno solo, pero el chofer ha hablado con una cara, y con un tono, que ha hecho que el tipo, automáticamente, desista de subir. El ómnibus sigue su camino y al doblar la esquina –¡puuum!– estalla. ¿Qué era lo que había en la cara del chofer, o qué vio el tipo en ella, que producía ese rechazo?

ROBERTO.— Es el tono que quiero darle a la película, como si se tratara de un juego de máscaras.

GABO.— Si la primera vez que João ve al tipo lo viera en un espejo... No. No sirve. Es un recurso técnico y estamos buscando otra cosa, y en otra dirección. Lo que sí debemos tener en cuenta es que los distintos niveles de la historia –dramatúrgicos, técnicos, estilísticos, de tono...– tienen que ser coherentes entre sí.

ROBERTO.— Cuando João, en el bar, ve a la Muerte por primera vez, hablándole desde el fondo del espejo, el espectador no debe saber si se trata de una alucinación o de algo real. Esa imagen es impactante y pienso mostrarla un par de veces más.

GABO.— Su identidad debe quedar bien establecida. Que se sepa que es la Muerte. Si pudieras ponerla con esqueleto y guadaña, mejor.

ROBERTO.— La imagen de la Muerte es una ligera deformación de la del propio João.

REYNALDO.— "Somos nosotros mismos nuestra propia muerte." Dijo Quevedo.

ROBERTO.— Cuando se cierra el pacto, cortamos y vemos a João saliendo del bar con cuarenta años menos. No creo que sea necesario mostrar el proceso de transformación; además, no me gustaría que fuera como en el caso del hombre lobo del cine americano, que le empiezan a salir pelos y uñas y todo eso...

GABO.— El Dr. Jekyll y Mr. Hyde... El hombre lobo en Londres.

ROBERTO.— João sale del bar convertido en un joven. Es un extranjero en la ciudad. En cuarenta años, muchas cosas cambiaron: los automóviles son distintos, la gente viste de otra manera... Para el joven João todo resulta insólito, inquietante...

MANOLO.— No ha visto televisión en esos años. O la película se desarrolla antes de los cincuenta.

GABO.— Esa sensación de extrañeza sólo podremos compartirla a medias con João –por la expresión de su cara, por sus gestos...–, pero no llegaremos a conocer su verdadera magnitud; eso sólo él lo sabe, en su corazón.

DENISE.— ¿Por qué sabemos que João hace un pacto con la Muerte y no con el Diablo?

ROBERTO.— Por las condiciones que le pone. Y por la gracia que le concede.

GABO.— El Diablo podría hacer exactamente lo mismo.

GLORIA.— Este interlocutor tiene poderes benéficos. También podría ser Dios.

170

GABO.— Bueno, sea Dios, Diablo o Tierra del Sol, lo cierto es que para nosotros ése no es ahora el problema. El nudo gordiano de esta historia sigue estando en el momento del encuentro. Porque ahí es donde tenemos que enterarnos de ese pasado que João se ha comprometido a olvidar.

ROBERTO.— El empresario puede decirle que conoció a su abuelo, pero no va a entrar en detalles. Por eso pensé en los recortes de periódicos. Ahí estaría todo lo que necesitamos saber: el asalto, la muerte del juez, la captura de João, la huida de sus cómplices, la cantidad de dinero robado...

SOCORRO.— Ah, se me había olvidado; es cierto que llegaron a robarse la plata... Y por supuesto, a João no le dieron su parte.

MARCOS.— ¿Qué querías? ¿Que se la llevaran al presidio?

GABO.— Eso no cambia para nada lo esencial. Nuestro problema ahora es ver cómo damos la información necesaria. Y por favor, tratemos de no recurrir al *flash-back*.

SOCORRO.— En el bar, antes de que se le aparezca la Muerte, João está confuso y recuerda el momento del atraco, cuando lo capturaron. O quizás escucha en *off* la voz del fiscal, durante el juicio...

DENISE.— Sus recuerdos cruzan por el espejo...

GABO.— Que los espejos no se nos vayan a convertir en pantallas o en proyectores del pasado.

GLORIA.— Cuando vemos salir a João de la cárcel, ¿cómo sabemos cuánto duró la condena? ¿Quién se encarga de informarnos?

GABO.— Creo que para dar la información de modo verosímil hay que aprovechar la coyuntura del encuentro. Claro que con un *flash-back* todo sería facilísimo, pero quisiera que tratáramos de evitarlo; no sólo por manido sino además porque no responde a este tipo de dramaturgia.

REYNALDO.— ¿Es una cuestión de pureza estilística?

GABO.— No. Es que si utilizamos el *flash-back,* el espectador inteligente se dará cuenta enseguida de que no se nos ocurrió nada mejor. En los últimos meses he estado trabajando con Sergio un guión que se remite mucho al pasado y en el que, sin embargo, no hay un solo *flashback*. Es la historia, actual, de una reliquia de otros tiempos, una prostituta ya retirada que tuvo su momento de esplendor en una ciudad que ya no existe: la Barcelona de la época de la anarquía. Su zona de operaciones era el Paralelo. ¿Cómo dar esa vida y esa época sin utilizar diez retrospectivas como mínimo? Creo que fue a Lichi a quien se le ocurrió la idea. Seducen a la vieja para que se presente a un popular programa de televisión, un programa de entrevistas que se transmite en directo. Y ahí empiezan a preguntarle a la vieja: "¿Cómo llegó usted aquí?". Y la vieja, con toda ingenuidad: "Bueno, yo era una niñita de doce años en Carnambuco y me compró un marino turco que me trajo hasta aquí y me dejó en el Paralelo...". "¿Y cómo era la ciudad en esa época?". "¡Uy, Barcelona era una maravilla! Cuando usted bajaba por las Ramblas hacia el puerto..." Y la vieja empieza a evocar y contar, pero los entrevistadores, para darle al programa cierta tensión dramática, van haciéndole una serie de preguntas impertinentes, tratando de hurgar en su vida privada; y la vieja, que tiene su dignidad, termina puteándolos a todos, en directo, y tienen que cortar el programa y meter publicidad, etcétera. Tres minutos dura la entrevista, a lo sumo, y bastan para decirlo todo. El personaje de la vieja es estupendo: se presenta al programa muy maquillada, muy en plan de gran señora, hablando con mucha autoridad sobre la *belle époque*... Pero cuando ha dicho lo que tenía que decir –o sea lo que necesitábamos que dijera para justificar la historia dramáticamente–, entonces hacemos que los entrevistadores empiecen a meterse en su vida privada y ella, ofendida, los manda a todos al carajo. En resumen, ni un solo *flash-back* en toda la película. Confieso que me sentí muy satisfecho, porque creo que apelar al *flash-back* es tirar la toalla de la imaginación; cuando uno lo hace la primera vez, se siente con derecho a hacerlo la segunda, y la tercera... Y eso es puro facilismo.

SOCORRO.— Yo no veo por qué tenemos que empezar con la salida de la cárcel. Sin recurrir al *flash-back,* podemos empezar con el veredicto, en los tribunales. João, joven aún, está de pie entre dos policías esperando la sentencia. El secretario del tribunal lee: "...se condena al acusado, João Cabral, a cadena perpetua por el asesinato del juez Fulano de Tal, miembro del Tribunal Supremo, durante el asalto al banco tal perpetrado el día tal del mes tal del año en curso". Corte. Vemos a João, cuarenta y cinco años después, convertido ya en un anciano, saliendo de la cárcel.

GABO.— ¿Para qué vas a desperdiciar los dos o tres minutos que dura esa primera secuencia? João puede exclamar en cualquier momento: "¡Me he aguantado cuarenta años de cárcel!", y ya, resuelve el problema con una simple frase. Lo que el espectador necesita saber —porque ahí está el meollo de la cuestión— es que a João lo acusaron de un crimen que no cometió y que ese hombre que vemos ahí —llámese dueño, gerente, cliente o empresario— era uno de sus cómplices y presumiblemente el asesino, de quien João se quiere vengar.

SOCORRO.— Yo no creo que para dar el veredicto haya que leer toda el acta, el mamotreto judicial. Bastan dos momentos, unas pocas frases. Primero, diciendo por qué se condena a João; después, mostrando su protesta: "¡Juro por Dios que soy inocente!".

ROBERTO.— Los tribunales y los veredictos son un recurso muy manido; hay hasta un género basado en ellos.

GABO.— Pero la sugerencia vale. Conviene que aquí digamos todo lo que nos pasa por la cabeza.

GLORIA.— Ya nos hemos acostumbrado a pensar en voz alta.

MANOLO.— Desde el punto de vista jurídico, el empresario ya no tiene nada que pagar; el delito prescribió después de tantos años. El único problema que queda, por consiguiente, es de orden moral.

ROBERTO.— Un problema de conciencia.

DENISE.— El delito no sólo prescribió por el tiempo transcurrido, sino también porque alguien cumplió la condena.

GABO.— Roberto, es absolutamente necesario saber qué fue lo que pasó cuarenta y cinco años atrás. No lo vamos a usar para nada, pero necesitamos saberlo. ¿O es que para eso tendremos que esperar que se estrene la película?

ROBERTO.— Yo tenía la impresión de que sobre eso todo estaba dicho. Son tres tipos que asaltan un banco, en una pequeña ciudad de provincias que, si mal no recuerdo, decidimos llamar Bonaire.

GABO.— Eso me hace recordar aquella inolvidable observación de Bertolt Brecht: "¿Qué diferencia hay entre asaltar un banco y fundar un banco?".

ROBERTO.— El juez que resultó muerto en el asalto era un cliente del banco, una persona muy conocida y respetada en la localidad. Escandalizado por el intento de robo, trató de hacer algo: protestó, intentó salir, cualquier cosa... Puede decirse que provocó su propia muerte; lo matan por el nerviosismo de los asaltantes.

GABO.— Porque ese trío no era de profesionales.

ROBERTO.— No, no eran delincuentes comunes; aquel era el primer atraco que hacían; la policía no los tenía fichados. El caso es que entran al banco, con el rostro cubierto por un pañuelo o un pasamontañas, logran apoderarse de una bolsa de dinero y en ese momento ocurre lo del juez y cunde el pánico. Dos de los asaltantes logran huir pero un tercero –João– cae en manos de la policía...

MARCOS.— Ahí hay algo que no me queda claro: las personas que estaban en el banco a esa hora vieron que uno de los asaltantes disparaba contra el juez, y después vieron que uno de ellos era detenido. ¿No prestaron declaración sobre eso? ¿No dijeron que el detenido no era el que había disparado?

GLORIA.— Si eran tres cómplices, dos entraron al banco y uno se quedó afuera, en su coche, esperando para escapar.

GABO.— ¿No serían miembros de un grupo político? A ver, cuarenta y cinco años atrás vendría a ser... principios de los cuarenta. No. Todavía no se habían jodido las cosas; las cosas se jodieron después.

VICTORIA.— De los tres asaltantes, uno queda esperando en el coche, como propone Gloria, y João y su amigo ejecutan la acción. Uno de los dos mata al juez. João sabe que fue el otro. Cuando van a salir, con la bolsa de dinero, la policía los intercepta. Hieren y apresan a João, pero los otros dos logran huir.

SOCORRO.— João también dispara cuando ve acercarse a la policía. Es necesario que lo haga, para que cuando lo sometan a la prueba de la parafina, dé positivo. Y ahí le endilgan la muerte del juez.

DENISE.— ¿Y si nunca llegara a saberse quién es el culpable? La película sería la historia de una duda.

MANOLO.— Yo también voy a salirme un poco del esquema. Propongo que el traidor –el actual empresario– no sea uno de los asaltantes, aunque sí su cómplice. El tipo trabaja en el banco. Les da a sus compinches la información necesaria para garantizar el éxito de la operación. Todo sale a pedir de boca hasta que, en el último momento, cuando el tipo ve que ya la plata está en la bolsa, sobre el mostrador, toca un timbre de alarma y aparece la policía. En el revuelo y la confusión –mientras João cae herido y el otro huye– el tipo oculta la bolsa y al final se queda él solo con la plata.

ROBERTO.— ¿Cómo puede hacer eso? ¿Dónde oculta la bolsa? ¿Cómo saca el dinero? Si trabaja allí, no puede salir del banco...

VICTORIA.— Y además, ¿quién mata al juez, entonces?

GABO.— Son elementos sueltos, que se pueden incorporar o desechar... Pero la idea del tipo que ya estaba en el banco, porque trabaja allí es buena. El tipo sería el cómplice de João; el otro asaltante no sabría nada; y el tipo, a la hora de la verdad, traicionaría a João.

MANOLO.— Otra posibilidad: el futuro empresario, trabajador del banco, ha cometido un desfalco. Sus amigos le dicen que no se preocupe: ellos asaltarán el banco y como nunca se sabrá cuánto dinero se llevaron, tampoco podrá descubrirse el desfalco. Se lleva a cabo la operación y el tipo, de algún modo, traiciona a João...

REYNALDO.— El robo puede o no consumarse. Lo que importa es la muerte del juez.

GABO.— Y ahora, cuarenta y cinco años después del asalto, el empresario o el cliente le dice al joven João: "Tu pobre abuelo, gran amigo mío, tenía un carácter muy impulsivo. Fue una tontería disparar contra el juez en aquel lamentable asalto". Y João, mirándolo a los ojos: "No fue él quien disparó. Fuiste tú, Fulano".

ROBERTO.— Pero eso no puede ocurrir en el encuentro. Eso hay que reservarlo para el final.

GABO.— Estamos tratando de aclarar algunas cosas. No se puede resolver todo al mismo tiempo.

SOCORRO.— Hay algo, en toda esa historia, que João no conoce y que, sin embargo, le ha costado años de cárcel. Y de pronto, lo descubre. ¿Qué cosa es?

GABO.— Lo importante es saber eso, que falta un eslabón fundamental del proceso dramático. Es un reto de tipo creativo, ¿no?, así que confío en que le hallemos solución.

ROBERTO.— Lamento haber traído una historia tan cerrada. Eso ha empobrecido la dinámica del trabajo. La discusión misma, si se compara con otras que hemos tenido, ha sido menos productiva, porque a mi propuesta le falta flexibilidad. A mí mismo –lo admito– me faltó flexibilidad en el curso del debate.

GABO.— La idea original del Taller es partir de un argumento para armar con él la estructura de un mediometraje. Lo que pasa es que los talleristas no siempre traen un argumento; a veces traen una historia ya estructurada, otras la imagen de una mujer en la playa que ve llegar un helicóptero... En fin, no será mejor así, pero es más divertido; un taller para todos los gustos, donde hacemos todo lo que nos pidan: adaptaciones, escaletas, argumentos a partir de imágenes... Y si nos presionan, filmamos también.

ROBERTO.— Voy a pensar muy bien la escena del encuentro.

GABO.— Para mí, es el momento clave. Los dos tipos hablando y mirándose a los ojos. "Tu pobre abuelo tuvo mala suerte", dice el magnate, apesadumbrado. "Mala suerte no –le responde João–, mala compañía... ¡porque tú lo traicionaste, canalla!"

SÉPTIMA JORNADA

RECAPITULACIONES II

SOCORRO.— Gloria nos trae una sorpresa.

GLORIA.— He cambiado la historia del violinista.

GABO.— ¿Cambiado? ¿En qué sentido?

GLORIA.— Ahora la terrorista es ella, la mujer.

GABO.— ¡Ah, yo sabía que esta gallega era peligrosa! Ha cambiado la historia sin pedirnos permiso.

GLORIA.— Comenté los cambios con el grupo. A todo el mundo le pareció bien.

GABO.— ¿*Ex cáthedra*? Así no se vale.

GLORIA.— Lo que cambia es la ocupación de los personajes. Ahora la violinista es ella; él trabaja en una oficina.

GABO.— "La primera violina siempre llega tarde." ¡Te voy a matar!

GLORIA.— Todo lo demás se mantiene igualito.

GABO.— Sí, igual, pero resulta que ahora es ella quien lo hace todo, todo: toca el violín, miente, mata... ¡Ah, Gloria, nos engañaste! ¡Nos hiciste creer que confiabas en los hombres y era falso! Ahora ella lo mata a él, le pide al pobre tipo que le lleve el violín al teatro y le pone una bomba adentro... Lo sacrifica.

GLORIA.— El marido es miembro de una organización pacifista. Y el líder sindical, ¿recuerdan?, es ahora el dirigente de la organización y va a clausurar un importante evento pacifista.

GABO.— Me has convencido: una mujer es mucho más capaz de

177

hacer todo eso, a sangre fría, que un hombre. Pero ¿quién nos garantiza que mañana no vas a cambiar nuevamente de idea?

GLORIA.— Ni un cambio más. Se queda así.

GABO.— Al final podríamos hacer una historia de historias, con todos los personajes reunidos... Los personajes salen de las distintas películas y se encuentran por la noche en un lugar apartado y se ponen a cambiar impresiones: "¿Así que ahora eres santo? ¡Qué maravilla! A mí, en cambio, me tocó ser puta". "Quiero ir al Taller a ver si me cambian de psiquiatra a locutora de televisión". "¿Creen ustedes que es justo? Mi mujer me mata con una bomba y se queda tan tranquila tocando el violín". Hay que hacer una película así, dándole a cada personaje el papel que hubiera querido interpretar. Una película con diez, con doce, con trece protagonistas... ¿se imaginan?

MARCOS.— Me muero de impaciencia por verla.

MANOLO.— Yo comprendo a Gloria. Cuando uno tiene varias opciones por delante y se queda solo en su cuarto y se pone a pensar, no siempre es fácil elegir. Las películas ya no son en blanco y negro; ahora son en colores, con matices...

GABO.— Uno debería poder, es cierto, pero no siempre puede. Recuerdo cuando presidí el Jurado de Cannes, en 1982. A mí los premios compartidos me parecían detestables. Pensaba que en cualquier obra, en cualquier película hay siempre un elemento que determina la preferencia de cada uno. El premio *ex aequo* me pareció siempre una debilidad de los jurados. Y un buen día, en Cannes, llegó la hora de decidir y el jurado se partió por la mitad: las dos grandes finalistas eran *Yol* y *Missing*. A las seis de la mañana del último día tiramos la toalla: *ex aequo*. ¿Qué había pasado? Primero, que ese año había películas excelentes: *La noche de San Lorenzo, Fitzcarraldo*... Yo había aceptado la invitación, justamente porque cuando supe qué películas iban a competir, me dije: "Esto va a estar bueno". Pero el problema consistió, sobre todo, en la naturaleza de las dos grandes finalistas: eran películas totalmente diferentes. Tan distintas eran que no encontrábamos puntos de comparación, y por lo tanto resultaba muy difícil precisar por qué una venía a ser mejor que la otra. A las seis de la mañana del último día tuvimos que darnos por vencidos. Pero volviendo a lo nuestro... a ver, Denise, ¿qué traes ahí?

DENISE.— Una situación, más que una historia: el conflicto de una muchacha que padece mal de amores.

GABO.— ¿Amores tormentosos?

DENISE.— Yo diría más bien amores equívocos.

GABO.— Mejor todavía.

AMORES EQUÍVOCOS

DENISE.— La acción se desarrolla en Río de Janeiro. Los protagonistas son gente de teatro: Enrique Duarte, un actor famoso, y Teresa de Carvalho, una principiante a quien muy pronto Enrique llamará, sencillamente, Tere. Enrique y Tere se encuentran por primera vez en unas pruebas de actuación: el director está probando aspirantes para uno de los papeles femeninos del próximo estreno. Tere se acerca a Enrique sobrecogida, no sólo porque él es una estrella sino además porque es su ídolo. Y lo que se produce en ese primer encuentro es un flechazo, lo que suele llamarse amor a primera vista. Cuando salen del teatro, Enrique invita a Tere a su casa. Ella acepta sin titubear. Oyen música, toman unas copas, conversan, descubren cuánta afinidad hay entre ellos... pero eso es todo. No hacen el amor, ni siquiera se besan. Tere piensa que Enrique es tímido y que necesita tiempo para lanzarse; pero la situación del primer día se repite en los siguientes. Tere, desesperada, se pregunta si no será por culpa de ella... Hasta que Enrique se decide a confesarle que es homosexual. En realidad, ella había llegado a sospecharlo, pero su actitud hacia él no cambió por eso: estaba realmente enamorada. Ahora teme volverse loca; y poco a poco, sin proponérselo, por simple afán inconsciente de agradarlo a él, empieza a transformarse en un chico: se corta el pelo, adopta actitudes masculinas...

GABO.— Ahí está la historia.

DENISE.— Eso no es todo. Tere empieza a frecuentar los sitios a donde suele ir Enrique en busca de aventuras homosexuales. El aspecto exterior de ella ha cambiado tanto que un día Enrique la ve y no la reconoce. No tengo claro qué pasa después pero sí el desenlace: Enrique empieza a salir de pronto con una mujer bellísima, muy femenina; Teresa, entretanto, ha ido perdiendo su identidad y cree ser un muchacho: se ha vuelto loca.

GABO.— ¿Y dices que eso es una situación? ¡Ahí está la historia completa! Dime una cosa: el flechazo es recíproco pero ¿quién empieza? ¿Quién rompe el hielo?

DENISE.— Enrique. En el ensayo, Tere da ciertas opiniones y él pregunta: "¿Quién es esa chica?". Se siente impresionado por ella.

GABO.— Tiene que ser. Es buena actriz —aunque sin experiencia—, inteligente y, además, linda ¿no es así?

DENISE.— Interesante, atractiva... Tiene veinticinco años; él le lleva diez o quince, tiene treinta y cinco o cuarenta.

GABO.— Treinta y cinco, mejor; es diez años mayor que ella. Ese primer día, ¿Enrique lleva a Tere a su apartamento de soltero?

DENISE.— Sí, pero ambos van a un bar para tomar algunas copas, conversar un poco, conocerse...

REYNALDO.— Supongo que la obra de teatro que están ensayando tendrá alguna relación con el conflicto que ellos van a vivir...

DENISE.— No estoy segura. He llegado a pensar inclusive que Tere renuncia a trabajar en la obra sólo para quedarse allí, en las butacas, contemplando a Enrique durante los ensayos.

GABO.— La película tiene que empezar con una gran escena de amor entre Enrique y Teresa. La escena parece real pero no tardamos en descubrir que es una representación, una obra de teatro.

DENISE.— Si fuera así, Tere no renunciaría a trabajar en la obra, a reanudar noche tras noche esa escena de amor con él... Y me pregunto: después de una escena como ésa, ¿no será difícil resolver, visualmente, el proceso de acercamiento entre ellos dos?

180

GABO.— En tu historia no es el acercamiento lo que importa, sino la separación.

DENISE.— La escena de amor podría ser una fantasía erótica de ella.

GABO.— A Tere la están probando para el papel, ¿no es así? Hay varias candidatas. La prueba consiste en interpretar esa escena con Enrique. La primera aspirante es una muchacha que, desde que pronuncia las primeras palabras, causa una reacción de disgusto en Enrique. Tal vez el tono de la muchacha sea muy declamatorio, o suene falso..., el hecho es que no sirve. Entonces le toca el turno a Teresa. No hace más que abrir la boca y sonreír y Enrique se queda mirándola, hechizado. Aquello es una declaración de amor auténtica. Tere consigue el papel, por supuesto, pero nunca sabremos si lo consigue porque era la mejor o porque Enrique lo quiso así.

REYNALDO.— La obra de teatro, ¿sería clásica o contemporánea?

GABO.— Lo que nos dé la gana. ¡Qué maravilla, poder inventar la vida!

REYNALDO.— El conflicto de la obra teatral debe ser análogo al que Tere y Enrique van a vivir. Además, lo que ocurre en el teatro no tiene que ser una prueba; puede ser un ensayo; ya están ensayando; Tere es la protagonista.

GABO.— Lo importante es que veamos el beso.

DENISE.— ¿Qué beso?

GABO.— ¿La escena de amor no termina con un beso? A la otra muchacha, la primera aspirante al papel, Enrique le da un ósculo, un beso falso, pero a Tere... Se oyen murmullos, y el director de escena tiene que dar dos palmadas y gritar: "Gracias, Enrique. Gracias, señorita... La próxima, por favor".

SOCORRO.— ¿No es mucha pasión, tratándose de un homosexual?

CECILIA.— Es un homosexual atípico.

ROBERTO.— Al final, Tere sale del teatro como si flotara entre nubes... Nunca se imaginó que una muchacha como ella causaría esa impresión en el gran Enrique Duarte.

GABO.— Y el gran Enrique Duarte sale también y alcanza a Teresa

181

de Carvalho y la felicita..., porque es obvio que ella obtuvo el papel. Y la invita a celebrar el triunfo y ella acepta, y llegan a este bar donde se forma un gran alboroto cuando Enrique entra, y una jovencita se acerca a él para pedirle un autógrafo. Con eso dejamos dicho que él es un actor muy conocido... Por cierto, presencié una escena similar con Robert Redford. Un día íbamos en su automóvil –él iba manejando– y a mí se me antojó comprar no sé qué cosa y él, muy amablemente, me dijo: "Vamos, te acompaño". ¡No se imaginan ustedes la que se armó cuando entramos en aquel sitio! El pobre Redford –que es bastante tímido– por poco muere asfixiado.

DENISE.— Quizás por eso Enrique le propone a Tere que vayan a casa de él: para poder conversar tranquilos.

GABO.— Sí. Y ahora podemos insinuar que él no acostumbra a llevar mujeres a su casa. Ha hecho una excepción con ella.

DENISE.— ¿No sospechará Tere, entonces, que él es homosexual?

GLORIA.— Un actor famoso, con tanta gente detrás de él, ¿va a ser homosexual encubierto? Difícil. Además, una tipa como ella, actriz, que está metida de cabeza en el mundillo de él, ¿no va a saber nada?

DENISE.— Pero si ella supiera que Enrique es homosexual, y si él se asumiera como tal, ¿cómo se explicaría el flechazo? ¿O habrá sido una simple reacción química?

GABO.— Rock Hudson, siendo homosexual, parecía un machote en el cine. Nadie se enteró de la verdad hasta que él mismo declaró que tenía SIDA.

DENISE.— Tere no sabe lo de Enrique. No puede saberlo.

GABO.— Ni lo sabe, ni lo ignora... Eso es algo que se pospone, simplemente.

MARCOS.— Me adelanto con esta idea, que tiene que ver con la transformación de Tere. Al tipo le gustan las motos, los jóvenes motoristas con sus chaquetas de cuero negro.

GABO.— Y llegado el momento, Tere se comprará una moto. A través de su relación amistosa con Enrique, irá conociendo gustos, el tipo de efebos que le interesan. Enrique es selectivo; Tere va a esmerarse para encarnar su ideal masculino.

SOCORRO.— Parece conveniente que, la primera vez que vayan a su *garçonnière,* él intente una relación sexual con ella.

DENISE.— Está obligado a hacerlo. Ella da por descontado que se van a acostar, y no lo esconde.

SOCORRO.— Cuando Enrique no puede, Tere lo atribuye a la tensión, al nerviosismo de la primera vez.

ROBERTO.— ¿Y la segunda vez? ¿O no va a haber nuevos intentos?

GABO.— No nos precipitemos. Lo más difícil era dar la información previa: que Enrique es un actor famoso, que Teresa es una actriz bella y talentosa, pero sin experiencia, y que entre los dos se ha producido un flechazo. Ya todo eso está dicho. En menos de dos minutos hemos logrado decir quiénes son los personajes y en qué situación están. Lo único que no sabemos todavía es que Enrique es homosexual. No hay que decirlo ni que abstenerse de decirlo; hay que dejar que las cosas fluyan y esperar el momento de la revelación: cuando Tere se da cuenta del tipo de muchachos que le gustan a él y empieza ella misma a transformarse. La película es eso, no otra cosa.

DENISE.— Lo que yo tengo hasta ahora es: primero, Enrique y Teresa se encuentran y se produce el flechazo; segundo, se dan cuenta de que tienen una gran afinidad y muchos intereses en común; tercero, no logran hacer satisfactoriamente el amor, aunque él lo intenta; cuarto, ella descubre que él es homosexual –o él mismo se lo dice–; y quinto, ella decide transformarse para conquistarlo.

GABO.— La tercera vez que Enrique la busca y vuelve a intentarlo, inútilmente, Tere tiene que llegar a una conclusión: es impotente o es homosexual. Yo creo que es el propio Enrique quien se lo confiesa. Además, en esta época, y en ese medio... ¿Por qué nos negamos a ver a Enrique como el tipo maduro que es? Lo estamos tratando como un joven apocado, inexperto...

SOCORRO.— El será homosexual pero está enamorado de Tere...

Por otra parte, tiene un amante que lo cela. Ése es el conflicto que Enrique está viviendo.

GABO.— Esa primera noche, cuando salen del bar, Enrique no lleva a Tere a su apartamento de soltero, sino a la casa de ella. Ella no tiene coche y él se ofrece: "¿Te llevo?". Dime, Denise: ¿Enrique tiene chofer o maneja él mismo un coche deportivo?

DENISE.— Un carro deportivo... Y al llegar al edificio de Tere, ella le dice: "¿Por qué no subes...?"

GABO.— Al salir del bar montan en el Porsche de Enrique y él le pregunta a Tere: "¿Te dejo en tu casa?". "Como tú quieras", dice ella. "¿Cuál es tu dirección?", pregunta él. Tere no necesita más para darse cuenta de que la cosa terminó ahí..., por esa noche, al menos.

ROBERTO.— En ese momento, a Tere le cae encima un jarro de agua fría.

GABO.— El diálogo de ellos podría desarrollarse en distintos ambientes, durante el transcurso de la noche... Enrique pregunta algo en un bar y Tere le responde en otro. El diálogo es continuo, pero los fondos cambian.

ROBERTO.— Hay que mostrar ese proceso hasta el final. Si se corta para comenzar en el día siguiente, el espectador puede pensar que ambos pasaron la noche juntos.

GABO.— El diálogo no puede dar lugar a dudas, es como cuando uno invita a una muchacha a ir al cine y la muchacha responde: "Hoy no, porque tengo la regla". Es así de brutal. "¿Cuál es tú dirección?" "Tal." El coche se detiene frente al edificio. "Hasta mañana." "Hasta mañana." Estamos contando la película desde el punto de vista de Tere.

MARCOS.— La noche termina ahí, pero al otro día, Enrique le dice a ella que quiere que conozca a su madre. Van a casa de la madre, almuerzan, y la vieja contentísima, porque es la primera novia que le conoce a su hijo.

GABO.— ¿Y si la madre supiera que su hijo es homosexual y sin darse cuenta, en medio de su alegría, se lo diera a entender a Tere?

184

CECILIA.— Las dos se quedan solas y la madre aprovecha para decirle a Tere: "Es la primera vez que Enrique trae una novia a casa. ¡No sabe cuánto me alegro...!"

MARCOS.— Las madres nunca saben. O son las últimas en enterarse.

GABO.— ¿Quién dice? Las madres sí saben, y además, ayudan. Es un modo de mantener atados a sus hijos.

MARCOS.— La familia de Tere hubiera preferido que ella no fuera actriz. Es una familia más o menos burguesa.

DENISE.— Hace rato que Tere no vive con su familia; comparte un apartamento con una amiga.

GABO.— Ten cuidado no vayan a pensar que son lesbianas. En media hora es tan difícil dar todas las explicaciones, que uno no puede permitirse el lujo de cometer un solo error.

DENISE.— Cuando Enrique va para el teatro, la casa de Tere le queda en camino, así que esa misma noche él puede decirle a ella: "¿Quieres que te recoja mañana cuando pase por aquí?".

GABO.— Y en el teatro repiten la escena de amor, de nuevo se entregan uno al otro, imaginariamente... Termina el ensayo y Enrique le dice: "¿Te llevo?".

ROBERTO.— La escena de amor podría mostrarse varias veces, y la última tener un matiz distinto. Algo ha pasado en el ínterin, algo se ha roto entre ellos...

GABO.— Siempre la misma escena, el mismo beso; una vez cada diez minutos, tres veces la misma escena...

CECILIA.— La historia parece estar hecha de repeticiones, porque la frustración del primer día va a repetirse también. O Enrique deja a Tere en la casa de ella, o la lleva a su apartamento de soltero e intenta hacer el amor, sin resultado.

GABO.— ¿Y por qué antes no la lleva a un bar de homosexuales?

DENISE.— ¿Tan pronto? Eso es sadismo.

ROBERTO.— Tere se da cuenta de que las cosas no pueden seguir como van y se lo dice: "Esta relación me hace daño, Enrique. No quiero verte más". Y un día, al salir del teatro, advierte que hay un muchacho esperándolo a él. Quizás lo haya esperado en otras ocasiones, pero ahora está claro que es Enrique quien va a su encuentro.

CECILIA.— Pero ellos dos –Tere y Enrique– se tienen que seguir viendo en los ensayos.

GLORIA.— Tere tiene que saber desde el principio. Es algo que puede insinuarse desde la primera conversación, cuando recorren juntos los bares. Porque si ella no supiera y de pronto encontrara a ese muchacho tan bello esperando a Enrique a la salida del teatro...

SOCORRO.— Quizás Tere sólo aspire a tener un *affaire* con Enrique.

DENISE.— Nada de *affaire*. Lo suyo es un gran amor. Una pasión. Tiene que ser así para que ella decida transformarse.

GABO.— No nos precipitemos. Tenemos que darnos tiempo para pensar. Un día vamos a dedicar catorce horas seguidas al debate, para liberar las energías acumuladas.

GLORIA.— Aunque Tere sepa lo de Enrique, no pierde la esperanza.

GABO.— ¿En qué consiste el drama de ella? En que quiere conquistarlo cueste lo que cueste. Cuando ve que no puede como mujer, decide hacerlo como hombre. Tan simple como eso.

ROBERTO.— Por eso es importante que sepamos antes qué tipo de muchachos le interesan a él. Tere necesita un modelo.

GABO.— Queda una interrogante: cuando ella se transforme, ¿cómo va a poder representar su papel?

DENISE.— Eso no es un problema grave. Si se ha cortado el pelo, se pone una peluca.

GABO.— Y otra interrogante: si el homosexualismo de Enrique fuera público y notorio, ¿la actitud de ella hubiera sido la misma desde el primer día?

DENISE.— Yo creo que sí.

GLORIA.— Yo creo que no.

ELID.— Ella realmente se ha enamorado de él.

GABO.—Ella puede saber que él es homosexual y no obstante alentar la esperanza de tener una relación intensa con él. El problema es cuando descubre que Enrique, a pesar de sus esfuerzos, no puede.

DENISE.— Enrique no tiene nada de loca, como suele decirse. Al contrario, tiene un aspecto muy viril; sus actitudes son muy masculinas.

GABO.— Pero debe quedar claro que Enrique no es bisexual. Se ha enamorado de ella, a su manera, pero no logra consumar la relación en el plano erótico. Eso es lo que va a contar la película: cómo ella decide transformarse para complacerlo.

DENISE.— Tengan en cuenta que no todo se reduce a lo sexual; hay grandes afinidades espirituales entre ellos.

GABO.— Todo lo que venimos diciendo no es más que un prólogo para entrar en materia. Y no podemos seguir dándole vueltas al asunto: tenemos que entrar en materia.

DENISE.— A mí me parece importante subrayar su afinidad porque sin ésta, ¿qué otro elemento de atracción habría entre Enrique y Tere? ¿Por qué se siguen buscando? Porque aquella primera noche, cuando recorrieron los bares, conversando, conociéndose, descubrieron que disfrutaban recíprocamente de la compañía; y eso le ocurrió sobre todo a ella, que ahora lo único que quiere es estar junto a él.

REYNALDO.— Si eso no es amor, que baje Dios y lo vea.

GABO.— Me estaba preguntando: ¿cómo podremos dar el paso del tiempo? Y me doy cuenta de que es fácil: por el teatro, por las sucesivas representaciones de la escena de amor. La última correspondería al estreno, con aplausos del público, etcétera. Y ese final de la ficción –de la ficción teatral– sería como el anuncio de lo que va a ocurrir en la realidad –la realidad de la película–.

DENISE.— De los cinco puntos de mi esquema, el cuarto es el que sigue estando más confuso: ¿Tere descubre que Enrique es homosexual o él mismo se lo dice?

GABO.— A mí me gustaría que él hablara de su homosexualismo con toda naturalidad. Podría revelar cosas muy interesantes sobre el mundo de los homosexuales, que la mayoría de la gente no conoce. Y ese grado de sinceridad serviría, al mismo tiempo, para establecer un vínculo muy fuerte entre ellos dos. Enrique le abre a Tere su corazón pero no como un drama; no hay que olvidar que a través del homosexualismo Enrique no sólo se desgarra –como le ocurre ahora con Tere– sino que se realiza. Tere lo comprende, pero en el fondo no acepta una situación que la aleja definitivamente de él. Y entonces es cuando decide transformarse. Ahí es cuando la sorprendemos cortándose el pelo. A lo *garçon,* como se decía en los años cincuenta.

SOCORRO.— Cortándose el pelo ella misma, poniéndose *jeans,* probándose una chaqueta unisex...

GABO.— Ese diálogo de ellos –si se hace con cuidado– puede resultar conmovedor. Treinta o cuarenta años atrás hubiera sido un diálogo escandaloso, pero ahora, supongo, tendrá un aire cotidiano, porque son cosas que vivimos a diario con nuestros amigos homosexuales. Vienen y te dicen, tranquilamente: "Adiós, querido, voy a buscar a mi compañero" o "Te presento a mi galán". Cuando Enrique se pone franco con Tere, es como si ambos comenzaran un noviazgo. Emocionalmente, él se ha entregado a ella por completo; ahora ella quiere llegar al final, quiere conocerlo, en el sentido bíblico de la palabra.

DENISE.— Me gustaría que Enrique intentara, digámoslo así, "complacerla"; y que lo intentara más de una vez. No es que simule querer, es que realmente quiere; reconoce su deseo en el deseo de ella, como en un espejo. Y además, quiere retenerla.

SOCORRO.— Enrique tiene treinta y cinco años y nunca había sentido nada semejante hacia ninguna otra mujer.

GABO.— Él tiene que decirle a Tere que ha llegado a ese extremo por primera vez.

ROBERTO.— Un comentario sobre el desenlace que propuso Denise: no creo que convenga que al final Enrique se enrede con otra mujer.

GABO.— Paciencia. Ya veremos.

DENISE.— ¿Saben por qué me gusta ese final, el de Tere convirtiéndose en chico y Enrique, en cambio, saliendo con otra mujer? Porque me hace pensar en las fábulas.

GABO.— Hay que ver si la historia nos lleva orgánicamente hasta ese punto. Todavía es muy pronto para saberlo.

SOCORRO.— Una pregunta tonta: si Tere cambia de identidad realmente, si ya es un muchacho o casi un muchacho, ¿por qué Enrique no la acepta como pareja?

GABO.— Ésa es la paradoja: Tere atraía a Enrique como mujer. En eso radica el conflicto. Por cierto, ¿la transformación de ella es brutal o gradual?

DENISE.— Yo quisiera que fuera gradual.

REYNALDO.— Yo creo que debe ser brutal. Es un recurso desesperado al que ella apela cuando no encuentra otra salida, y lo asume así, de golpe y en su totalidad: pelo, *jeans,* moto, chaqueta de cuero...

DENISE.— Por un momento se me ocurrió que Tere podía llegar a la abyección: le conseguiría chicos a Enrique, para tratar de retenerlo. Parece descabellado, pero a ella lo que realmente le importa es ver a Enrique feliz.

GABO.— Se alargaría demasiado la historia. Disponemos solamente de media hora.

REYNALDO.—El cambio repentino de Tere, y la consiguiente turbación de Enrique, pueden darse en dos segundos, en una sola escena. Yo los veo así: Tere, con peinado y atuendo de varón, va a darle la sorpresa a Enrique; toca a su puerta; Enrique abre, la contempla un segundo, desconcertado, y entonces ella sonríe, satisfecha de su travesura... Esa sonrisa –la misma que él ha admirado tantas veces– basta para despejar el equívoco, pero por otra parte lo hace sentirse incómodo a él. "¿Por qué una mujer tan inteligente como Tere –piensa– hace estas payasadas?"

DENISE.— Yo sigo pensando que la transformación debe ser gradual.

REYNALDO.— Entonces te sugiero lo siguiente: que cuando ella empiece a cambiar —cuando se corte el pelo, por ejemplo— Enrique se quede mirándola y le diga: "Te queda muy bien ese peinado".

DENISE.— Pero él no debe alentarla.

GLORIA.— Es un simple cumplido. Enrique no sabe lo que Tere está planeando. Pero un día le elogia el peinado, otro le celebra los pantalones de cuero, y cuando viene a ver...

SOCORRO.— A lo mejor lo último que Tere hace es cortarse el pelo; y entonces, el cambio gradual pasaría a ser total.

DENISE.— No sé si estamos saliendo del realismo para entrar en otro tipo de lenguaje, más metafórico.

GABO.— Todo eso viene con un toque especial, con el gramo de locura que tienen todas nuestras historias.

REYNALDO.— Yo siento la poética de esta historia como algo muy coherente. Primero, diseñamos aquella secuencia nocturna donde Tere y Enrique van pasando sucesivamente por tres bares distintos, mientras conversan; después, hablamos de repetir la escena de amor tres veces en el teatro; y ahora podríamos resumir en tres fases —pelo, ropa y moto— el proceso de transformación de Tere.

SOCORRO.— En ese proceso ella se va despojando, además, de todos sus adornos femeninos —aretes, collares, maquillaje...— y adoptando ciertos gestos varoniles.

CECILIA.— Hay muchos homosexuales que hablan de sus gustos con las amigas: "Bueno, a mí me gustan los chicos así", o con un eufemismo, "a mí me gusta que mi pareja sea así o asao: moreno, ni muy alto ni muy bajo..."

DENISE.— Enrique nunca diría cosas como ésas.

GABO.— Hay una gran angustia en el fondo de esa relación, y me temo que se nos escape porque nos estamos dejando dominar por las apariencias.

DENISE.— Estamos tratando de analizar la conducta de los personajes, ¿no?

GABO.— Bien, no pensemos ahora ni en la estructura ni en los detalles, sino en la sucesión de los hechos... Primero, Enrique y Teresa se encuentran en el teatro; después, él la lleva a tomar un trago, preferiblemente a un bar de homosexuales; después, mientras están conversando en el bar, llega un amigo de Enrique –un joven muy apuesto– y Enrique se lo presenta a Tere; y por último, salen del bar los tres juntos...

DENISE.— ¿Juntos? ¿Desde el principio? Yo creí que Enrique iba a llevar a Tere a su *garçonnière*.

GABO.— No estoy contando la película, estoy tratando de imaginar cómo serían las cosas en la vida real.

GLORIA.— ¿Y en la vida real Enrique –que acaba de conocer a Tere y se siente deslumbrado por ella– sería capaz de llevarla a un bar de homosexuales?

REYNALDO.— Yo no lo creo.

GABO.— Yo sí lo creo.

REYNALDO.— Entonces no habría ningún equívoco. Desde el primer momento, ella se daría cuenta de que la relación amorosa es imposible.

DENISE.— ¿Por qué?

REYNALDO.— Por todo. Porque Enrique se delataría, cuando estuviera en su ambiente; porque el amigo de Enrique estaría allí e iría a reunirse con ellos...

GABO.— Al salir del bar –los tres: Enrique, su amigo y Tere–, se dirigen al carro de Enrique y el muchacho, como algo muy natural, se sienta delante. Tere tiene que ir en el asiento de atrás. Es una manera muy gráfica de verla relegada, colocada de pronto en un segundo plano.

DENISE.— ¿Por qué se les ocurren soluciones tan crueles?

GABO.— Crueles, pero útiles, porque ahora Tere sabe cómo es la persona que está en el puesto que ella aspira a ocupar. El muchacho le sirve de modelo. Algún día el muchacho irá detrás y ella al lado del chofer.

DENISE.— Yo me imaginaba una cosa más poética: Tere visitando sola el bar y observando discretamente la actitud de los homosexuales, como si estuviera preparándose para su próximo papel. Sueño con esa escena.

GABO.— ¿Una actriz como ella tiene que ir a un bar a observar la conducta de los homosexuales, como quien va al zoológico a observar la conducta de los monos? Pero ¿en qué mundo vive ella? Me parece que estamos viendo el homosexualismo como una cosa lejana y extraña, cuando lo cierto es que todos formamos parte de ese ambiente... Los homosexuales no están separados de la sociedad. Y de nuestra sociedad, menos.

ROBERTO.— Retomo la primera versión de Denise. Cuando Tere y Enrique vuelven a encontrarse en el apartamento de él, al día siguiente, y ven que la cosa no marcha, ella desiste de verlo. Deja pasar el fin de semana, y el lunes, cuando salen juntos del teatro, el amigo de Enrique lo está esperando afuera. "¡Ah, qué bueno que viniste!", exclama Enrique. "Déjame presentarte a Tere, una excelente actriz. Tere, este es mi amigo Nelson."

GABO.— Yo veo el proceso así: cuando Enrique se confiesa con Tere, ella no se resigna. Está decidida a conquistarlo. Vuelve al bar que él frecuenta y él, cuando la ve, no se siente perseguido ni le reprocha nada; al contrario, se muestra amabilísimo. "¡Qué bueno que viniste!", le dice, como se lo pudo haber dicho al tal Nelson. "Siéntate, que quiero brindarte algo muy especial." Les traen uno de esos tragos burbujeantes que echan humo, una cosa muy divertida, y ambos la pasan muy bien, conversando. Corte. Vemos a Tere cortándose el pelo. Corte. La vemos llegando al teatro en moto. Corte. Umm... hay que tener cuidado con esos cortes, para que la cosa no vaya a resultar grotesca. Creo que el problema es de formato. Una hora y media sería mucho, pero media hora es poco.

DENISE.— Ésta es una historia para media hora. Quizás convendría alargar la primera parte –la agonía de ese amor imposible– y dejar la sorpresa de la transformación para el final.

GABO.— La película podría terminar así: Teresa entrando en el apartamento de Enrique, vestida de hombre. Pero ¿y después?

DENISE.— Yo sugería que después introdujéramos a la otra mujer, porque me gustaría subrayar la moraleja: "Jamás te conviertas en objeto del deseo de otro, porque el deseo puede variar de objeto". Me gustaría que eso quedara implícito, de alguna manera.

GABO.— Pero ¿llevarías la historia hasta ahí, hasta mostrar a Enrique con la otra mujer?

DENISE.— Hasta mostrar que Tere ha perdido su identidad y está a punto de volverse loca. Por idealizar tanto a Enrique; por negarse a sí misma, sólo con el fin de complacerlo a él.

REYNALDO.— No entiendo cómo ella puede ser tan inmadura.

ROBERTO.— Para volverse loca habría tenido que sufrir mucho, y yo no he visto por ninguna parte ese sufrimiento. Al contrario, me parece que ella ha manejado la situación con bastante madurez.

CECILIA.— ¿Y qué pasaría si, cuando Tere cambia, Enrique no la reconociera?

MARCOS.— Ese lance me lo imagino así: Enrique y Tere se han citado en el bar, en el rinconcito de siempre. Allí está ella, vestida de hombre por primera vez. Enrique llega, mira por el cristal de la ventana... da media vuelta y se va. ¿La reconoció o no?

GABO.— No la reconoce de entrada.

DENISE.— Pero ¿estamos a la mitad o al final de la película?

GABO.— Eso no lo sabemos todavía. Hay que ver qué pasa después de ese encuentro –o de ese desencuentro– para poder calcular por dónde vamos.

MARCOS.— Finalmente, ¿cómo fue el cambio de Tere? ¿Progresivo o abrupto?

GABO.— Progresivo es mejor, pero desequilibra la estructura; abrupto es peor, pero resuelve el problema del tiempo. Lo que para mí está claro es que sólo puede ser abrupto si se deja como imagen final.

SOCORRO.— Me gustaría que Tere lograra seducir a Enrique. Aunque fuera de un modo traumático.

GABO.— Pero seducirlo... ¿Como mujer o como hombre?

ROBERTO.— Habría que preguntarse también si Enrique es homosexual activo o pasivo, porque si es pasivo, no hay remedio.

DENISE.— A mí esas cosas no me preocupan tanto como la idea de que, al final, Enrique pudiera no reconocer a Tere. Para mí ésta es una historia de amor, y esa idea del desencuentro por razones externas...

ROBERTO.— No tan externas... Tere se transforma también por dentro, sicológicamente.

GABO.— La idea de que Enrique no la reconozca –mejor dicho, no llegue a reconocerla–, no se sostiene. Podrá no reconocerla de momento, pero basta que se fije bien –aquí se hablaba de la inconfundible sonrisa de Tere– para que se dé cuenta. Eso, por una parte. Por la otra, no podemos suponer que el proceso de transformación de Tere vaya a producirse de modo tan gradual que resulte imperceptible. No hay tiempo para eso. En un largometraje, se puede intentar; por ejemplo, en la historia que estamos trabajando con Sergio vimos la conveniencia de que la vieja termine por todo lo alto, rejuvenecida, bailando un vals con un joven de veintidós años que pareciera su galán pero que en realidad hubiera podido ser su nieto. Para lograr eso de forma verosímil no nos quedó otra salida que ir rejuveneciendo a la vieja poco a poco, imperceptiblemente, a lo largo de toda la película; y en efecto, cuando llega el momento del vals, la diferencia de edades entre la protagonista y el joven ya no se nota tanto. Pero para manejar esa situación discretamente disponíamos de casi dos horas. Aquí sólo disponemos de treinta minutos, y la mitad de ese tiempo tenemos que dedicarlo a plantear el problema.

ROBERTO.— Hay maneras de resolver eso. El otro día Reynaldo –a propósito de mi personaje, João– ponía el ejemplo del maestro de judo...

GABO.— Lo que hay que resolver –visual y dramáticamente– es el golpe de efecto de esa escena en que Tere, ya convertida en hombre, se presenta a Enrique. ¡Qué momento!

DENISE.— Estoy convencida de que el cambio de Tere debe ser gradual.

ROBERTO.— Pero como no hay tiempo para eso, Denise, tienes que manejar alternativas. Piensa en esa escena del bar que te gusta tanto, cuando Tere va a observar a los homosexuales. ¿Y si poco a poco –pero allí mismo, sin moverse de su asiento– Tere se fuera transformando? En una escena así se daría simultáneamente el flujo del tiempo y el flujo de la conciencia; la transformación de Tere sería más psicológica que física.

MANOLO.— ¿Cómo se concreta eso en términos visuales?

ROBERTO.— La mirada de Tere nos serviría de guía, en lo que respecta a su propio cambio. Ella va seleccionando sus "modelos" y a la vez, por un acto de mimetismo, "convirtiéndose" en ellos. Esa transformación psíquica –comparto tu preocupación, Manolo– ¿podrá expresarse visual, plásticamente? Habría que preguntarle a los encargados de maquillaje y vestuario.

DENISE.— A la propia actriz...

GABO.— Ese plano empieza como una toma subjetiva –los homosexuales siendo observados ávidamente por una mujer– y termina como una visión objetiva: Tere convertida en efebo.

SOCORRO.— Voy a hacer el papel de abogado del diablo.

GABO.— Ése es el papel que hacemos todos. El único que no lo hace es el que está presentando su historia.

SOCORRO.— Tere sostiene una lucha feroz contra las circunstancias que le impiden realizar su pasión. A mí me parece horrible que esa pasión se frustre, puesto que de algún modo Enrique también la comparte. Es una pasión correspondida, por decirlo así. Entonces, la lucha de Tere no debería conducir al fracaso: Enrique acaba poseyéndola como mujer, o Tere se transforma en hombre y la película termina ahí, con un final abierto.

GABO.— La frustración es también una situación dramática, y de las más grandes. Una historia no se frustra como drama porque los personajes se frustren, y mucho menos en el caso de una historia de amor, que supuestamente debe terminar bien. Yo no estoy por principio contra el final feliz, pero el drama que estamos contando es el drama de una frustración.

ROBERTO.— Enrique ama a Tere por lo que ella es. A su manera, claro. Y deja de amarla cuando Tere renuncia a su identidad, cuando deja de ser ella misma. Ésa es la historia que Denise quiere contar, una historia con moraleja.

GABO.— Así no vale, Roberto. Estás haciendo de abogado defensor con una historia ajena.

DENISE.— Una buena defensa siempre es bienvenida, aunque venga de otro brasileño.

GABO.— El hecho cierto es que estamos trabajando sobre un tema que no conocemos íntimamente. Si uno de nosotros es homosexual reprimido, por favor, que se deje de inhibiciones y nos dé una mano, a ver si salimos de este atolladero.

DENISE.— Tere tiene que estar convencida de que Enrique se entregaría a ella por completo... si pudiera. Es esa ambigüedad la que mantiene el conflicto latente.

ROBERTO.— Que antes de su primer intento, Enrique se lo diga sin ambages: "Nunca he estado con una mujer, pero contigo sí quiero".

GABO.— En otras palabras, ¿que le pida ayuda a ella?

ROBERTO.— Sí, pero sin hacerse demasiadas ilusiones. Tampoco ella se las haría.

GABO.— Es una historia muy delicada, con una evolución de sentimientos que nosotros no conocemos bien. Hay que tener cuidado de no equivocarse en una cosa tan polémica. A ver, vamos a analizar la historia otra vez. Para Teresa, Enrique es un ídolo; sus sentimientos hacia él, además, son claramente heterosexuales. El deslumbramiento, hasta donde puede advertirse, es recíproco, tanto que Enrique baja de su pedestal, alcanza a Tere en la calle y la invita a tomar un trago. No va más allá, pero eso es normal, se trata de la primera vez, y ella, por otra parte, no puede atribuirlo a otra cosa porque todavía no sabe nada de eso. Bien. Al día siguiente, Enrique decide invitar a Tere a su apartamento e intenta hacer el amor. No puede. Entonces confiesa que nunca ha estado con una mujer pero que ahora, con ella, es distinto:

ahora quiere. No sigo, porque acabo de darme cuenta de una cosa: ante esa situación, lo lógico es que Tere le diga: "Bien, yo te ayudo". ¿Y entonces qué? ¿Cómo lo ayuda?

MANOLO.— A uno no le resulta fácil explicarse por qué, de buenas a primeras, Enrique siente esa atracción sexual hacia Tere... Enrique ha conocido docenas de mujeres tan atractivas e inteligentes como ella, ¿y qué?

SOCORRO.— Manolo, los flechazos no son reacciones que puedan explicarse fácilmente. Son razones del corazón. O reacciones químicas misteriosas...

DENISE.— Eso es lo que me gustaría decir, que es absurdo querer convertirse en objeto del deseo de otro, porque uno nunca sabe dónde empieza y dónde termina el deseo del otro.

GABO.— Ni el de uno mismo tampoco. Uno no se conoce tan bien como cree. Quizás por eso, ahora, estamos estancados. Hay que darle a ese vínculo Tere-Enrique el nivel de tensión que requiere.

SOCORRO.— Yo insisto en mi propuesta. A lo mejor la iniciación erótica de Enrique fue heterosexual. A lo mejor hasta estuvo casado. Hubo un trauma en determinado momento, pero él sabe que no es irreparable.

ROBERTO.— ¿Y eso de qué nos sirve?

SOCORRO.— Suprime un obstáculo. Enrique sí ha tenido relaciones heterosexuales normales; eso no es nada nuevo para él.

GABO.— La cosa amenaza complicarse más aún, en términos de tiempo.

ELID.— La primera noche, Enrique podría funcionar con Tere normalmente; es tanta la atracción que siente hacia ella que...

DENISE.— ¿Al primer intento? No. No conviene.

ELID.— El conflicto vendría después, porque Enrique tiene un amigo y no va a renunciar a él por culpa de Tere.

DENISE.— ¿Estás insinuando que Enrique es bisexual?

ELID.— No hay por qué plantearlo. Tere siente que está perdiendo la batalla con su rival y apela al disfraz buscando parecerse un poco a él, al efebo.

GABO.— Seguimos atrapados en nuestra ignorancia. ¿Es así como se comportaría un homosexual del tipo de Enrique, en una circunstancia como ésa? ¿Puede decidir de la noche a la mañana: ahora prefiero el amor heterosexual, porque el objeto de mi deseo ha pasado a ser una mujer?

REYNALDO.— Yo me atengo a la idea del intento fallido, por parte de Enrique. Cuanto más fuerte sea la frustración de esa primera noche, más interesante será la evolución de Tere.

ELID.— ¿Cuántos intentos fallidos va a tener que soportar ella?

REYNALDO.— El número no cuenta. Como dice el bolero: "Después que uno vive veinte desengaños, ¿qué importa uno más?".

GABO.— Ya creo saber dónde radica la dificultad dramática. Hemos cambiado el punto de vista, simplemente. Toda la historia está contada desde el punto de vista de Tere y, sin embargo, hace rato que venimos dando vueltas alrededor de Enrique. Y para mí está claro: si tratamos de asumir el punto de vista de él, nos lleva el carajo. Tenemos que mantenernos firmes en el punto de vista de ella. Tere va a cometer errores de apreciación, como es natural –son los nuestros– pero eso no debe preocuparnos. Lo que tenemos que evitar a toda costa es el cambio de perspectiva, o la pretensión de trabajar con dos puntos de vista simultáneamente. Complicaría las cosas. Además, no nos alcanza el tiempo. En esta historia, es Tere la que toma iniciativas; si nos metemos en los dilemas de Enrique, nunca más salimos del hueco.

DENISE.— Hay muchos detalles que podrían servirnos para dar la evolución sentimental de Tere y los antecedentes. Su cuarto, por ejemplo, puede estar cubierto de fotos de Enrique, de los personajes que él ha interpretado en el teatro.

GABO.— Esa primera noche, cuando Enrique la deja en su casa, Tere entra a su cuarto y vemos las fotos en la pared. Eso basta para dejar claro que Enrique era su ídolo desde antes.

SOCORRO.— ¿Y si empezáramos la historia de la transformación al revés, es decir, con Tere pareciendo un chico desde el principio? En realidad, es una chica moderna, muy punk, muy unisex...

GABO.— Pero eso abarata la historia.

CECILIA.— Hemos dicho que Tere es buena actriz pero no hemos explotado su imaginación, sus capacidades miméticas... Ella podría estar imaginando un romance con Enrique y elucubrando medios de conquistarlo... Los modelos para sus fantasías puede tomarlos del teatro.

DENISE.— Me pregunto si será posible explorar esa línea sin desviarnos mucho de la idea original.

CECILIA.— Piensa en ese papel que Tere acaba de conseguir, en la escena de amor que acaba de interpretar con Enrique. Ella se pone a estudiar a su personaje, imagina las reacciones del otro —que en su fantasía serían siempre las de Enrique— y va tejiendo así una situación imaginaria donde se borran las fronteras de la verdad y la mentira.

GABO.— Suena bien, pero cambia el sentido de la historia. Si Tere no se disfraza de hombre, la historia es otra. Por ese camino podemos terminar contando *Hamlet*, que nos saldría mucho mejor pero que desacreditaría el taller.

DENISE.— Ahora se me ocurre pensar que el proceso de transformación puede darse mediante detalles, a través de un espejo, por ejemplo.

REYNALDO.— Nos persigue la maldición de los espejos.

GABO.— Puedes mostrar el cambio como quieras, pero lo que sí tiene que quedar claro es que cuando Tere se ve acorralada, decide seguir peleando hasta el final, hasta el punto de convertirse en un machote.

ROBERTO.— Pero así no se resuelve la historia.

GABO.— ¿Quién ha dicho lo contrario? No se resuelve.

ROBERTO.— Es un gran golpe de efecto, sí, pero que no expresa nada.

GABO.— Concedido. Uno apela a los finales efectistas cuando no tiene otra opción.

ROBERTO.— A mí me gustaría que cuando Tere, ya travestida, pase por delante de Enrique, él no la reconozca.

GABO.— Pero quedaría latente la pregunta: ¿qué hubiera pasado si llega a reconocerla?

REYNALDO.— Es que esa última imagen tiene, como dicen los lingüistas, una carga semántica muy fuerte.

GABO.— Vamos a ver: Tere se transforma y va al bar. Cuando Enrique le pasa por al lado ni siquiera repara en ella, digo en él, porque ahora ella es un muchacho. Un joven apuesto, atractivo, pero que a Enrique no le gusta. ¿Quiere eso decir que ya no le gusta ella? En absoluto. Quiere decir que ella le gustaba como mujer.

SOCORRO.— Todo podría ser un juego siniestro que Enrique utiliza con sus víctimas, las actrices que trabajan con él. Enrique es un sadomasoquista. Simula hacer esfuerzos para consumar el amor, sabiendo que no puede o no quiere; insinúa muy discretamente lo de la transformación; la víctima, tratando de complacerlo, se transforma y en ese proceso deja de cumplir los requisitos que exigía su personaje en el teatro, por lo que pierde el empleo y hay que reemplazarla por otra actriz... Entonces, Enrique reanuda la maniobra con esa otra. El ciclo se cierra y vuelve a abrirse donde empezó.

GLORIA.— La idea me parece magnífica, pero esa es la historia de Enrique, no de Teresa. Yo preferiría que él llegara al bar, donde ella lo está esperando con su nuevo *look*, y al verla él exclame, disgustado: "Pero ¿qué tontería es ésta?".

ROBERTO.— O bien que Enrique llegue al bar, crea que ella no ha llegado aún y se ponga a mirar con interés a ese chico que está sentado cerca, sin percatarse de que es Tere.

GABO.— ¿Y si Enrique abordara sin más al muchacho?

GLORIA.— En cuanto se le acerque y cambie dos palabras con él, se dará cuenta de todo.

DENISE.— Si Enrique liga al presunto galán, nos quedamos sin moraleja.

GABO.— Desde el momento en que Tere se disfraza, pueden suceder dos cosas: que conquiste a Enrique o que lo pierda. La primera posibilidad es más fácil de contar pero también menos verosímil. Enrique tendría que ser muy superficial para que un simple corte de pelo y algún otro detalle exterior lo trastornara de ese modo.

SOCORRO.— No me parece improbable. Los homosexuales son muy frívolos.

GABO.— Yo no me atrevería a decir eso. Son gente que desafía prejuicios y códigos morales muy arraigados, que afronta el escarnio permanente, que afirma su derecho a existir contra viento y marea, y todo ¿a cambio de qué? Porque sospecho que hay mucho de frustración en la vida del homosexual, por lo menos de ese pobre diablo que pasa de una experiencia a otra sin conocer la verdadera amistad, el verdadero compañerismo... ¿Podemos decir que ese tipo de persona sea superficial o frívola? Para soportar todo eso hay que tener un carácter muy fuerte. Ahora menos, quizás, porque los homosexuales se han ido abriendo un espacio en la sociedad; pero de todos modos...

REYNALDO.— Vuelvo al encuentro final, en el bar. El sitio está lleno de clientes. Tere, como un efebo más, está sentada ante una mesa; digamos que se confunde con el ambiente sin mucho esfuerzo. Enrique le pasa por delante y no la ve, o mejor dicho, no la reconoce; se sienta en una mesa cercana, a esperar que ella llegue. Entonces Tere se levanta, camina resueltamente hacia él, se apoya con ambas manos en la mesa, como lo haría un joven que anduviera en plan de conquista, y le dice, sonriendo: "Hola". Enrique la mira, la reconoce, se queda estupefacto, monta en cólera, la agarra por un brazo, la arrastra fuera del bar y la insulta. A lo mejor le quita algo –un cinturón, una cadena, un elemento cualquiera del disfraz– y lo tira al suelo y lo pisa... Y hasta aquí llego; no se me ocurre nada más.

GABO.— Vamos a precisar un detalle. Hemos estado diciendo que Tere se disfraza de hombre. No es cierto. Tere se disfraza de homosexual activo. Hay que tener cuidado de no confundir las cosas. Los que van a los bares de maricones son también maricones. Enrique no acepta físicamente a

Tere como efebo, pero ¿acaso la aceptaba como mujer? Desde el punto de vista narrativo, necesitamos un desenlace. Eso es lo que no aparece.

MARCOS.— Podría ser un desenlace visual, que no se definiera en términos dramáticos...

GABO.— Un momento. Me acabo de dar cuenta de una cosa. Hemos dejado al margen la pieza de teatro que Enrique y Tere están ensayando. Sólo la utilizamos al principio, como simple pretexto para el encuentro... ¿Por qué no tratamos de integrarla ahora a la acción? A lo mejor la clave del desenlace está en alguno de esos diálogos.

ROBERTO.— ¿Quiere decir que ellos dos sólo logran comunicarse en el plano artístico, a través del texto dramático?

ELID.— La obra teatral pudiera referirse a dos personas que tienen dificultades para asumir su verdadera personalidad.

GABO.— Imagínense que Enrique esté sentado en el bar, esperando a Tere. Ella llega, vestida de hombre, se sienta cerca, Enrique la mira, la reconoce, le dice algo –algo que ya le hemos oído decir en la pieza teatral– y ella responde, pero no como está previsto. Entra en el juego, pero a su manera. Así se inicia entre ellos un diálogo que revela el conflicto de ambos.

MANOLO.— Al principio hablamos varias veces de repetir la escena de amor, en ensayos sucesivos.

GABO.— Tenemos que imaginar esa escena y elaborar el diálogo con cuidado, para utilizarlo después.

ROBERTO.— En la pieza teatral los protagonistas consumaban su amor, mientras que Enrique y Teresa, en la vida real...

GABO.— ¿Y por qué no invertimos los términos? El amor del teatro se frustra y el de ellos, en cambio, se realiza.

DENISE.— He pensado también en la posibilidad de una escena de muerte.

REYNALDO.— ¿Amor que termina con escena de muerte? Imposible. Es *Romeo y Julieta*.

GABO.— Tengo la intuición de que esa fórmula –la de los diálo-

202

gos repetidos y modificados– tiene un potencial poético enorme. La película puede terminar como un verdadero poema. Enrique diría una frase que conocemos –ya la habremos oído dos o tres veces– y ella le contestaría con algo que nos suena conocido pero que en realidad es una cosa distinta... y así sucesivamente, hasta que la historia tome su propio camino... Tal vez sea un camino que nadie sospechaba, ni nosotros ni ellos.

SOCORRO.— Entonces ¿el amor no se frustra? ¡Qué alivio!

GABO.— Cuando ellos empiezan a modificar los diálogos para ajustarlos a su propia verdad, nos percatamos de que están rompiendo con los convencionalismos sociales. Hay algo más profundo que los une. Lo que hasta ahora veíamos como la verdad del amor –la que ellos escenificaban en el teatro– aparece como el obstáculo que se interponía entre ellos.

ROBERTO.— Con eso le damos al espectador la ilusión de que las cosas terminan bien para ambos, pero uno sabe que en la realidad el conflicto se mantiene.

VICTORIA.— Denise, tú querías que Enrique terminara con otra mujer. ¿Y por qué no con la misma Tere, una Tere que renuncia al disfraz y se impone por derecho propio?

REYNALDO.— ¿Se impone como mujer? ¿De qué manera?

GABO.— Yo confieso que para mí el problema principal está en que no sabemos cuán dramático puede resultar ese drama para Enrique. Yo no siento que eso de "poder" o "no poder" sea para él un conflicto profundo.

ROBERTO.— Puede ser hasta cómico.

DENISE.— Me gustaría hacerlo así, en plan de comedia.

GABO.— ¡Haberlo dicho antes, mujer!

GLORIA.— ¡Vaya, vaya...! ¿No podemos cambiar nada esencial y en un minuto cambiamos el género?

GABO.— Lo cambia quien puede. La propuesta surge de la propia Denise.

REYNALDO.— Ya yo me había encariñado con la idea de la tragedia.

GABO.— Si va a ser una comedia, podemos terminar como nos dé la gana. Por ejemplo, Tere vestida de hombre, Enrique de mujer y aquí paz y en el cielo gloria. Juntos hasta la muerte.

SOCORRO.— Ya no es Tere la que cambia; ahora es el cuento completo.

GABO.— Imagínense la entrada de Enrique, una mujer preciosa, y el gesto de Teresa –el más apuesto de los galanes– invitándola a bailar en el gran salón de los espejos... Un final maravilloso. ¿Qué importa que el cuento cambie, si es para bien?

ROBERTO.— No hay nada que cambiar... Yo veo la película, de principio a fin, como una comedia.

GABO.— Lo único que hay que cambiar es el tono. Por ejemplo, el encuentro en el bar. Tere se corta el pelo, se viste de muchacho, va al bar y se sienta a esperar a Enrique. De pronto, él aparece vestido de mujer. Una mujer maravillosa, claro, porque Enrique es un gran actor y puede hacer con su físico lo que quiera. Recuerden a Dustin Hoffman en *Tootsie,* sin ir más lejos... Bueno, aquí están Enrique y Teresa, uno frente al otro, todavía sin reconocerse... Y de pronto...

DENISE.— La anagnórisis.

ELID.— Podríamos convertir a Tere en lesbiana, para ser coherentes.

GABO.— ¿Ahora nos vas a joder la película, después que tanto trabajo nos ha costado?

ELID.— Tere, como lesbiana, frecuenta también el bar sin que él lo sepa... y al final los dos tienen un hijo. Lo pare ella, naturalmente.

GLORIA.— Bromas aparte, ahora resulta que Enrique no es sólo homosexual: es loca también.

GABO.— ¿Por qué? Es un actor, le gusta disfrazarse, jugar con las apariencias... Una noche va al bar de homosexuales vestido de dama antigua, otra vestido de mosquetero... Esa noche en particular, cuando se encuentra con Tere, va disfrazado, no sé, de María Félix en *Doña Bárbara* o de Gloria Swanson en *Sunset Boulevard*.

DENISE.— ¡Qué horror!

REYNALDO.— Ya sé cuál es la pieza teatral que están representando:

204

El sueño de una noche de verano, de Shakespeare. Tere hace el papel de Titania y Enrique el de burro, el del tipo que se transforma en burro y tiene un diálogo con ella. Ahí están todos los elementos: la metamorfosis, el juego erótico...

GABO.— Parece que la varita mágica fue la palabra comedia. Ese momento final, el del baile, puede ser maravilloso. No hay que llevarlos a la cama; basta verlos bailar –la pareja perfecta, pero con los papeles invertidos– para entenderlo todo. Ahora cada uno es el otro; son los andróginos, que acabaron encontrándose. De ahí venía el flechazo, esa atracción recíproca que sintieron desde el principio. Por eso se buscaban. Pero se buscaban por donde no era.

REYNALDO.— En la actuación de Tere, cuando le hacen la prueba en el teatro, tiene que haber un toque de ironía. Enrique lo percibe. Los dos están bajo el signo de Géminis.

GABO.— La barrera que los separa es la de sus respectivos sexos. Cuando los papeles se invierten, la barrera cae.

SOCORRO.— ¿Cómo entenderá eso el espectador?

GABO.— No sé. Pero nuestra tarea, ahora, es ver cómo mostramos las distintas metamorfosis de Enrique. Cada vez que aparezca en el bar, Enrique tiene que ser un personaje distinto. Una onda muy de actores, muy carnavalesca. No es que se haga irreconocible, sino que siempre es otro: hoy se pone bigotes postizos y bisoñé, mañana se alisa el pelo a lo Valentino; hoy lleva gafas, mañana barbita... Son ejemplos, pero creo que la cosa puede funcionar por ahí.

ELID.— En el bar, Enrique podría ir vestido como viste Tere en la obra de teatro que están ensayando, y viceversa.

GABO.— Pero los actores ensayan con suéters...

ELID.— En los ensayos generales, no.

GABO.— Tenemos que saber de todos modos qué obra es esa. Tal vez sea una réplica del drama de los andróginos, las dos mitades que no cesan de buscarse para recobrar su identidad.

ROBERTO.— La pieza podría ser contemporánea, como por ejemplo, una obra de Beckett; los personajes hablan y hablan pero no dicen nada, o hablan muy poco, o hablan lo necesario, pero no se entienden.

REYNALDO.— Pudiera ser *La cantante calva*, de Ionesco.

DENISE.— Beckett me gusta más. Recuerdo a uno de sus personajes repitiendo palabras, como un disco rayado.

ROBERTO.— La sensación que produce es agobiante.

GABO.— Y ellos, Enrique y Teresa, como actores, comentan eso: lo extraño que resulta decir cosas que ellos mismos no entienden. Se sienten como loros.

DENISE.— Esa podría ser la obra que ellos van a representar, pero no la que sirve para probar a las actrices. La prueba se hace con una obra romántica; de ahí sale la escena de amor que conocemos.

ROBERTO.— En la prueba se hacen preguntas y Tere, en algún momento, contesta algo que no sabemos si es disparatado o ingenioso. Enrique le pregunta: "¿Qué quiere decir eso?". Y ella responde: "No sé". Y él, complacido: "Ya entiendo".

GABO.— "Entiende" precisamente porque no se entiende. Ese mismo juego lo aplican al final, en la escena del bar: se dicen disparates, pero que ellos entienden perfectamente. ¿Qué te parece, Denise? ¿Lo tomas o lo dejas?

DENISE.— Tendré que pesar los pro y los contra.

GABO.— A mí me parece que no sacrificas nada esencial. Y ahora es una comedia divertida, alegre, sin muchas complicaciones, sin amarguras de ninguna clase. Una historia disparatada que, sin embargo, tiene sentido. Y además la ventaja –creo yo– de ser dramáticamente válida, moralmente legítima y visualmente agradable. ¿Qué más quieres?

SIDALIA Y BELINDA

SOCORRO.— Mi historia es diametralmente opuesta a la de Denise. Es de ambiente rural y de época.

GABO.— ¿De qué época?

SOCORRO.— De 1930.

GABO.— ¡Eso no es época! ¡Eso es el año pasado! Está tan cerca que todavía me acuerdo.

SOCORRO.— Es la historia de dos hermanas: Sidalia, la mayor, y Belinda, la menor. Hay quince años de diferencia entre ellas. Sidalia tiene cincuenta y dos y Belinda treinta y siete. Es decir, hasta que cumplió los quince, Sidalia fue hija única. Llegó a conocer el viejo esplendor de su familia, que pertenecía a la aristocracia rural y que cayó en desgracia por esos años. Fue muy mimada en su niñez pero recibió una educación rígida, dictada por normas religiosas y morales muy estrictas. Y apenas Sidalia cumple quince, su madre muere en el parto de Belinda. Así, Belinda –para todos los efectos prácticos– pasa a ser la hija de Sidalia. Es Sidalia la que la va a criar.

GABO.— Son hijas del mismo padre, por supuesto. ¿El viejo vive aún?

SOCORRO.— Murió alcoholizado tres años después de la muerte de su esposa.

DENISE.— Sidalia tendría entonces dieciocho años, ¿no es así? Belinda no vive esa tragedia; es muy pequeña todavía.

SOCORRO.— Entre ellas sobrevive, como una leyenda, la imagen de la madre. Era una mujer bellísima, muy elegante, la primera que llevó al pueblo las modas europeas. Todavía se la recuerda con uno de sus atuendos más vistosos, un vestido de crinolina con una sombrilla de lacitos y unos zapatos de charol sin punta. Sidalia conserva ese vestido de su madre como una reliquia.

GABO.— ¿Sidalia no ha tenido novio? Es como una madre soltera, pero virgen.

SOCORRO.— Tal vez eso influya en su actitud hacia Belinda. Sidalia considera que su hermana es culpable de su propia tragedia, y lo es desde el momento en que nació y ambas quedaron huérfanas de madre. Cuando la familia se arruinó, Sidalia tuvo que sufrir en carne propia algunas de las consecuencias, pero no le importaba, porque tenía el cariño de los padres y el recuerdo de lo vivido. Pero ahora descarga su frustración en Belinda. Siente un profundo rechazo hacia ella. Al mismo tiempo, se siente moralmente obligada a cuidarla por el resto de su vida. Porque Belinda no es normal. Por ejemplo, no habla. No es que sea muda, sino que ha sufrido un trauma –quizás motivado por su orfandad, por la hostilidad del ambiente...– y no habla. Tal vez fuera mejor decir: no le da la gana de hablar.

GABO.— No le sale de los tompiates... Pero dinos, ¿cuándo empieza la película?

SOCORRO.— Ya va a empezar. Se me olvidaron dos cosas: primero, que ambas hermanas siguen viviendo en la vieja casona familiar, y segundo, que Sidalia es maestra y mantiene con su sueldo la casa.

VICTORIA.— ¿Belinda es también una solterona frustrada?

SOCORRO.— No ha salido de su casa jamás. En la casa siempre ha hecho el papel de sirvienta: barre, prepara la comida, arregla los cuartos, cuida el jardín. Hay un dato importante, que también se me olvidaba: cuando está sola, a Belinda le gusta cantar. Por eso sabemos que no es muda. Y los vecinos también. Pero Sidalia no la ha oído nunca; lo único que le ha oído articular son gruñidos o murmullos, mientras Belinda duerme. Para ella, su hermana es un ser mañoso y egoísta, que sólo piensa en causarle disgustos y hacer su soberana voluntad. Pero al mismo tiempo es un ser digno de lástima. Por momentos Sidalia se siente culpable y trata de mostrarse solícita y cariñosa con ella.

GLORIA.— Una relación de amor-odio. Son neuróticas las dos.

SOCORRO.— Belinda raya en lo esquizoide. Sidalia es maestra, tiene contacto con el mundo exterior; es beata, va a misa, se confiesa... Belinda, en cambio, vive en un vacío total, o mejor dicho, entre alucinaciones, en un mundo de fantasías. Y esas fantasías tienen un eje: el vestido de la madre. Belinda tiene una extraña fijación con ese vestido.

GABO.— ¿Sidalia lo sabe?

SOCORRO.— El vestido está guardado en el cuarto de Sidalia –con

208

los demás accesorios– muy bien doblado en el arcón y con bolitas de naftalina, para preservarlo de la polilla... Más de una vez, Sidalia ha sorprendido a Belinda con el vestido puesto, coqueteando ante el espejo o haciendo girar graciosamente la sombrilla mientras pasea por la habitación. En esos momentos, Sidalia se encoleriza con su hermana: la regaña, la obliga a quitarse el vestido y lo guarda en el arcón, la amenaza con castigarla. Pero a la vez, se compadece de ella. Lo que no le puede perdonar a Belinda es otra cosa. Un día la sorprendió masturbándose, con el vestido puesto; Sidalia se escandalizó de tal manera que por poco le da un soponcio.

GLORIA.— El vestido tiene para Belinda un efecto estimulante.

SOCORRO.— Le despierta la sexualidad. Por alguna razón –el hecho de que es un vestido de lujo, que tiene un gran escote, en fin...– a Belinda le basta ponérselo para sentir deseos de tocarse, de acariciar su cuerpo. Sidalia está muy preocupada. Consulta el caso con el cura y éste le dice que lo único que puede aconsejarle es que le pida al boticario un remedio que tenga propiedades enervantes. En efecto, el boticario prepara una pócima y recomienda que se administre a la paciente, con cuidado, un determinado número de gotitas diarias. Sidalia busca un pretexto para dárselas pero Belinda no tarda en rechazarlas porque cada vez que las toma se siente atontada y soñolienta. Y lo que más temía Sidalia no tarda en ocurrir otra vez. Un día, al regresar de la escuela, vuelve a encontrar a su hermana, con el vestido puesto, masturbándose. Sidalia monta en cólera. Se lanza sobre Belinda y empieza a tirar del vestido, como si quisiera arrancárselo; la tela cede, naturalmente, y se rasga por varias partes. Cuando Sidalia se da cuenta de lo que acaba de hacer con el vestido de su madre –el único recuerdo personal que tiene de ella–, le da un soponcio: cae al suelo y se retuerce, con extrañas convulsiones, como si fuera una epiléptica. Belinda se asusta. Corre a la cocina, toma la pócima del boticario de un estante, vuelve a la habitación, le hace tragar a Sidalia cualquier cantidad de líquido –creyendo que así la puede aliviar– y con esa sobredosis le causa a su hermana un daño irreparable. Sidalia cae en un estado catatónico y muere varios días después. No descarto la posibilidad de que, en algún momento, mientras trata de ayudar a su hermana, Belinda hable. Pero no asiste al entierro de Sidalia. Y esa tarde los vecinos presencian un extraño espectáculo. Es Belinda, que abre todas las puertas y ventanas de la casa y sale a la calle muy peripuesta, con el vestido de su madre todo remendado, lleno de parches, la sombrilla maltrecha, la cara pintarrajeada, zapatos de tacones altos y calcetines. A esa imagen es a la que yo quería llegar. Es el nacimiento de la loca del pueblo.

GABO.— Aquí tenemos un argumento desarrollado de principio a fin. A nosotros nos toca adaptarlo, comprimirlo en el espacio de media hora. El trabajito no es fácil; está cabrón.

DENISE.— Esa imagen de Belinda masturbándose, ¿podrá pasar en televisión?

GABO.— Ése no es ahora nuestro problema. El guionista tiene que desarrollar la historia como le parezca mejor. Después viene la pelea con los convencionalismos y los códigos morales, pero primero uno tiene que hacer lo que cree que debe hacer. Lo mismo en lo que respecta a la producción. En cuanto a la historia, te pregunto, Socorro: ¿Sidalia es frígida?

SOCORRO.— Sí, es muy beata, muy recatada, siempre vestida de negro...

GABO.— Belinda, en cambio, es muy vital. Ni el remedio logra tumbarla.

SOCORRO.— A lo mejor por eso lo rechaza.

GABO.— ¿Y en cuanto al resto de sus hábitos sociales? ¿Se baña todos los días, come con tenedor?

SOCORRO.— Come con cuchara y agarrando así el mango. Sidalia siempre trató de enseñarle el ritual de la mesa, la forma de manejar los cubiertos, pero no pudo. Belinda tampoco intentó aprender a leer y escribir; huía cuando su hermana trataba de enseñarle el alfabeto. Lo único que a Belinda le gusta realmente son las flores. No es casual que sólo cante cuando sale al jardín y cree que nadie la está oyendo.

GABO.— Importa mucho el aspecto físico del personaje. Mientras uno no logra ver al personaje tal como es, no se le ocurren suficientes cosas.

SOCORRO.— Belinda no es muy aseada, que digamos; cuando se pone el vestido de la madre, por ejemplo, se peina, pero eso es todo.

GABO.— El final de la película es buenísimo, con esa mujer que sale de pronto a la calle, ya en plan de loca, y empieza a hablar y a hablar y ya no hay quien la pare. La locura le da por decir todo lo que no dijo antes.

SOCORRO.— Sidalia nunca puede comunicarse normalmente con Belinda. En su relación con ella, la propia Sidalia se pregunta y se responde.

GABO.— Nos tienes jodidos. Casi todo lo que mueve la historia está implícito u oculto. Yo quiero verlo.

SOCORRO.— Espero que todo se vea –o por lo menos se deduzca– a través de las relaciones cotidianas entre ellas. Un ejemplo: en la mesa, Sidalia dice: "Por favor, Belinda, el salero", y ella misma responde: "Con mucho gusto, hermana". "¿Te gustó la ensalada, Belinda?". "Claro que sí, hermana, me gustó". La relación se da a través de un monólogo sutilmente agresivo, pudiéramos decir. Belinda nunca interviene.

GABO.— La verdadera loca es Sidalia.

REYNALDO.— En la casa no hay mucho mobiliario. Seguramente Sidalia lo ha ido vendiendo. El sueldo de maestra no le alcanza para las dos. En las paredes todavía pueden verse las marcas de los cuadros que se vendieron.

SOCORRO.— La primera escena es la de Belinda en su habitación, vestida con el traje de la madre, arreglándose el pelo frente al espejo. Se escucha un ruido afuera. Belinda sabe que es Sidalia, que la va a sorprender, y se quita el traje a toda velocidad. Mientras Sidalia entra, cierra la verja del jardín, atraviesa la sala y se asoma al cuarto de Belinda, ésta tiene tiempo de guardar el traje y aparentar que todo está en orden.

GABO.— Necesitamos una primera secuencia espectacular, que aga-

211

rre al espectador y nos dé a nosotros un respiro para poder decir lo que queremos decir. Un episodio feroz; no sé, que le pongan a Belinda una camisa de fuerza o algo así; la cuestión es ganar tiempo.

SOCORRO.— Me temo que eso sería precipitar las cosas.

GABO.— Tú empiezas la película con una señora que entra a su casa. ¿Quién es? No lo sabemos. Si la trajeras de la escuela, sabríamos desde el principio que es la maestra: "Hasta mañana, señorita..." Sabemos que esa casa es la suya porque saca su llave de la cartera y entra con toda naturalidad. Bien. Ahora la mujer se asoma a un cuarto y ¿qué ve? A otra mujer, más joven que ella, vestida como te plazca, regodeándose ante un espejo. El vestido está roto. Podría haberse roto por descuido, y la recién llegada se pone tan furiosa que insulta a la otra, le pega, la obliga a cambiarse de ropa, le ata las manos con una cuerda y la amarra a la pata de la cama, o a la argolla de hamaca que cuelga en la pared. ¿Te das cuenta? Eso es lo que yo llamo una escena dura, capaz de crear intriga y suscitar una serie de preguntas. A partir de ahí, lo único que tenemos que hacer es contestar esas preguntas de la mejor manera posible.

SOCORRO.— Manos a la obra, pues.

GABO.— El trabajito está cabrón y nosotros, repito, estamos jodidísimos porque resulta que tenemos que responder las preguntas sin narrador, sin interlocutores y casi sin palabras. Durante un buen rato la recién llegada no va a hablar con nadie, ¿verdad?, sólo consigo misma, y después con el cura. Ese es el material que tenemos. Pero en fin, al mal tiempo, buena cara. Contamos, a nuestro favor, con el hecho de que, entre esa primera escena y el final, apenas queda tiempo para divagaciones y por lo tanto debemos ir al grano. En veinticinco minutos tenemos que explicar los antecedentes, mostrar la relación entre las hermanas, definir los caracteres... ¿Ves por qué digo que necesitamos una secuencia inicial muy fuerte? Es nuestra única manera de sacar ventaja.

SOCORRO.— Cuando hablas del vestido roto, ¿estás proponiendo que Belinda rompa el vestido esa primera vez?

GABO.— ¿Cómo primera? ¿Hay una segunda?

SOCORRO.— Claro. Cuando Sidalia rasga el vestido sin querer.

REYNALDO.— A mí esa me parece una imagen interesante, que la primera vez que Sidalia vea a Belinda –en la película, quiero decir–, la vea con el vestido puesto.

SOCORRO.— En la vida real ya han vivido otras veces esa misma situación.

GABO.— Belinda está canturreando frente al espejo. Cuando siente que afuera se abre la verja del jardín, se calla. El espectador queda enterado: esta mujer no es muda, se niega a hablar.

ROBERTO.— En los créditos se puede hacer un montaje paralelo entre Sidalia, saliendo de la escuela, y Belinda, poniéndose el traje. En el momento en que Belinda termina de vestirse, Sidalia llega a la verja del jardín. Ya ahí puede establecerse un contraste entre la delicadeza de Belinda –vistiéndose como una novia– y la dureza de Sidalia, visible en el vestido y en la forma de caminar.

GABO.— Me preocupa un problema técnico: ¿cómo hacer verosímil la actitud de Belinda, en lo que respecta a su mudez? Sidalia sabe que su hermana no es muda. Esa situación no es fácil de resolver, en términos de actuación y de puesta en escena.

ROBERTO.— Sidalia nunca ha logrado sacarle a su hermana una palabra, una sílaba. Cuando monta en cólera, Sidalia la pega y la patea, pero Belinda no deja escapar ni un quejido; gruñe, a lo sumo... El espectador puede pensar: "Es muda".

SOCORRO.— Pero la hemos oído canturrear, mientras se viste.

ROBERTO.— Estoy proponiendo que cambiemos eso.

GABO.— ¿Una escena tan bonita?

ROBERTO.— Bonita, pero no fuerte. Si en ese primer momento ella no hablara, ni cantara, ni emitiera ningún sonido, el espectador pensaría, como es natural: "Muda". Y en determinado momento —¡paff!—, la gran sorpresa: Belinda rompe a cantar... No es muda, se hace la muda. Y es así cuando la hermana está presente.

GABO.— Yo, en cambio, estoy proponiendo que en esa escena inicial, ante el espejo, Belinda cante y hable sola, y que cuando llegue Sidalia, enmudezca. Además, Sidalia la trataría como si fuera muda.

GLORIA.— Ese "como si" es decisivo. Sidalia le habla a su hermana, ¿no es cierto? No la trata como si fuera sorda también.

GABO.— Ella sabe que Belinda no es sordomuda.

ROBERTO.— ¿Por qué detenernos ahora en eso? Hasta aquí lo fundamental es la cuestión del vestido y la relación entre ambas hermanas. Eso es lo que ahora tenemos que explicar o insinuar; no se puede contar toda la película en la primera secuencia.

MARCOS.— Lo difícil es que uno llegue a entender que Belinda se niega a hablar con su hermana y que la hermana acepta esa situación. ¿Cuánto tiempo puede tomar eso?

ROBERTO.— Si el espectador creyera firmemente que Belinda es muda, imagínense la belleza de una escena como la siguiente: sola en su casa, Belinda se sienta al piano, toca suavemente el teclado... ¡y rompe a cantar, como un pajarito! Eso tiene una fuerza dramática muchísimo mayor que si supiéramos desde el principio que no es muda.

GLORIA.— Pero a mí me gusta la idea de asociar el vestido con el canto. Cuando Belinda se pone el vestido, sufre una transformación profunda; es como si recuperara el deseo de vivir. Y por eso canta.

ROBERTO.— El vestido debe asociarse a la elegancia, a la sensualidad... Cuando Belinda se lo pone, los sentidos que pasan a ser predominantes –para ella y para nosotros– son la vista y el tacto, no el oído... Belinda se contempla con aquella ropa en el espejo y se acaricia los brazos, la cintura...

VICTORIA.— Ahí se gana sutileza, pero se pierde impacto. Si Belinda empezara a canturrear mientras se está vistiendo, uno pensaría: "Se está probando un traje de fiesta, o un ajuar de novia"; y en esa atmósfera idílica, caería de pronto el rayo de Sidalia.

ROBERTO.— Yo insisto: ahí el silencio me parece más elocuente que el canto.

GABO.— Ambas opciones pueden funcionar. La del silencio tiene una desventaja, y es que requiere más tiempo de desarrollo: un ritmo más lento, un tono más lírico... Habría que imaginar las dos alternativas en el contexto del montaje paralelo, con Sidalia saliendo de la escuela, llegando a la casa... Me parece ver avanzar por la calle a esa mujer vestida de negro, protegiéndose del sol con una sombrilla, como se protegía de la lluvia la emperatriz del Japón... ¡Ah!, apareció la imagen que yo estaba buscando... Tengo que conseguir la foto, para que la vean.

REYNALDO.— ¿Pero lo de la emperatriz no era un paraguas?

GABO.— No. Era una sombrilla. Lo que pasa es que yo no vi la foto original, sino una reproducción, en blanco y negro, y por eso me confundí.

SOCORRO.— A Sidalia podrían llegarle rumores a través del cura; los vecinos afirman que a cada rato oyen cantar a Belinda.

GABO.— A propósito: para disimular ante la censura aquello de la masturbación, podemos hacer que Sidalia sea la amante del cura. Ya que vamos a pelear con los censores, hagámoslo en grande.

VICTORIA.— Los vecinos lo saben todo. Belinda canta cuando sale a arreglar el jardín.

GABO.— Si los vecinos lo saben, ¿cómo la hermana no lo va a saber, con cura o sin cura? Lo sabe todo el mundo.

REYNALDO.— El único rincón de la casa que está bien cuidado es el jardín. De ahí se deduce que Belinda canta mucho.

GABO.— Belinda... Belisa..., ¿no tendrá nada que ver? *Los amores de Don Perlimplín con Belisa en su jardín* es una obra de García Lorca. Y si bien se mira, ésta es una historia bastante lorquiana: ese par de locas encerradas en la casa solariega, esa mujer vestida de negro, ese pueblo de calles desiertas, esas casas de muros blancos...

ROBERTO.— Y el humo que asciende de las piedras, como del infierno... En algunos pueblos de Brasil, es tanto el calor que cuando llueve, cuando cae un chubasco, sale humo de la calle.

GABO.— Indiquemos eso, para el asistente de producción: calle que reverbera bajo el sol, lluvia que cae, vapor de agua que asciende de los charcos... Anota, Socorro: "Sidalia va por una calle ardiente, empedrada de adoquines... A ambos lados, casitas de dos plantas, enjalbegadas de cal... Acaba de llover y de la tierra húmeda asciende un denso vapor", vapor que nadie se explica qué hace ahí, pero que visualmente es bellísimo.

SOCORRO.— Sidalia va saltando los charcos.

GABO.— O pisándolos. Una mujer como ésa no se desvía por un simple charquito. Tenemos que ir construyendo los personajes.

SOCORRO.— Dejó de llover, pero ella no se toma el trabajo de cerrar la sombrilla.

GABO.— ¿Dejamos dicho que Sidalia es maestra? Enseña en un colegio de monjas.

REYNALDO.— La primera vez que la vemos, está parada a la puerta de la escuela, despidiendo a las alumnas. "Hasta mañana, señorita Sidalia..."

ROBERTO.— No, está de pie; todos están en movimiento: las niñas saliendo bajo el sol, ella detrás, abriendo la sombrilla...

GABO.— Vemos así dos cosas: la distancia que hay de la escuela a la casa, y la casa por fuera. Sidalia entra al jardín. Corte. La casa por dentro...

ROBERTO.— Nuevo corte: Belinda terminando de vestirse. Eso es lo que vemos: una mujer bastante bonita que se está poniendo una ropa muy bonita, aunque tal vez un poco anticuada.

SOCORRO.— Belinda es bella. Se parece a su madre.

GLORIA.— Pero está sucia y despeinada. ¿Nos damos cuenta de eso?

ROBERTO.— Está amoldándose el pelo frente al espejo. Y en la pared, encima del baúl, el retrato de la madre.

GABO.— No debe ser un daguerrotipo, porque casi no se ven en pantalla. Tiene que ser un gran retrato al óleo. O mejor, dos retratos: uno de la madre y otro del padre. Los dos cuelgan juntos en la pared de la sala. A ella sólo le falta la corona para parecer una reina; él lleva puesto su uniforme de general.

GLORIA.— Son los únicos cuadros que quedan en la casa.

MARCOS.— Si Sidalia sale siempre a la misma hora de la escuela, y es una persona tan metódica, ¿cómo es que Belinda se deja sorprender?

ROBERTO.— Porque una persona como Belinda no anda con un cronómetro encima, midiendo los minutos.

REYNALDO.— En esos pueblos no se necesitan cronómetros ni relojes. La hora se sabe por los sonidos que llegan de la calle, por la sombra que se proyecta en el suelo, por la brisa que entra por la ventana...

GABO.— ¿Y si esa fuera la primera vez que Belinda se pone el vestido?

CECILIA.— No lo es. Belinda es reincidente. Por eso Sidalia se pone tan furiosa y dice: "¡Basta!".

GABO.— Si es así, ¿por qué no puso el vestido bajo llave y se guardó la llave en el escote?

SOCORRO.— Sidalia ya le puso un candado al arcón, pero fue inútil.

GABO.— ¡Ah, Belinda rompió el candado! Bien, eso nos resuelve un problema: dejamos dicho que no es la primera vez, que ya Sidalia tomó medidas para evitar que su hermana volviera a sacar el vestido. Por eso Sidalia está tan furiosa; no sólo por el vestido, sino por el candado.

GLORIA.— En el momento en que Sidalia entra a la casa, Belinda está cantando, pero en *off;* no sabemos quién canta.

GABO.— Esa decisión está pendiente todavía: en esta primera secuencia, ¿Belinda canta o no canta?

ROBERTO.— En mi película no cantaría.

SOCORRO.— Pero yo no renuncio a la idea de que el vestido le produzca el mismo efecto que las flores, una sensación de euforia que la anima a cantar.

GABO.— Habría que filmar las dos propuestas y ver qué pasa...

VICTORIA.— En el retrato, la madre lleva puesto el famoso vestido...

GABO.— Es importante que eso se note. Hay guionistas que escriben: "Sobre la mesa de noche vemos un retrato de su padre, muerto heroicamente en campaña, con su uniforme y sus condecoraciones de coronel de artillería". La cámara pasa por allí, en la penumbra, se detiene sobre la muchacha dormida... y del padre no vemos nada.

ROBERTO.— Belinda se pone ese vestido para el padre.

SOCORRO.— Sí, ésa podría ser una de sus fantasías...

ROBERTO.— Ella no recuerda a su padre –lo conoce por el retrato, y por lo que le ha contado Sidalia– pero lo ama. Lo ama y se le ofrece ritualmente, en la figura de la madre.

REYNALDO.— Belinda tenía tres años cuando el padre murió. Puede conservar algún recuerdo de él, aunque sea vago.

SOCORRO.— ¿Por qué no volvemos a la secuencia inicial? Quedamos en que Sidalia, al sorprender a Belinda con el vestido, la golpea.

GABO.— La golpea por lo del vestido y por lo del candado. La relación entre ellas se define ahí. Lo que no sabemos todavía es que son hermanas.

REYNALDO.— Esa información se puede dejar para después, cuando Sidalia vaya a confesarse. Ahora uno puede pensar que se trata de la relación entre una señora despótica y su criada.

GABO.— Eso es lo que me temo. Sería funesto que el espectador creyera que la señora está furiosa porque la sirvienta se prueba en secreto sus trapos.

SOCORRO.— Hay que elaborar un diálogo muy sutil para insinuar, sin decirlo, que las dos mujeres son hermanas.

GABO.— ¿Un diálogo? ¿Entre quiénes?

REYNALDO.— Un monólogo. De Sidalia.

SOCORRO.— Un soliloquio. Sidalia hablaría consigo misma. Después podría ir hasta el retrato de la madre y disculparse.

MARCOS.— ¿Con quién?

SOCORRO.— Con la madre. Le pediría disculpas a la madre, por lo del vestido.

GABO.— ¿Y si Sidalia odiara secretamente a su madre?

GLORIA.— ¿Por qué guardaría entonces el vestido con tanto amor?

GABO.— O con tanto odio. Ese vestido oculta un drama muy, pero muy complicado.

ROBERTO.— Sidalia también ama a su padre. Como Belinda.

GABO.— Ahí está el drama.

CECILIA.— No es que Sidalia odie a la madre; es que odia a su hermana porque se parece a la madre. Sidalia hubiera querido ser como su madre –ese pelo, esa piel...– y resulta que no, que quien heredó la belleza de su madre es la loca de su hermana.

MARCOS.— Con el agravante de que, a los ojos de Sidalia, Belinda mató a su madre. En el parto.

CECILIA.— También el padre prefería a la niña porque, según decía, era "el vivo retrato de su madre".

GLORIA.— Y además, era la hijita de la vejez, y el viejo la veía como la huérfana, y le tenía lástima.

GABO.— El cuadro de las motivaciones está completo. Por lo tanto, los insultos de Sidalia, cuando ve a su hermana con el vestido de la madre, tienen que ser atroces. Una situación como ésa no se da fácilmente entre personas normales. Belinda no es así; fue Sidalia quien la hizo así.

ROBERTO.— Sidalia no odiaba a su madre: la envidiaba. El vestido es como un símbolo de esa envidia; representa la vitalidad y la belleza que ella no tiene. Sidalia siempre quiso tener un vestido como ése, y lo guarda para ponérselo en algún momento muy especial de su vida; pero ese momento no llega nunca.

GABO.— Esa primera secuencia debe terminar con Belinda amarrada a la cama. Mientras la amarra, Sidalia va gritándole cuanta burrada le pasa por la cabeza. Así matamos dos pájaros de un tiro: revelamos el carácter de Sidalia y damos información sobre las relaciones familiares.

REYNALDO.— Primero Sidalia se planta ante Belinda y le ordena: "¡Quítate inmediatamente ese vestido!". Sólo después la insulta.

GABO.— Eso nos resuelve el problema de desvestir a Belinda; es ella misma quien se quita el vestido. Y en ese momento, cuando parece que ya todo está en orden... Sidalia estalla.

SOCORRO.— Belinda se ha puesto también unos mitones, unos guantes de encaje.

GABO.— Y no se los quita. Sidalia la amarra así, semidesnuda, pero con los mitones puestos. ¡Qué imagen! Y mientras Sidalia la amarra y la insulta, Belinda la mira con odio, sin decir ni pío. Ya nosotros sabemos que no es muda; ahora nos enteramos de que Sidalia también lo sabe. "¡No hables, desgraciada, trágate la lengua si quieres, pero oye bien lo que te voy a decir!" Es una situación muy tensa; tanto, que uno llega a pensar: ¿y ahora qué? ¿Cómo mantengo ese nivel? ¿Cómo sigo?

REYNALDO.— ¿Por qué no dejamos los mitones para la segunda escena de violencia, cuando rompen el vestido? Los mitones serían lo único que quedaría intacto.

ROBERTO.— Esas escenas de violencia son un dolor de cabeza para los directores. No son fáciles. Los americanos sí las saben hacer.

GABO.— Eso decían de las novelas hace treinta años: "Los americanos sí las saben hacer".

ROBERTO.— Lo que quiero decir es que resulta difícil resolver en pantalla una pelea entre dos mujeres.

GABO.— Aquí está claro que es una sola la que ataca; la otra es un animalito, no se defiende...

MARCOS.— ¿Por qué atar a Belinda? La chica puede quedar tirada en un rincón después de recibir la paliza.

GABO.— Pero amarrarla implica un elemento de locura que opera en las dos direcciones: la de Sidalia, por la bestialidad de su conducta, y la de Belinda, porque se asocia a la camisa de fuerza.

MARCOS.— A mí lo que me preocupaba era el después. Sidalia tendrá que desamarrarla. ¿Por qué? ¿Cuándo?

GABO.— Todavía no sabemos cómo sigue la película.

SOCORRO.— La escena siguiente es muy plácida: Sidalia en la iglesia, rezando o confesándose. Se siente culpable. Y para ella eso es algo muy serio, porque ella es de las que se castiga con cilicios...

GABO.— El gran problema de esta historia es que puede hacerle perder a uno el sentido de la medida... ¿Hasta dónde se llega, hasta las lágrimas o hasta el cilicio?

SOCORRO.— Sidalia estará loca pero no ha perdido el contacto con el mundo exterior; eso nos conviene, porque nos permite salir de la casa y airear visualmente la película.

GABO.— Si para algo nos sirve la confesión de Sidalia es para explicar que Belinda es su hermana y que Sidalia la considera loca.

ROBERTO.— Sidalia no cree que Belinda esté loca; cree que está endemoniada. Y habla de eso con el cura: "Padre, ¿cree usted que se pueda exorcizar?".

GABO.— Ahí Sidalia lo suelta todo: "Padre, está peor que nunca. Imagínese que rompió el candado del arcón y volvió a ponerse el vestido". Y el cura, que conoció a los padres: "Vuestra santa madre, que en gloria esté, decía... Y vuestro difunto padre, antes de darse a la bebida, que Dios lo perdone, siempre dijo que tú y tu hermanita..." En fin, todo el rollo familiar sale ahí.

SOCORRO.— Y Sidalia siempre en plan de víctima.

GABO.— Por favor, Socorro, ¡no pongas a Sidalia en el confesionario! Que sea una secuencia en movimiento. Lo ideal sería que tanto ella como el cura estuvieran montados en los caballitos de un carrusel, mientras conversan. Quedaría claro que ahí todo el mundo está loco, y el cura más que sus feligreses...

SOCORRO.— Yo veo la escena así: Sidalia está rezando, tal vez con sollozos ahogados, de rodillas ante un gran crucifijo... El cura pasa cerca, apurado, y Sidalia se levanta, le da alcance y le dice que necesita hablar con él. Imposible: él no puede atenderla en ese momento... De modo que Sidalia le suelta su descarga en el trayecto de la sacristía al atrio.

GABO.— No es un corte limpio. Puede haber pasado el tiempo que quieras entre el momento en que Sidalia amarra a Belinda y el momento en que está en la iglesia, rezando. Hay un problema de continuidad, ¿te das cuenta? El corte limpio sólo puede ser de Belinda, amarrada, a Sidalia en la iglesia, murmurando: "Lo volvió a hacer, padre. Rompió el candado y volvió a ponerse el vestido". Un diálogo cortado, jadeante, pero lleno de información. Después, si quieres, puedes crear un tiempo muerto con imágenes de ambiente.

SOCORRO.— Para poner a Belinda en libertad podemos recurrir a una elipsis: han pasado varios días, todo ha vuelto a su ritmo normal.

ROBERTO.— No. Sidalia le pide al cura que vaya a verla, que le hable: "A usted le hace caso, padre". Lo que ella quiere realmente es que el cura exorcice a su hermana.

GABO.— Y el cura la desamarra como si Belinda fuera un avestruz.

SOCORRO.— Sidalia, en el atrio de la iglesia, ha estado esperando a que el cura termine con sus asuntos. Ahora vienen caminando los dos rumbo a la casa. "Apúrese, padre, que está fuera de sí." Llegan, el cura contempla a Belinda, empieza a echarle bendiciones y rezos y entretanto, empieza a desamarrarla. "¿Por qué te portas así con tu hermana, que es como si fuera tu madre? ¿Qué ganas con hacerla sufrir?"

GABO.— Puede haber un tránsito violento. Sidalia amarra a la hermana. Corte. El cura toca a la puerta de la casa. Corte. Sidalia abre la puerta: "¡Qué bueno que llegó, padre! ¡Está peor que nunca!"

SOCORRO.— ¿Y quién le avisó al cura?

MARCOS.— Sidalia le mandó un recado. Yo lo que me pregunto es: ¿por qué no le damos más importancia al boticario en todo esto? E inclusive, ¿por qué no metemos en la casa a una vieja sirvienta, para facilitar las cosas?

GABO.— Si Sidalia fuera a ver directamente al boticario, para buscar el sedativo, tendríamos que eliminar al cura.

SOCORRO.— Pero el cura, aquí, es un elemento clave.

GABO.— Sí, pero hay que ver qué tipo de remedio quiere Sidalia para su hermana: una purificación espiritual o una corporal. Las dos no pueden ser.

SOCORRO.— El cura es tierno con Belinda, la conoce desde que nació, es capaz de comprender sus traumas. Más de una vez, Belinda ha sentido la tentación de hablar con él.

GABO.— El cura llega a la casa y, ante la puerta del cuarto, le ordena a Sidalia: "Quédate afuera. Déjame a mí resolver este asunto".

SOCORRO.— Entra el cura solo, y mientras desata a Belinda, le va dando consejos. Y cuando Belinda se ve libre, sale corriendo y se esconde en alguna parte.

MARCOS.— O se levanta con una calma total y se queda allí, rígida, como una estatua.

GABO.— Se levanta con una calma total... ¡y vuelve a coger el vestido!

REYNALDO.— No puede ser. Sidalia ha guardado el vestido bajo llave.

GABO.— No. Lo dejó sobre el arcón, o sobre una silla, porque no encontraba la llave del candado. La tiene Belinda. Así que ahora Belinda se levanta, dobla el vestido cuidadosamente, lo guarda en el arcón y cierra el arcón con candado. El cura extiende la mano para que le dé la llave. Belinda la saca de su escondite y se la da. Ya se calmó. Ha vuelto a su estado normal. Ya podemos cortar. Ella en el jardín, cantando...

SOCORRO.— Terminamos de resolver el tramo más difícil, la información sobre el pasado... Ahora veríamos a Sidalia dirigiéndose a la botica.

GABO.— Con sombrilla. Conste que he dicho sombrilla, no paraguas.

GLORIA.— Sidalia sale de la farmacia con un frasquito.

MARCOS.— Cortas, y ahí está Belinda en el jardín, canturreando. ¿Su hermana va a sorprenderla de nuevo?

SOCORRO.— Belinda se ha puesto flores en la cabeza.

GABO.— Cuidado: reserva esas imágenes para el final. A Belinda hay que verla enloquecer progresivamente.

ROBERTO.— Cuando le entregó la llave al cura, Belinda se rindió; al menos, momentáneamente. Ahora tenemos que ver cómo vuelve a incubarse la crisis. Yo la veo caminando sola por la casa y articulando sonidos extraños, como gorjeos... Y de pronto, rompe a cantar. Está reencontrándose a sí misma; dentro de poco volverá a sentir la urgencia de ponerse el vestido.

GABO.— Necesitamos una tregua, una pequeña dosis de vida cotidiana.

REYNALDO.— Aunque con un toque de locura. Yo veo a Belinda en la casa, arreglando un búcaro con flores que acaba de traer del jardín; y hablando con ellas.

SOCORRO.— Perderíamos el impacto de la escena final, cuando salga a la calle hablando hasta por los codos.

REYNALDO.— Bien, que no hable. Que articule sonidos, simplemente. Habla con las flores en un lenguaje codificado.

GABO.— Todo el mundo sabe que Belinda habla pero nadie –ni siquiera nosotros, los espectadores– la oye hablar hasta el momento en que agarra el cuchillo y se abalanza sobre su hermana gritando: "¡Ahora sí te jodiste, cabrona!"

SOCORRO.— ¿Y qué momento es ése?

GLORIA.— Belinda no tiene intención de matar a Sidalia.

SOCORRO.— Volvamos a la rutina de la casa. Las dos hermanas están desayunando. Sidalia le está dando las instrucciones del día a Belinda.

DENISE.— ...a su criada.

SOCORRO.— Sí. Le dice: "Belinda, limpia bien la alacena... Y acuérdate de pasar el plumero por los estantes del cuarto..."

GABO.— Belinda se queda sola todo el día. Por eso el vestido tiene que estar bajo llave y con candado.

ELID.— Belinda cocina, lava, saca el agua de la cisterna...

DENISE.— ¿No tienen agua corriente?

SOCORRO.— Estamos en un pueblo, en 1930. No hay ni electricidad, ni agua corriente, ni nada. Se bañan a cubetazos.

GABO.— ¿Belinda se masturba en el baño?

SOCORRO.— No. Sólo lo hará en el momento climático, cuando Sidalia la sorprende y le rasga el vestido.

GABO.— Pero una onanista no se masturba únicamente en los "momentos climáticos".

SOCORRO.— Belinda suele acariciarse mientras duerme. Las dos hermanas duermen en el mismo cuarto. Sidalia ve cómo Belinda se toca; la ve retorcerse, suspirar... y se persigna, escandalizada.

GABO.— Es raro que no se le haya ocurrido amarrarle cascabeles en la muñeca.

SOCORRO.— Podríamos probar incluso con una escena más morbosa: Belinda dormida y Sidalia tocándole los senos, excitada... Una escena de lesbianismo incestuoso.

GABO.— En Colombia hicieron una escena de lesbianas en la televisión –desnudas las dos– y se armó un escándalo que llegó hasta el Congreso.

SOCORRO.— Ésta no tiene por qué ser escandalosa. Puede insinuarse discretamente.

CECILIA.— O abordarse desde otro ángulo. Por ejemplo, Belinda acaba de bañarse y Sidalia, mientras la peina, la trata con mucha ternura, como a una niña, pero de paso la acaricia y hasta le coquetea.

GABO.— Esa relación es muy buena: primero, golpes; después, caricias... No es una relación necesariamente lesbiana; en definitiva, Sidalia crió a esa criatura.

SOCORRO.— Para todos los efectos prácticos es su madre. Y ahora le está arreglando el pelo, se lo despunta, se lo peina... Y mientras tanto, deja que sus recuerdos fluyan: "Tienes el mismo cabello de mi madre..."

REYNALDO.— No de nuestra, ni de tu, sino de mi madre.

CECILIA.— "Mamá se lavaba mucho la cabeza con yemas de huevo ¿sabes? Y le gustaba que yo le cepillara el pelo."

GABO.— Y Belinda muy tranquila, dejándose querer.

MARCOS.— Pueden escuchar música, entretanto.

SOCORRO.— Allí no hay radio. La radio no ha llegado todavía.

MARCOS.— Sidalia le cuenta a su hermana cómo eran las fiestas que se daban en su casa, cuando Belinda aún no había nacido.

GABO.— Describe a la madre en una de esas fiestas, con el vestido recién estrenado... Hay en esta relación de ellas dos una especie de servidumbre que no sabemos exactamente en qué consiste pero cuyo trasfondo secreto es la locura.

SOCORRO.— No hay que olvidar que Sidalia es una beata, tiene ataques histéricos.

GABO.— La locura mística se ha visto más en el cine que la locura a secas. Además, el caso Sidalia no tiene nada que ver con lo divino.

SOCORRO.— Pero Sidalia está sexualmente frustrada, nunca conoció hombre, entró en la menopausia sin haber tenido un novio siquiera... No es posible que no le quede ni un ápice de sexualidad.

GABO.— La que está necesitando marido es Belinda.

SOCORRO.— Creo que con el desayuno y el peinado hemos resuelto las escenas de transición, los fragmentos de "vida cotidiana". ¿Qué vendría después?

CECILIA.— La escena nocturna. Belinda acariciándose en sueños y Sidalia oyéndola suspirar.

MARCOS.— Y vuelta al cura, y visita al boticario...

CECILIA.— Pero ese día es domingo, y desde que amanece, Belinda se viste y se sienta en la sala con la esperanza de que su hermana la lleve a misa.

REYNALDO.— Belinda no debe salir de la casa. Y menos con la anuencia de Sidalia.

GABO.— Si Sidalia es tan católica, sabrá que es pecado no llevar a su hermana a misa los domingos.

REYNALDO.— A Belinda sólo podemos sacarla cuando se ponga el vestido –su uniforme de loca– y salga a la calle a graduarse de loca.

GABO.— Ya vamos por la mitad de la película. No podemos seguir torciendo nudos; tenemos que empezar a destorcerlos.

SOCORRO.— ¡Si encontráramos otra escena sugerente para dejar bien clara la relación amor-odio, o de dependencia mutua!

GABO.— ¿Qué te parece ésta? Sidalia baña a Belinda. Antes la peinaba solamente; ahora la baña, la peina, la viste...

SOCORRO.— ¿Y le pone talquito, y la perfuma? Me parece verla: "¡Ay, qué mona ha quedado mi niña! A ver las orejitas..."

CECILIA.— Mientras la está bañando, Belinda se acaricia los senos,

226

el sexo... Sidalia le da palmadas en las manos, la regaña: "Eso es feo... Las niñas lindas no se tocan ahí".

GABO.— Y sigue enjabonándola, restregándola... ¡Qué momento! Dime la verdad Socorro: ¿quieres algo más sugerente? La hermana cincuentona baña a su hermanita de treinta... ¡eso solo da para una película! Belinda es una muñeca. Y Sidalia le reprocha que no quiera hablar, que no le conteste...

SOCORRO.— ¿Pero Sidalia va a estar hablando siempre?

GABO.— ¿Por qué no? Es lo que hacemos todos, si nos dejan.

REYNALDO.— A mí esa escena me parece muy reveladora, porque si Belinda puede limpiar, cocinar y arreglar la casa, ¿por qué no va a poder bañarse por sí misma? La única respuesta posible es: porque Sidalia no la deja.

GABO.— Sidalia nunca la dejó. La escena termina así: Belinda bañada, vestida, peinada, perfumada... pero con un delantal, sirviéndole la comida a Sidalia.

SOCORRO.— Y cuando termina de servirle, se sienta al piano y toca...

REYNALDO.— "Quiéreme mucho, dulce amor mío..."

SOCORRO.— Toca, no canta.

GABO.— ¡Qué buen final para esa secuencia! Ya lo único que le falta a Sidalia es ir al baño, a masturbarse.

SOCORRO.— No. No puede haber tanto onanismo en una película tan corta. Además, ya lo dije: esas cosas prefiero sugerirlas.

GABO.— ¡No! Si decides filmarlas, fílmalas con todas las de la ley. Las van a cortar, de todas maneras.

DENISE.— Me he perdido. ¿Cuándo va Sidalia a la farmacia?

VICTORIA.— Sería bueno precisar qué es lo que hemos elaborado hasta aquí.

ELID.— Según mis notas, son las tres grandes secuencias iniciales. Primero, la que comienza con Sidalia saliendo de la escuela mientras Belinda se pone el vestido, y termina con Sidalia sorprendiendo a Belinda y amarrándola a la cama. Segundo, la que comienza con la conversación de Sidalia y el cura, y termina con el cura desatando a Belinda. Y tercero, la de los llamados momentos de la vida cotidiana, que empieza con Sidalia bañando y peinando a Belinda y termina con Belinda sirviendo la comida y tocando el piano para Sidalia.

SOCORRO.— Ese es el eje narrativo. Los detalles pueden variar.

DENISE.— ¿Y entonces? ¿Cómo sigue la historia?

SOCORRO.— Ya hemos visto una muestra del erotismo morboso de Sidalia. Yo creo que ahora habría que dar un antecedente del erotismo reprimido de Belinda.

ROBERTO.— Es cierto. Eso no lo hemos visto todavía.

SOCORRO.— Ahora lo vamos a ver. Es de noche. Las dos hermanas están dormidas, o parecen dormir, y vemos que Sidalia, con los ojos muy abiertos, está poniendo atención a un ruidito que le llega de la otra cama: es un jadeo que se va acelerando y culmina en un suspiro de éxtasis.

GABO.— Sidalia se ha dado cuenta de que su hermana se está masturbando. Y entonces empieza a llorar. A llorar en el más absoluto silencio, pero a mares. Las lágrimas le salen a borbotones, ya está literalmente bañada en lágrimas, pero se muerde los labios y no dice ni pío.

SOCORRO.— En ese momento, a Sidalia no se le ocurre ni regañar a Belinda; ni pegarle, es como si reconociera que tiene derecho a ese mínimo de privacidad.

GABO.— Lo único que enfurece a Sidalia con respecto a su hermana, lo que no puede soportar, es que se ponga el vestido de la madre.

ROBERTO.— Si ellas duermen en el mismo cuarto, no tienen por qué dormir en camas distintas.

SOCORRO.— Sidalia duerme en el gran lecho matrimonial; Belinda, casi a su lado, pero en una cama más pequeña.

GABO.— Socorro, en algún momento tienes que analizar esta historia a partir de su contexto. Tendrías que imaginarla en el ambiente de la vieja aristocracia rural, una clase arruinada, en pleno proceso de decadencia. En lo que toca a nosotros, ya no necesitamos más antecedentes. Ya podemos empezar la última parte. Nos quedan diez minutos, más o menos. Ahora tenemos que diseñar una peliculita completa, con introducción, clímax y desenlace, que quepa en esos diez minutos finales. Y además, que sea una obra maestra, porque si no, no vale la pena intentarlo.

SOCORRO.— Sí, yo creo que no debemos seguir aplazando el clímax. Sidalia vuelve a encontrar a Belinda con el vestido –la idea original era que además estuviera masturbándose– y se arma un jaleo, porque esta vez Belinda no se deja vapulear. De hecho, es más fuerte que Sidalia, así que la empuja, la zarandea, y en determinado momento, Sidalia cae, se golpea la cabeza contra la pata del piano y queda inmóvil. Belinda cree que ha perdido el conocimiento, pero en realidad...

GABO.— ¿Está muerta? Yo pensaba que sólo ahora, cuando veía a su hermana muerta, Belinda abría el arcón y se ponía nuevamente el vestido.

SOCORRO.— ¿Y quién lo rasgaría, entonces?

GABO.— ¿El vestido? Nadie. Desde el punto de vista de la progresión dramática, es mucho mejor que Belinda se vista, salga a la calle y se asuma como loca cuando ve que su hermana ha muerto.

SOCORRO.— Bien, el vestido no está roto, sino remendado... Puede haber una escena anterior –uno de aquellos momentos de tránsito que llamamos de vida cotidiana, aunque después se complicaron bastante– en la que Sidalia esté remendando el vestido... Ella misma lo habría roto durante la primera disputa.

ELID.— Le dijo a Belinda: "¡Quítatelo!", pero halándolo por los hombros.

GABO.— Así podría empezar el último tramo: del llanto silencioso de Sidalia, durante la escena de la masturbación, a la actitud concentrada de Sidalia remendando el vestido, al día siguiente. Sidalia cosiendo y Belinda, entretanto, tocando el piano.

SOCORRO.— Pero esa estructura ya la vimos: Sidalia comiendo, Belinda tocando...

GABO.— La vimos hace dos, tres secuencias...

MARCOS.— Pudieran estar escuchando un radioteatro.

SOCORRO.— ¿En 1930?

GABO.— Tú puedes situar la historia un poco antes o un poco después, Socorro, según te convenga. La idea de la radionovela no está mal: las hermanas cosiendo y bordando, envueltas en la atmósfera sentimental de un melodrama. Ya sabemos que esa paz va a terminar en desastre. Tiene que ser así, si queremos mantenernos fieles a nuestros principios anarquistas.

SOCORRO.— Yo preferiría adelantar la escena del remiendo. Cuando Sidalia termina de comer y Belinda de tocar el piano –me refiero a la primera versión–, ambas se sientan en la sala: Sidalia, a remendar el vestido, y Belinda, a tejer.

ELID.— Tanta placidez resulta sospechosa.

SOCORRO.— ¿Y si volviéramos a la noche de la masturbación desde otra perspectiva? Sidalia ha llorado a mares y ahora está desvelada. Belinda duerme profundamente. Sidalia se levanta, prende un quinqué, saca el vestido del arcón y se pone a coserlo.

ROBERTO.— En ese caso le quitarías fuerza al llanto. Si vemos a Sidalia reponerse, la escena pierde fuerza dramática.

GABO.— Después de un momento como ése, se necesita un corte, una escena de transición. Parecía que Sidalia era incapaz de llorar y ya vemos cómo lloró. Ahí se logra un momento muy tenso. Ahora necesitamos una pausa; nosotros, no ella. No estoy hablando de leyes dramatúrgicas, sino de trucos narrativos: cuando uno llega a un punto muy alto, desde donde resulta imposible seguir subiendo, lo mejor que uno puede hacer es empezar de nuevo, recorrer otra vez todo el trayecto, desde abajo.

SOCORRO.— Podría haber un corte a la madrugada de ese día –o del siguiente– para que Sidalia cosiera el vestido en esas horas... Así estaríamos aludiendo a sus frecuentes insomnios.

GABO.— Las escenas nocturnas no admiten esas gradaciones, tú lo sabes... Si pasas de una escena nocturna a otra, el espectador da por descontado que se trata de la misma noche.

ROBERTO.— Puede ser a la mañana siguiente. Es domingo.

GABO.— Un momento. Si reconocemos la necesidad de rasgar y remendar el vestido es porque necesitamos un vestido remendado para la escena final, cuando Belinda salga a la calle dando gritos. Bien. Ya lo estamos remendando. Pero ahora resulta que –de esa escena del remiendo– sale un significado adicional, un elemento de reconciliación que no estaba previsto. Ahora reina la paz entre las dos hermanas. Sidalia cose el vestido delante de Belinda como si ambas sufrieran un ataque de amnesia, como si ese vestido y esas roturas no les recordaran nada. Qué interesante. Ahora nos damos cuenta de que eso viene repitiéndose desde hace quince, veinte años... El ciclo que va de las peleas a la reconciliación y a las nuevas peleas no termina nunca.

SOCORRO.— Pero ésta es la primera vez que el vestido se rompe.

GABO.— Por eso hacemos ahora la película. De entre todos los ciclos idénticos, escogemos éste porque ahora es cuando se decide todo.

ROBERTO.— Es curioso, pero ambas hermanas se disputan el vestido por razones diferentes. Sidalia lo quiere como una reliquia; Belinda, en cambio...

GABO.— Sidalia lo quiere para conservarlo, para que no se gaste, para que exista, y Belinda, en cambio, lo quiere para gastarlo, para existir, para sentirse viva... Si no supiéramos eso, no sabríamos qué hacer con el dichoso vestido.

SOCORRO.— Es Sidalia quien rompe el vestido, pero en un acto de furia ciega. Ella considera que eso también es culpa de Belinda.

GABO.— Ahora, mientras Sidalia cose el vestido, Belinda toca el piano... En ese mundo de violencia soterrada reina de pronto la armonía.

SOCORRO.— Belinda toca el piano y mira de reojo el vestido.

GABO.— Tienes que tomar en cuenta la continuidad: ¿de dónde viene y a dónde va esa escena? La escena anterior es la del llanto de Sidalia. Por tanto, las primeras notas del piano podrían entrar sobre ese llanto silencioso... Reforzarían el dramatismo de la situación y no tardaríamos en darnos cuenta de que no se trata de un simple "comentario musical", sino de una anticipación de la banda sonora. Es más limpio desde el punto de vista narrativo. Has terminado con Sidalia. Bien. Ahora empiezas con Belinda. Es una mañana espléndida, la luz del sol se filtra por la ventana y Belinda está sentada al piano, tocando... Cuando la cámara se mueve, descubrimos a Sidalia, cosiendo. Eso es todo.

SOCORRO.— ¿Podríamos pasar a ese plano a través de una disolvencia?

GABO.— La música del piano puede entrar por disolvencia en el plano anterior y alcanzar pleno volumen en el primer fotograma de esta escena. Eso en cuanto a la banda sonora; en cuanto a la imagen, hay que tener cuidado, porque los recursos técnicos tienen su propia gramática. Por eso yo soy partidario de que los guionistas se sienten a editar en moviola, de que hagan ejercicios prácticos de montaje. Yo los hice cuando estudiaba cine. Después podemos hablar de eso, si quieren.

SOCORRO.— ¿Quién puede sospechar que apenas unos minutos después de esa escena, donde todo es armonía, Belinda va a matar a la hermana?

GABO.— A matarla, pero no de una forma violenta.

DENISE.— Sidalia podría morir envenenada. Con la medicina de Belinda.

GABO.— Una sobredosis de láudano... Pero ¿cómo llegó ahí esa medicina?

MANOLO.— ¿Cómo llegó y cómo se la da Belinda a Sidalia?

GABO.— Belinda es quien cocina. Podría echar un poco de veneno en la sopa.

SOCORRO.— Inicialmente, yo quería que Sidalia le planteara al cura el problema de la excitación de Belinda, y que entonces el cura la remitiera al boticario. Pero ahora pienso que el boticario no hace falta; el mismo cura puede ir al botiquín de la sacristía y darle el frasco de medicina a Sidalia.

GABO.— O la medicina ya está en la casa, desde antes. Cuando Sidalia amarra a Belinda, al final de aquella primera secuencia, va a la cocina, toma el frasco de la alacena y obliga a Belinda a tragarse una cucharadita. Así el espectador ya sabe dónde está el frasco. Cuando llega el cura, ya Belinda está bajo los efectos del calmante. Podemos ahorrarle al productor el sueldo del boticario.

DENISE.— ¿Y en cuanto a la dosis? Porque hay que saber que una sobredosis puede ser fatal.

GABO.— Sidalia no le da a Belinda una cucharadita, directamente, sino que vierte unas gotas en la cucharita, con mucho cuidado: una, dos, tres...

SOCORRO.— O el cura, al llegar y ver atontada a Belinda, le pregunta a Sidalia: "¿Le diste la medicina? ¿Cuántas gotas?".

GABO.— Y ahora Belinda, al ver que a Sidalia le ha dado un soponcio, le hace tragar un poquito de láudano, lo que provoca una reacción en Sidalia, porque se trata de una sustancia muy amarga...

SOCORRO.— ¿Y cómo sabe el espectador que es láudano?

GABO.— No necesita saberlo. Yo, cuando quiero envenenar a un personaje, lo enveneno con láudano, pero no porque sea más letal que otros venenos, sino porque tiene un nombre muy bello: láudano. La gente habla mucho del arsénico, pero su acción no es fulminante sino acumulativa. El arsénico es un veneno para largometrajes.

SOCORRO.— Sidalia acostumbra tomar té de epazote todos los días a la misma hora. Es una infusión que tiene propiedades purgantes. Todavía Sidalia está medio atontada, así que puede creer que lo que Belinda le está dando es su té.

GABO.— En cualquier caso, no tendría tiempo de averiguar, porque de pronto Belinda se impacienta y al ver que su hermana escupe instintivamente la cucharadita, la obliga a abrir la boca y le hace tragar medio frasco de láudano. Se la llevó al carajo.

SOCORRO.— No sé si ha quedado claro que Sidalia se desmaya al ver que ha roto el vestido. Es eso lo que le provoca el soponcio y le da a Belinda la idea de reanimarla, con la medicina fatal.

GABO.— O sea que el vestido no se rompe en la primera disputa en la que Sidalia le ordenaba a Belinda quitárselo y la propia Belinda se lo quitaba. Dramáticamente es mejor; revela mucho mejor la relación entre las dos.

REYNALDO.— A mí me gustaba la idea de asociar el vestido a la masturbación, o viceversa, en el montaje. Y eso se lograba, me parece, haciendo que Sidalia cosiera el vestido roto después de aquella noche.

GABO.— El vestido puede tener roturas y remiendos anteriores. No hay por qué prescindir de esa escena.

SOCORRO.— Esta vez Sidalia, sin querer, rasga un poco la parte del escote. Un remiendo más para el pobre traje.

REYNALDO.— Voy a volver atrás, para rectificar una opinión: yo creo que la que debe zurcir el vestido es Belinda, no Sidalia.

SOCORRO.— ¿Belinda cosería, en vez de tocar el piano?

REYNALDO.— Belinda zurciría, sí, bajo la mirada escrutadora de Sidalia. Es como un castigo, o una tarea escolar: la maestra vigila, revisa, aprueba...

GABO.— Si fuera así, la transición tendría que ser distinta: de Sidalia llorando a Sidalia en la escuela, con sus alumnos, al día siguiente. Para decirle al espectador que ahora Belinda está sola en la casa.

SOCORRO.— Entregada al ritual.

REYNALDO.— En la primera secuencia, entonces, no veríamos a Sidalia saliendo de la escuela, sino en plena calle, rumbo a su casa.

GABO.— Antes la veíamos saliendo; ahora la vemos dentro, en el aula. Es la misma película con un cambio de encuadre.

ROBERTO.— Y la escena de la costura se anticiparía; cerraríamos con ella la secuencia del baño.

GABO.— Socorro, ahora sí puede haber una disolvencia de imagen. Sidalia acostada, llorando. *Fade out*. Sidalia en la escuela, dando clases. Un mundo completamente distinto. La reconciliación ya se produjo antes, en la secuencia que señalaba Roberto, cuando Sidalia baña y peina a Belinda. Ahora la historia vuelve a repetirse exactamente igual. Sidalia en la escuela. Belinda en la casa, poniéndose el vestido. En el espejo de la pantalla, dos películas simétricas...

SOCORRO.— En la escuela, la campana acaba de sonar. Ya no tenemos que ver a Sidalia en la calle; la llevamos por corte a la entrada del jardín.

GABO.— Ya Sidalia no teme que Belinda saque el vestido del arcón porque ahora no deja la llave en la casa: la lleva siempre consigo.

MARCOS.— En el escote, zona pecaminosa...

GABO.— Pero ahora Belinda rompe el candado.

SOCORRO.— No ha podido aguantarse.

MARCOS.— Sabe lo que se está jugando, pero no le importa.

REYNALDO.— Está desesperada por ponerse el vestido.

GABO.— Es una ansiedad de tipo sexual. Después vienen los lloros y el arrepentimiento, pero cuando se carga la batería, nadie piensa en las consecuencias: ni que lo van a sorprender, ni que lo van a matar...

REYNALDO.— ¿Por qué no hacemos aquí también un montaje paralelo? Sidalia impartiendo clase, Belinda rompiendo el candado; Sidalia terminando la clase, Belinda vistiéndose...

ROBERTO.— Lo que importa ahora es crear un contraste. Por ejemplo: Sidalia está enseñando a los niños a manejar los cubiertos en la mesa.

GLORIA.— Es lo que hacen en los colegios de monjas; por lo menos, con los alumnos internos, los que se quedan a comer.

ROBERTO.— Por eso se me ocurrió. Yo aprendí a amarrarme el cordón de los zapatos en un colegio de curas.

MARCOS.— ¿Y qué ganaríamos con eso de los cubiertos?

ROBERTO.— Ya lo dije: la posibilidad de crear un contraste. Mientras Sidalia enseña cómo se usan los cubiertos –eso es todo un ritual–, Belinda no encuentra con qué abrir el candado y va a la cocina y revuelve los cubiertos y coge un cuchillo...

CECILIA.— Muy rebuscado. Yo preferiría ligar a Sidalia con la música. Dando clases de piano, de solfeo.

REYNALDO.— Ya sé: sobre el rostro de Sidalia bañado en lágrimas –me refiero a la escena anterior– entran por disolvencia las voces de un coro de niños. Es una música angelical. Corte. Vemos a la misma Sidalia dirigiendo el coro en la escuela. Corte. Belinda desesperada, buscando con qué abrir el candado...

SOCORRO.— Sidalia, ante el piano, acompañando al coro infantil, está en un estado de éxtasis.

GABO.— Pero que los niños estén vestidos de angelitos, ¿eh? Con alitas y todo.

SOCORRO.— Con alitas, aureola y baticas... Están ensayando unas canciones para Semana Santa.

GABO.— Lo que más me gusta de esta puesta en escena es el candor conque contamos la historia, que es la historia más retorcida que uno se pueda imaginar.

REYNALDO.— Eso dijo Melville cuando terminó *Moby Dick*: "He escrito un libro malvado y me siento tan inmaculado como un cordero".

SOCORRO.— ¡Qué maravilla, ese coro de niñitos y niñitas vestidos de blanco, flotando como angelitos contra un fondo azul!

GABO.— Si la escena de la escuela no proporcionara esa ganancia visual, tal vez no hubiera valido la pena hacerla. Para decir que Sidalia no estaba en la casa, no necesitábamos detenernos ahí.

SOCORRO.— Belinda va poniéndose el vestido en el más absoluto silencio. Allá en la escuela cantan los angelitos; aquí, en el cuarto, no se oye volar una mosca.

GABO.— La historia se nos volvió simétrica. Hay que ver qué hicimos al principio, para decidir qué hacemos ahora.

ELID.— A mí no me convence la idea del desmayo.

SOCORRO.— ¿El de Sidalia, cuando rompe el vestido sin querer?

GABO.— Eso para ella es un *shock*. Tiene la ventaja de revelar hasta qué punto Sidalia está emocionalmente ligada al vestido. No puede so-

236

portar la idea de haberlo roto ella misma. No se lo perdona. Por eso le da el ataque de histeria y se desmaya.

REYNALDO.— Para ella, la agresión al vestido tiene todas las características de una autoagresión.

SOCORRO.— Después de darle el brebaje a su hermana, Belinda se encierra en otro cuarto a coser el vestido.

ROBERTO.— No hay tiempo para eso.

GABO.— Tiene que haberlo. Éste es el final, y merece tanto tiempo como la primera secuencia.

ELID.— Y mientras Belinda cose, ¿Sidalia qué? ¿Está dormida, atontada, muerta?

GABO.— Belinda le ha dado el brebaje como una medicina. No quiere hacerle daño, sino al contrario, reanimarla. Está haciendo con Sidalia lo que Sidalia hace con ella: el papel de enfermera.

REYNALDO.— ¿Fue así como lo planteó Socorro al principio? En fin, no importa. Lo que me parece importante es ver a Belinda vistiéndose, mostrar todo el ritual de la investidura.

GABO.— La primera vez no lo vimos. Vimos que Belinda ya tenía el traje puesto, cuando llegaba su hermana.

ROBERTO.— Yo creo que sí lo vimos, en el montaje paralelo: Sidalia saliendo de la escuela, Belinda vistiéndose. Me gusta más así, que lo veamos desde el principio.

SOCORRO.— Yo prefiero dejar esa ceremonia para el final, porque está muy ligada al clímax.

ROBERTO.— Pero al principio, le otorga al vestido su verdadero significado. Si sólo viéramos el vestido cuando ya Belinda se lo ha puesto, perdería importancia a nuestros ojos.

DENISE.— El rito puede sugerirse, no mostrarse completo.

GABO.— Sí, yo creo que es cuestión de montaje. La primera vez, cuando Belinda comienza a vestirse, cortamos a Sidalia. Hacemos el mismo corte de ida y vuelta, y cuando Sidalia entra en el cuarto, ya Belinda está vestida. Ahora invertimos los términos: vemos todo el comienzo o todo el final de la investidura, sin corte. Podría decirse que la primera vez contamos la secuencia desde la perspectiva de Sidalia, y la segunda, desde la perspectiva de Belinda.

SOCORRO.— Allá Sidalia agredía a Belinda y aquí, como dice Reynaldo, Sidalia se autoagrede al romper el vestido.

GABO.— Algo que hay que subrayar muy bien la primera vez es el factor medicina. Cuando Sidalia amarra a Belinda, va a buscar la medicina para sedarla y le da a beber una cucharadita. Cuenta las gotas con mucho cuidado. "A ver –le dice a su hermana, como si se tratara de un niño pequeño–, tómese sus gotitas." Ahora, esta segunda vez, cuando Belinda ve a Sidalia desvanecida, hace lo mismo: echa dos, tres, cinco gotas en una cuchara... Pero al ver que Sidalia, todavía semiinconsciente, las rechaza, Belinda agarra el frasco, se lo mete en la boca y la obliga a tragarse un buche. Se acabó Sidalia. Entonces Belinda va a la sala, o se encierra en el desván, o en otro cuarto, y se pone a coser tranquilamente el vestido.

ELID.— Hay algo de brutal o de grotesco, no sé, en esa acción de obligar a una persona desmayada a tragarse un brebaje.

SOCORRO.— El sabor de las primeras gotas es muy fuerte –si seguimos pensando en el láudano– y Sidalia reacciona, vuelve en sí, escupe... Entonces Belinda, con los mismos argumentos que tantas veces le ha oído a Sidalia –"Vamos, no sea malita, tómese su medicina..."– le da la sobredosis. No tiene que ser todo el frasco; un poco más de la cuenta, y adiós Sidalia.

GABO.— Cuando termina de coser el vestido, Belinda empieza a sacar cosas del baúl, de los armarios: sombreros, guantes, velos... Son cosas que se ven en el retrato de la madre, aunque no sean las mismas. Cuando va a salir a la calle, Belinda pasa por delante del cuadro y se compara: de frente, de perfil... Sonríe satisfecha. El parecido es notable. Y entonces ya podemos pasar al final, a la escena obligatoria, la que todo el mundo está esperando: Belinda sale a la calle vestida de loca y empieza a dar gritos.

ROBERTO.— Diciendo lo que se le ocurra. Cualquier disparate.

GABO.— O un poema.

MARCOS.— Una canción. La que, según Sidalia, cantaba su mamá.

SOCORRO.— Sí, Belinda siente que está encarnando a la madre, pero también –quizás por eso mismo– que está poseída por el espíritu de su padre, el general. Así que empieza a soltar un discurso patriótico, a convocar al pueblo para la lucha contra los enemigos, que ya vienen por la carretera. Me gustaría terminar con una escena así.

GABO.— ¿Y las flores? Las perdimos en el camino.

GLORIA.— ¿Y Sidalia? ¿Está muerta por fin?

GABO.— No hay que decir ni que sí, ni que no. Lo que debe quedar claro es que Belinda la cree muerta.

SOCORRO.— Tampoco oímos cantar a Belinda, en el jardín.

GABO.— No hace falta. Pero trata de rescatar las flores, aunque sea en silencio.

ROBERTO.— El discurso de Belinda en la calle debe ser incoherente, un puro juego de palabras.

GABO.— Eso es más o menos lo que yo entiendo por poema: un texto que se sostiene por el solo prestigio de las palabras.

ROBERTO.— Belinda no se compara con el retrato de la madre cuando ya está vestida, sino que toma el retrato como modelo. El retrato se refleja en un espejo, y ella se coloca de tal manera ante el espejo que...

GABO.— ...que dan deseos de exclamar: ¡pobre fotógrafo!

SOCORRO.— ¿Qué nos faltaba? Dejar claro desde el principio lo del gotero, la dosis de láudano...

MARCOS.— ¿Nuestra versión da más de media hora o menos?

GABO.— Yo creo que se queda corta, pero habría que verificar. Ahora sólo puedes medirla a golpes de corazón. Cuentas los latidos del corazón mientras repasas las escenas y te da el tiempo aproximado.

ROBERTO.— Es una película lenta.

GABO.— Una película de ambientes, de atmósferas. En realidad es inenarrable. Hay que verla. Además, es una película de actrices, un duelo de actrices desde que empieza hasta que acaba.

SOCORRO.— Ese final de la loca saliendo a la calle, hablando sin parar...

GABO.— Por primera vez en su vida. Y los vecinos asomándose a las ventanas, y los mataperros rodeándola en medio de la calle... Bonito final. Nos merecemos un aplauso, por haber metido en media hora el argumento que nos trajo Socorro.

SOCORRO.— Incluyendo hasta trozos de pasado.

GABO.— Tú lo has dicho. Y sin un solo *flash-back*. Hemos logrado comprimir en media hora –media hora que me atrevo a calificar de suntuosa– un mamotreto de cuatro horas, con todas las características del viejo melodrama. ¿De qué se ríen? ¿Acaso no es verdad?

EPÍLOGO

ELOGIO DE LA CORDURA

GABO.— ¿Quién fue el que llamó a la imaginación "la loca de la casa"? Quienquiera que haya sido, sabía muy bien lo que estaba diciendo. Aquí hemos aprendido a lidiar con esa señora mucho mejor que Sidalia con Belinda; le hemos permitido corretear a sus anchas pero sin dejar que se exceda. La historia que va a filmar Socorro pudiera remontarse a los orígenes de un pueblo colombiano llamado Momposo. Es un pueblito típicamente colonial –algo así como Trinidad, aquí en Cuba–, con tres calles que corren paralelas al río. Mompox, tierra de Dios, donde se acuesta uno y amanecen dos –según se dice–, es un lugar lleno de locos. Allí toda familia que se respete tiene su loquito y lo amarra a un árbol del patio, sobre todo cuando hay visitas. La imaginación trabaja sobre esos datos y a menudo se queda corta, como es natural. Porque la inventiva de la realidad no tiene límites. En cambio, las situaciones dramáticas se agotan rápidamente; no hay treinta y seis, sino tres grandes situaciones dramáticas: la Vida, el Amor y la Muerte. Todas las demás caben ahí.

MARCOS.— Nos ibas a hablar de las relaciones entre la teoría y la práctica, en el caso de los guionistas.

GABO.— ¿Yo?

MARCOS.— Dijiste que los guionistas deberían hacer ejercicios prácticos de montaje, aprender a manejar la moviola.

GABO.— ¡Ah, sí!, esa convicción se remonta a mi etapa de estudiante. Yo fui al Centro Experimental de Cinematografía, en Roma, a aprender el oficio de guionista. Me encontré con que no había cursos de guión; la asignatura Guión era una más, en la especialidad de Dirección. Y había que ver cómo se impartía. Aquello no era Guión ni era nada; se trataba de clases puramente teóricas, ofrecidas por unos señores –los Sabios Doctores de la Ley– que vivían convencidos de que no había en este mundo nada más importante para un futuro guionista que la Estética del Cine, o la Historia Socioeconómica del Cine, o la Teoría del Lenguaje Fílmico... todo ello con mayúsculas. Así que los Sabios Doctores se pasaban horas y horas hablando y oyéndose a sí mismos mientras nosotros, los alumnos, permanecíamos inmóviles o cabeceando en nuestros pupitres. Debo admitir que para mí aquellas peroratas no fueron totalmente inútiles: me sirvieron para aprender italiano, que es un idioma bellísimo. Aparte de eso, me di cuenta de que en aquellas aulas no había mucho que aprender. En cambio, el plan de estudios incluía un cursillo de práctica en moviola y la posibilidad de asistir a la cineteca. Había en el sótano una cineteca excelente, gracias a la cual pude ver a los clásicos del cine, que nunca había visto ni iba a tener ocasión de ver en Colombia. Me pasaba las tardes enteras en la cineteca o junto a la profesora de montaje, una señora a la que ninguno de mis condiscípulos le hacía caso –porque consideraban que su materia no tenía nada que ver con el guión–, pero que era una fiera en la moviola. Estaba muy orgullosa, además, porque decía que sin conocer las leyes del montaje –que era como conocer la gramática del cine– los guionistas no podían escribir correctamente una sola secuencia. Cuando conocí a esta señora dejé de ir a clases; me quedaba con ella estudiando el fenómeno de la continuidad, o como diría Kulechov, "el arte de construir una buena frase de montaje". Yo hice un año completo de ejercicios en moviola... sin tocar jamás la moviola; me limitaba a estudiar cómo funcionaba la continuidad en el relato fílmico. Creo que ésa es una experiencia fundamental para los aspirantes a guionistas. Ya he hablado varias veces de eso aquí, en la

Escuela de San Antonio de los Baños. Hace falta un curso de moviola –es decir, de montaje práctico– para los futuros guionistas. Aprender a pasar de una escena a otra –algo que parece tan sencillo– puede resultar muy difícil para quien no sepa ver esa operación como un problema dramático y visual. Para decirlo con mi querida profesora: "Primero hay que aprender la gramática". Y eso llega a convertirse en deformación profesional –como para los correctores atrapar erratas y gazapos– porque uno pierde la ingenuidad, la frescura de la mirada, y acaba viendo lo invisible: los cortes y los emplazamientos de cámara. A mi esposa no le gusta ver cine conmigo, porque me paso toda la película diciendo: "Ese corte de la ventana al automóvil fue un poco brusco"; o "Buen corte ese: emplazaron la cámara de costado para que viéramos pasar al perro"; o "¡Tenían que haber cortado al salir del túnel, no ahí!". En fin, si uno pudiera acabar de escribir el guión ante la moviola –con el director al lado, por supuesto–, todo sería mejor. Y se lograría mantener siempre la coherencia del relato. El cine sin continuidad –como la novela, como la vida sin continuidad...– no tiene sentido. Y como se ha dicho tanta veces, es un trabajo de muchos. Por eso creo que también debería fundarse un taller de Producción Creativa. La primera función de ese taller –o de ese curso– sería hacerles comprender a los futuros productores que ellos forman parte de un equipo de creación, no de una fábrica de salchichas, y que están ahí para facilitar y enriquecer el trabajo del equipo, no para impedir que el director se gaste o derroche una plata que no es suya. Creo que ya les hablé de esto. Los productores suelen sentirse felices cuando pueden decir: "Esto iba a salir por siete y logré que saliera por cuatro". La pregunta es: ¿qué logró por cuatro? ¿Lo mismo, el doble o la mitad? ¿No sería mejor poder decir: "Esto iba a hacerse con siete y decidí darle nueve para que saliera mejor... y vean, se logró"? Conozco un productor que estaba eufórico porque había forzado a un director a ajustarse estrictamente al presupuesto, un presupuesto mucho más reducido del que a todas luces necesitaba. Y cuando vi la película, noté de dónde salían los ahorros, uno por uno: a esa escena le faltaban veinte pesos; a esa otra, ciento cincuenta; a aquella, los doscientos que hubiera costado una ambientación más adecuada... Por el contrario, si viene el productor y te dice: "Estoy furioso, porque en la escena de la ruptura Fulano se pasó en tanto". Ves en pantalla la susodicha escena y piensas: "Claro. Por eso logró ese ambiente; por eso logró esos contrastes". Así que tendríamos que buscar el equipo perfecto, la alianza de todos los factores que contribuyen a hacer una buena película. Son varios, pero pueden sintetizarse en uno: creatividad. Y, para volver al tema, en otro más modesto: continuidad. Si el guionista no logra visualizar lo que escribe como un flujo continuo, situado siempre entre un antes y un después, no va a resolver problemas sino a crearlos. Y el sentido de la continuidad –ya lo dije– lo da el trabajo en moviola. Es la práctica del montaje lo que nos permite decir: "Corta un segundo antes, tan pronto como se abra la puerta, y verás que todo cambia". El otro día estaba viendo una película de pesca submarina y me saltó a la vista un corte que daba lástima. Vemos un paisaje de corales y arrecifes y después a los deportistas sumergiéndose y avanzando. Entonces salen de cuadro, pongamos por caso, aquí; lo lógico sería que, al volver el paisaje, los nadadores entraran a cuadro acá –se entiende, ¿no?, que si los pies estaban saliendo de aquí, la cabeza debe entrar acá–, pero no sólo no ocurre eso sino que, además, como el corte no está hecho en el momento preciso, la imagen del paisaje que ya vimos queda fija y uno tiene la impresión de que pasa un siglo antes de que los nadadores vuelvan a entrar.

DENISE.— Dice Hitchcock, hablando de *Psicosis*, que cuando el personaje de la mujer cae al piso muerta, no había modo de hacer un corte limpio, porque aquella escena estaba mal filmada. Su esposa, que era editora, le dijo: "Tenías que haber filmado de modo que pudiera hacerse un corte aquí, para que el ojo se viera desde acá...", etcétera, y él volvió a filmar toda la escena, para poder hacer ese corte mínimo.

ROBERTO.— Una mala edición, un montaje deficiente, puede echar a perder la mejor de las películas. Tanto el ritmo como la duración tienen connotaciones dramáticas; si no se corta en el momento justo, se altera el significado.

GABO.— Ustedes no lo creerán, pero exactamente lo mismo sucede con el texto tipográfico. Los compaginadores de libros –descendientes de los cajistas y tipógrafos de las viejas imprentas– se horrorizan ante la posibilidad de que en una página queden renglones sueltos, o mejor dicho, semirrenglones, menos de la mitad de una línea. A esas colitas las llaman "viudas". Puede ocurrir que haya una página –por ejemplo, al final de un capítulo– cuyo único texto sea una viuda. En ese caso se hace todo lo posible, por razones de estética tipográfica –y también por razones económicas, como ya verán– para desplazar hacia adelante –es decir, para traer de la página anterior– una o dos líneas, a veces hasta tres; y con esa compañía la viuda deja de serlo y todos tranquilos. Todos, menos el autor. Porque al desplazar esas líneas, resulta que en la página anterior queda en blanco el espacio equivalente, y el compaginador, para que no se note ese vacío, "distribuye" los espacios entre párrafo y párrafo. Yo no sé si el lector lo notará o no, pero yo los detecto enseguida; me salta a la vista que donde yo dejé un espacio, ahora hay otro mayor. Y es horroroso, porque para uno, los espacios responden a un código secreto que tiene que ver con el tiempo narrativo: si el espacio tipográfico es mayor, se sobreentiende que en el relato ha pasado más tiempo. Casi siempre ese lapso se controla a través del punto: menos tiempo, punto y seguido; más tiempo, punto y aparte. Así que si a un punto y aparte, normal, se le añaden dos o tres espacios en blanco –o simplemente un espacio mayor del que le corresponde–, ¿cuánto tiempo ha transcurrido? Y si ese espacio adicional se produjera en medio de una réplica, sería espantoso, porque daría la impresión de que ha pasado un año entre la pregunta y la respuesta. Esto no es un problema teórico, esos vacíos se sienten. El lector los siente. También puede ocurrir a la inversa, como les decía, que para ahorrar una página, para que el libro tenga una página menos, se intente reabsorber la "viuda" o una línea completa, incorporar esos renglones a la página anterior. Para eso hay que reducir en ella algunas interlíneas o bien –lo que es peor– convertir un punto y aparte en punto y seguido. ¿Creen ustedes que el impresor no se ahorra nada con eso? En un tiraje de tres mil ejemplares el ahorro es poco, pero si se trata de trescientos mil, o de un millón de ejemplares, entonces esa página equivale a toneladas de papel. Y el editor, para ahorrárselas y lograr que la edición le cueste menos, favorece esas manipulaciones que para el autor son verdaderas catástrofes. Yo no las autorizo de ninguna manera. Si el editor va a vender un millón de ejemplares, eso quiere decir que va a ganar una cantidad de dinero tan fabulosa que lo menos que puede hacer, en compensación, es respetar las pulsaciones internas del texto.

REYNALDO.— Un escritor tiene más posibilidades de controlar esos detalles que un cineasta. Los errores del escritor son menos costosos y se reparan más fácilmente.

GABO.— Pero cualquier oficio tiene un mínimo de exigencias que está dado por lo que suele llamarse nivel profesional. A mí me sorprende que haya guionistas con una vocación arrolladora, que se conocen al dedillo la historia del cine y que, sin embargo, por no tener suficiente conciencia de los problemas del montaje, cometen errores de continuidad absolutamente increíbles. En cambio, hay directores, como Buñuel, que además de participar en todo el proceso del guión, son buenos editores, tan buenos que se permiten el lujo de editar en cámara. Buñuel apenas cortaba en moviola. Cortaba durante la filmación. Vigilaba el desarrollo de la escena, gritaba "¡corten!" en el momento preciso y *voilà*, hasta ahí llegaba el plano. Luego, en el cuarto de edición, el trabajo se hacía sencillísimo, cuestión de afinar detalles; y siempre con el viejo ahí, pegado a la moviola: "Hasta ahí, hasta allá". Yo no soy muy buñuelista, en lo que atañe a la visión del mundo, pero admiro ese costado profesional de Buñuel que, según él mismo decía, facilitaba mucho las cosas, porque siempre era preferible editar en el papel –previendo los cortes de antemano– y después, durante el rodaje –filmando sólo lo que se quería filmar– a editar en moviola, donde hay que estar diciendo: "A ver, trae aquel pedazo de allí y pónlo acá" o "trae aquí el plano de la puerta y pon detrás el de la ventana".

ROBERTO.— Uno nunca está completamente seguro de lo que quiere hasta que lo hace. Y nunca está seguro de lo que hace hasta que lo ve montado.

GABO.— Eso es parte inseparable del proceso creador. No hay verdadera creación sin riesgo y por lo tanto sin una cuota de incertidumbre. Yo nunca vuelvo a leer mis libros después que se editan, por temor a encontrarles defectos que pueden haber pasado inadvertidos. Cuando veo la cantidad de ejemplares que se venden y las lindezas que dicen los críticos, me da miedo descubrir que todos están equivocados –críticos y lectores– y que el libro, en realidad, es una mierda. Es más –lo digo sin falsa modestia–, cuando me enteré de que me habían dado el Premio Nobel, mi primera reacción fue pensar: "¡Coño, se lo creyeron! ¡Se tragaron el cuento!". Esa dosis de inseguridad es terrible pero al mismo tiempo necesaria para hacer algo que valga la pena. Los arrogantes que lo saben todo, que nunca tienen dudas, se dan unos frentazos, mueren de eso.

MIEMBROS DEL TALLER

DIRECTOR
Gabriel García Márquez

TALLERISTAS

Marcos R. López (Argentina)
Realizó estudios en la EICTV. Fotógrafo de profesión.

Manuel F. Nieto Arango (Colombia)
Ha escrito argumentos y guiones para programas de televisión.
Autor del premiado documental "Geografía olvidada".

Denise Pinho França de Almeida (Brasil)
Ha trabajado como actriz en varios filmes y programas de
televisión y dirigido documentales.

Elid Pineda Arzate (México)
Ha escrito argumentos para cine y dirigido varios cortos.

Cecilia Pérez Grovas (México)
Ha trabajado en la Universidad Nacional Autónoma de México,
escribiendo programas de televisión.

Victoria Eva Solanas (Argentina)
Trabajó en los equipos de dirección de los filmes
Tangos, el exilio de Gardel y *Sur.*

Gloria Saló Benito (España)
Estudió Imagen y Sonido en la Facultad de Ciencias de la
Información de Madrid. Es realizadora de televisión.

María del Socorro González Ocampo (Colombia)
Estudió Guión Cinematográfico en el Centro de Capacitación
Cinematográfica de México. Guionista independiente.

Reinaldo Montero Ramírez (Cuba)
Miembro del grupo "Teatro Estudio". Ha escrito guiones para
películas de ficción y publicado obras de teatro, poesía y narrativa.

Roberto Gervitz (Brasil)
Guionista, técnico de sonido y director de doblaje; dirigió varios
largometrajes entre ellos *Feliz Ano Velho*.

EDITOR DE LAS SESIONES
Ambrosio Fornet (Cuba)
Estudió en la universidades de Nueva York y Madrid.
Editor, crítico y antólogo.
A partir de 1979 fue asesor literario del Instituto Cubano
del Arte e Industria Cinematográficos (ICAIC), donde también fue
guionista de *Aquella larga noche* (1979), *Retrato de Teresa* (1979) y
Habanera (1984). Ha dirigido talleres de guión en varios países
y coordinado el área de esa especialidad en la Escuela Internacional
de Cine y TV de San Antonio de los Baños.
Entre otras obras, es autor de: *Cine, Literatura y Sociedad* (1982),
El guionista y su oficio (1987), *Alea: una retrospectiva crítica* (1987).
Es también autor de varios libros sobre técnicas editoriales
e historia de la imprenta.